KB261357

만리웅풍

월인 新무협 판타지 소설

FANTASTIC ORIENTAL HEROES

만리웅풍 2

월인 新무협 판타지 소설

초판 1쇄 찍은 날 § 2007년 11월 6일
초판 1쇄 펴낸 날 § 2007년 11월 16일

지은이 § 월인
펴낸이 § 서경석

편집장 § 문혜영
편집책임 § 장상수
편집 § 최하나

펴낸곳 § 도서출판 청어람
등록번호 § 제1081-1-89호
등록일자 § 1999. 5. 31
어람번호 § 제2-1339호

주소 § 경기도 부천시 원미구 심곡1동 350-1 남성B/D 3F (우) 420-011
전화 § 032-656-4452 팩스 § 032-656-4453
http://www.chungeoram.com
E-mail § eoram99@chollian.net

ⓒ 월인, 2007

ISBN 978-89-251-1008-0 04810
ISBN 978-89-251-1006-6 (세트)

蠻龍雄風

맹룡

2
맹호출동(猛虎出洞)

FANTASTIC ORIENTAL HEROES

월인 新무협 판타지 소설

청어람

第十二章

수련(修練)

우_{르르—}

우르르—

육중한 소리에 유진룡은 눈을 떴다.

그리고 사방을 둘러보았다.

촛불은 꺼지지 않고 있었다.

거의 다 타고 채 손가락 한 마디도 남아 있지 않았다.

그렇다면 자신은 꼬박 하루 밤낮을 자고, 시간은 어제 이곳
으로 왔을 때쯤인 아침이 되어간다는 말이다.

우르르—

잠시 후 잠을 깨운 육중한 음향이 다시 들려왔다.

천장 쪽이었다.

유진룡은 급히 고개를 들었다.

천장이 무너지고, 아니, 내려앉고 있었다.

"대체 이게 무슨 변고인가?"

기가 막힌 심정에 유진룡은 움직이지도 못하고 얼어붙은 채 천장을 쳐다보고만 있었다.

자세히 보니 천장이 무너져 내리는 것이 아니라, 천장에서 쇠사슬에 매달린 바위 하나가 천천히 내려오고 있었다.

유진룡은 여전히 움직이지 않은 채 그 자리에서 바위를 쳐다보았다.

둥근 공 모양이었는데 몸무게의 몇 배는 될 것 같았다.

바위는 유진룡의 가슴 높이 정도까지 내려와 멈추었다.

그제야 유진룡은 바위의 용도를 짐작할 수 있었다.

어제 이곳에 들어왔을 때는 아무것도 없는 동굴 안에서 어떻게 몸을 단련할 수 있을까 궁금했는데 저 바위가 바로 수련 기구인 것이다.

가슴 높이에 떠 있는 저 바위를 어깨에 짊어지고 얼마나 열심히 수련을 하느냐에 따라서 성취의 정도가 달라질 것이다.

게으름을 피우며 가만히 있다고 해서 당장 죽을 일은 없다.

허공에 뜬 바위 때문에 공간이 조금 좁아졌지만 크게 불편할 정도는 아니었다.

하지만 힘을 키우지 않으면 이곳에서 굶어 죽을 수밖에 없는 것이다.

그것은 자신의 의지로 선택해야 한다.

천산마존은 처음 만났을 때부터 무언가를 강요하지는 않았다. 그런 식으로 억지로 해서는 본연의 힘을 다 이끌어낼 수가 없다고 했다.

언제나 선택은 자유 의지에 입각해서였다. 그러나 그 결과 또한 전적으로 책임을 져야 한다.

석 달 후에도 저 동굴 문을 열 만한 힘을 기르지 못한다면 분명히 굶어 죽을 것이다.

천산마존은 절대로 밖에서 문을 열어주지 않을 것이다.

약속을 함에 있어서 숨김이 없는 사람은 그 이행에도 철저한 법이다.

유진룡은 천천히 바위 앞으로 다가갔다. 그리고는 바위를 한번 밀어보았다.

끼이익―

쇠사슬 소리가 나며 허공중에서 바위가 그네를 탔다.

그건 쉬웠다.

이건 밀면서 훈련을 하는 것이 아니라 아래에서 위로 들어올리며 훈련을 하는 용도인 것이다.

유진룡은 허리를 숙이고 바위 아래로 어깨를 들이밀었다.

"끄응!"

아랫배에 힘을 준 유진룡은 바위를 밀어 올리려 했다.

바위는 허공에서 굳어버린 듯 꼼짝도 하지 않았다.

보기보다 훨씬 무거운 바위였다.

"하압!"

고함을 지른 유진룡은 다시 한 번 힘을 주었다.

여전히 꼼짝도 하지 않았다.

유진룡은 바위 아래에서 몸을 빼내 침상 쪽으로 왔다.

첫술부터 배부를 수는 없는 일이지만 참담한 기분이 느껴졌다. 또한 자신이 얼마나 허약한 존재인지도 인식이 되었다.

백호는 어제 새벽 성질을 부리며 저런 바위를 단 한 번의 앞발질에 까마득히 계곡 아래로 날려 버렸다. 그런데 자신은 한 치도 들어 올리지 못했다.

소주 뒷골목에서는 소투귀라는 별명과 함께 운 좋게 이제까지 버텨왔지만 이런 수련을 체계적으로 받은 사람들을 만났더라면 뼈마디가 부러진 채 죽었을 것이다.

아마 제때에 운명처럼 천산마존을 만나지 못했다면 자신의 운명은 그렇게 흘러갔을지도 몰랐다.

중간 왕초들은 삼류급이긴 해도 대부분 무공을 익히고 있을 것으로 안다.

그들에게 걸렸더라면 죽었을 것이다.

"그러고 보니 저 노인과 괴물 같은 호랑이가 생명의 은인이군."

유진룡은 쓴웃음을 지었다.

웃음을 멈춘 유진룡은 다시 한 번 바위 밑으로 몸을 밀어 넣었다.

이번에는 양 무릎 위에 손을 얹고 바위를 등 위에 짊어지는 자세를 잡았다.

"하아압―"

동굴이 떠나가라 고함을 지른 유진룡은 젖 먹던 힘까지 다 짜내었다.

만근 같은 바위가 손가락 반 마디 정도 들리는 느낌을 받았다. 대신 등과 무릎에 부러져 나갈 것 같은 하중이 느껴졌다.

유진룡은 털썩 무릎을 꿇었다.

철컹―

조금이나마 들렸던지 쇠줄이 요동치는 소리가 났다.

유진룡은 그 자리에 쓰러지듯 드러누웠다.

단 두 번의 시도로 온몸에는 땀이 비 오듯 흘렀다.

주르르―

오기에 받쳐 너무 과도하게 힘을 쓴 탓에 실핏줄이 터졌는지 코피가 흘러내렸다.

"젠장!"

역정을 토한 유진룡은 수로 쪽으로 가서 코피를 씻어내고 물을 한 줌 떠 마셨다.

바위틈에서 흘러내리는 물이라 그런지 맛이 좋았다.

벌컥거리며 몇 모금 더 마시자 허기가 느껴졌다.

유진룡은 벽곡단을 넣어둔 항아리 속으로 손을 넣어 벽곡단을 한 움큼 집어 입으로 털어 넣었다.

물을 조금 마시자 어제처럼 벽곡단은 스르르 목구멍 속으로 흘러들었다. 그리고 조금 지나자 허기가 가시고 힘이 생기는 기분이 들었다.

"대체 어떻게 해야 저것을 제대로 들어 올릴 수 있을까?"

유진룡은 바위 밑에 책상다리를 하고 앉아서 생각에 잠겼다.

마웅탁이 해준 얘기에 따르면 호흡과 동작을 일치시켜야 제대로 된 힘이 나오고, 더 나아가 본연 이상의 힘도 끌어낼 수 있다고 했다. 그런데 그런 것은 일언반구도 없이 천산마존은 자신을 동굴 속에 밀어 넣고는 바위 하나만 달랑 매달아 내려 보냈다.

어이없는 심정이 된 유진룡은 자포자기의 심정이 된 채 계속 앉아 있었다.

우르르—

아까와 같은 소리가 들리며 쇠사슬에 매달린 바위가 조금 더 아래로 내려왔다.

"어엇!"

당혹성을 터뜨린 유진룡은 급히 몸을 굴려 바위 밑에서 빠져나왔다. 밑에 있으면 그대로 깔려 죽을 것이다.

그러나 바위는 한 뼘 정도 더 내려오고는 멈추었다.

잠시 뒤 바위는 또 한 뼘 정도 내려오고는 멈추었다.

"가만?"

유진룡은 바위를 쳐다보며 눈살을 찌푸렸다.

저 바위가 계속 내려와서 바닥까지 닿는다면?

그 위치는 수로가 지나가는 곳이었다.

바위가 바닥에 완전히 내려앉으면 수로가 덮이고 만다. 그러면 바위를 도로 들어 올리지 않고는 어떤 수단을 써도 물을 마실 수 없게 될 처지였다.

"게으름을 부릴 일이 아니다."

유진룡은 벌떡 일어섰다.

아마도 저 바위는 똑같은 간격으로 조금씩 아래로 내려올 것이다. 그리고 내려오면 내려올수록 들어 올리기가 힘들어진다.

최악의 경우 바닥에 완전히 내려앉는다면 잡을 곳이 없어 아예 들어 올릴 수가 없을 것이다.

선택의 자유를 마음껏 주며 여유롭게 수련을 시키는 줄 알았는데 절대 그게 아니었다.

절벽 끝에 매달리게 해놓고 손을 놓으면 죽는 식의 수련과 별다를 것이 없었다.

저 바위가 바닥에 내려오면 절벽에서 떨어지는 것이나 마찬가지다.

절벽에서 떨어지는 수련은 그것으로 고통 없이 죽겠지만 이건 기갈에 시달리며 오랫동안 고통받고 죽어야 한다. 어쩌면 절벽 끝 수련보다 더 잔인할 것 같았다.

유진룡은 가슴이 갑갑해져 오는 것을 느끼며 연거푸 몇 번 한숨을 내쉬었다.

그때 다시 우르릉거리는 소리와 함께 바위가 아래로 한 뼘 정도 더 내려왔다.

저걸 들어 올리려면 상체를 훨씬 더 숙여야 하고 아까보다 더 힘들어진다. 한시라도 빨리 들어 올리는 것이 나았다.

유진룡은 얼른 바위 밑으로 등을 밀어 넣었다. 그리고는 다시 젖 먹던 힘까지 짜냈다.

등이 부러지는 느낌과 함께 바위가 조금 들어 올려졌다.

유진룡은 이를 악물며 필사적으로 바위를 더 들어 올렸다.

한 뼘 정도 들어 올렸다 싶은 순간 다시 우르릉거리는 소리와 함께 바위는 들어 올려진 그 위치에서 멈추었다.

유진룡은 비로소 바위 밑에서 몸을 빼내며 물에 빠졌다 질식 직전에 고개를 내민 사람처럼 헐떡거렸다.

목구멍에서 단내가 치밀어 오르고 양다리는 사시나무 떨듯이 흔들렸다.

황악호와 싸우고 난 뒤에도 이 정도는 아닌 것 같았다.

몇 번 더 숨을 헐떡거린 유진룡은 얼른 달려가서 물을 들이켰다. 물맛은 더욱 좋았다.

우르르—

잠시 후 바위가 한 뼘 정도 또 내려왔다.

바위가 내려오는 시간 간격은 일정했다.

그 시간 안에 다시 들어 올려놓으면 그 높이는 유지되지만 게으름을 피우며 그냥 두면 조금씩 더 내려온다.

'이건 완전히 지옥이군!'

속으로 고함을 지른 유진룡은 서둘러 바위 밑으로 등을 밀어 넣었다.

한 단계 더 내려오면 그만큼 더 숙여야 했고, 그만큼 더 힘들어진다.

"하압—"

기합성과 함께 필사적으로 바위를 밀어 올렸다.

아까보다 더 힘들게 바위를 한 뼘 정도 밀어 올리자 기관이 동작하는 소리와 함께 바위는 다시 제자리로 올라갔다.

바닥에 쓰러지다시피 한 유진룡은 몸을 굴려가서 다시 물을 퍼 마셨다. 그리고는 숨을 헐떡거렸다.

어쩐지 이번에는 조금 더 오래 바위가 그 자리에 매달려 있는 것 같았다.

몇 번의 시도로 인해 빠진 기운을 보충할 시간을 주는 것 같았다.

그런 것까지 철저히 계산하여 기관이 작동되는 모양이었다.

우르르—

다시 기관음이 들리며 바위가 한 뼘 정도 내려왔다.

유진룡은 기진맥진한 몸을 일으켰다.

언제 들어 올려도 들어 올려야 할 일이었다. 미뤄봐야 뒷감당만 힘들어진다.

"끄응!"

바위 밑으로 들어간 유진룡은 이번에는 어깨로 바위를 밀어 올렸다. 등은 너무 아파서 더 이상 시도할 수가 없었다.

아랫배가 터져 나가라 힘을 주자 바위가 밀려 올라갔고, 기관음과 함께 그 자리에 멈추었다.

유진룡은 다시 수로 쪽으로 기어가서 물을 마셨다.

갈수록 물맛이 좋아졌다.

몇 모금 더 마시고 헐떡거리던 유진룡은 문득 한 가지를 깨달았다.

처음에도 어깨를 들이밀고 들어보려 했지만 아무리 죽을 힘을 써도 꿈적도 하지 않고, 양팔을 무릎에 올린 채 등으로 밀어 올렸을 때에서야 겨우 손가락 반 마디 정도 올라갔다.

그런데 조금 전에는 기력이 더 빠진 상태였는데 어깨로 한 뼘이나 들어 올릴 수 있었다.

벽곡단과 물에 보통 음식과 달리 뭔가 힘을 보충해 주는 성분이 있는 것이 틀림없었다.

어제 먹은 메추리알만 한 환단이나, 바르자마자 붓기가 가라앉던 끈적한 액체를 생각하면 그럴 법도 했다.

천산마존이란 저 괴인은 그런 쪽에도 조예가 깊은 것이다.

그렇다면 저 항아리에 있는 벽곡단을 한꺼번에 두 줌씩 먹는다면?

유진룡은 뇌리에서 잔꾀가 솟아올랐다.

"그렇다면 두 배는 빨리 나갈 수 있지 않을까?"

우르르─

다시 기관음이 들렸다.

유진룡은 이번에도 어깨로 바위를 들어 올린 후 헐떡거리며 물을 마셨다.

사투를 벌이듯 몇 시진을 그렇게 하고 나니 허기가 몰려왔다.

초의 길이를 보니 어느덧 점심때가 된 것 같았다.

"어디?"

유진룡도 얼른 항아리 쪽으로 달려가 벽곡단 두 줌을 입 안으로 털어 넣고 물을 마셨다.

벽곡단은 여전히 무리 없이 목구멍을 타고 흘러들었다. 그러나 힘은 아까보다 한 푼도 더 늘지 않았다.

세상이 그렇게 호락호락한 것이 아니라는 천산마존의 말을 떠올리며 유진룡은 쓴웃음을 지었다.

어쨌든 석 달은 이곳에서 수련을 해야 할 모양이었다.

우르르─

다시 바위가 아래로 내려왔고, 유진룡도 기를 쓰고 원래의 자리로 밀어 올렸다.

그렇게 바위와의 필사적인 싸움은 하루 종일 반복되었다. 그러다 초의 남은 길이가 저녁때 정도임을 나타내는 어느 순간 바위는 천장 위로 올라갔다.

비로소 오늘 수련이 끝난 것이다.

침상까지 갈 힘마저 다 빠져나간 유진룡은 그 자리에서 쓰러지며 잠속으로 빠져들었다.

다음날 아침에도 똑같은 시간에 바위가 내려왔다.

어제 죽도록 고생을 시킨 그 바위였다. 그런데 바위를 묶은 쇠사슬에 팔찌 같은 고리가 하나 채워져 있었다.

쓴웃음을 피워 올린 유진룡은 그것만 따로 들어 올려보았다.

한 손으로 들어 올리기 힘들 정도로 무거웠다.

결국 오늘 수련을 할 바위가 그만큼 무거워진 것이다. 그리고 내일은 또 그만큼 더 무거워질 것이다.

유진룡은 자기 입으로는 한 푼도 들어가지 않은 황금 이천 냥이 도로 토해져 나오는 기분이 들었다.

끙! 하고 신음을 토한 유진룡은 바위 밑으로 몸을 들이밀었다.

*　　*　　*

우르릉—

육중한 돌문이 천천히 열렸다.

"살았다! 으아아—"

동굴 속에서 튀어나온 유진룡은 목이 터져라 고함을 질렀다.

석 달을 닷새 남긴 날 아침에 첫 번째 수련이 끝난 것이다.

동굴의 촛불이 새어 나가는 입구에서 괴물 같은 호랑이 백호가 천산마존보다 한발 앞서 나타나 그를 쳐다보고 있었다.

"망할 놈! 저리 가!"

유진룡은 끝까지 동굴 문을 열어주지 않은 백호에게 그간의 화풀이를 했다.

백호가 슬쩍 고개를 돌리며 딴청을 피웠다.

"나왔으면 이리 오너라!"

뒤쪽에서 천산마존의 목소리가 들려왔다.

유진룡은 소리가 들린 쪽을 향해 걸음을 옮겼다.

허공에 매달린 바위와 씨름을 하는 첫 번째 수련이 끝난 후 유진룡에게 주어진 휴식 시간은 단 한 시진뿐이었다.

천산마존은 예상보다 닷새나 빨리 출관한 유진룡에게 단 한 마디의 칭찬도 하지 않고 반 시진의 휴식과 함께 한 잔의 술을 내렸다.

"크으!"

술을 마신 유진룡은 오만상을 썼다.

무슨 술인지 지독하게 썼다. 그리고 그 뒷맛은 비릿한 냄새까지 났다.

"이게 술이 맞습니까, 사부?"

유진룡은 온통 찌푸린 얼굴로 어디 있는지 모를 천산마존을 향해 물었다.

"누가 네놈 사부냐?"

천산마존이 대답 대신 트집을 잡았다.

"굳이 싫으시다면 노인장이라 불러드리지요. 그깟 호칭이 뭐가 중요하겠습니까?"

피식 웃은 유진룡은 입맛을 다신 후 다시 입술을 움직였다.

"무슨 술이 이렇게 맛이 없는 것입니까?"

"입에 쓴 약이 몸에 좋다는 말도 못 들어봤느냐."

천산마존이 답했다.

"그렇기는 해도… 제 생전 이렇게 맛없고 고약한 술은 처음입니다. 대체 재료가 뭡니까?"

유진룡은 다시 질문을 던졌다.

침을 몇 번이나 삼켰지만 아직까지도 쓴맛과 비린내가 가시지 않았다. 그리고 뱃속도 점점 심하게 울렁거리는 것이 며칠은 입맛마저 없을 것 같았다.

"곤륜산 꼭대기에 사는 뱀을 잡아 만든 술이다. 그러니 몸에는 좋을 것이다."

천산마존이 간단하게 답했다.

"그럼 사주(蛇酒)군요. 사주도 한 번 먹어봤는데 이렇게 맛이 없지는 않던데요. 혹시 종류도 모르는 이상한 놈이 아니었습니까?"

"종류는 네놈에게 말해줘도 모를 것이고, 네놈보다 열 배는 더 오래 산 놈이니 그만큼 몸에 좋다는 것만 알아두고 가부좌를 틀고 앉아라."

"나보다 열 배나 오래 살았으면 거의 백칠십 년은 살았다는 말인데… 세상에 그런 뱀이 어디 있습니까?"

"있느니라!"

천산마존이 여전히 짤막하게 답했다.

"어쩐지 쉰내가 풀풀 난다 싶더니… 늙어 다 죽어가는 놈을 잡아서 술로 담았으니 그럴 수밖에요. 이왕이면 한두 해밖에 살지 않은 싱싱한 놈으로 담아주시지……."

유진룡은 마웅탁에게 주워들은 얘기로부터 그만한 세월을 산 뱀이라면 영물 중의 영물이고, 그런 놈을 잡아 만든 술이면 그 역시 영약 중의 영약일 수밖에 없다는 것을 짐작했지만 시치미를 뚝 떼고 투정을 부렸다.

"무식한 놈 같으니라고……."

천산마존이 혀를 찼다.

'후후!'

사부의 단순한 성격에 유진룡도 속으로 혀를 찼다.

"으윽!"

갑자기 유진룡이 비명을 토했다.

"썩은 뱀으로 담근 술이라 배탈이 난 모양입니다. 어서 뒷간으로 가서 토해 버려……."

"꼼짝도 하지 말거라, 이놈아! 어서 가부좌를 틀고 앉지 못할까!"

천산마존이 동굴이 무너져라 고함을 질렀다.

빙긋 미소를 지은 유진룡은 얼른 가부좌를 틀었다.

"지금부터 일각 동안 뱃속이 터질 듯 아파올 것이다. 하지만 꼼짝도 하지 말고 바위를 들어 올릴 때처럼 숨을 쉬어야 한다."

"바위를 들어 올릴 때 전 숨을 쉬지 않은 것 같은데……."

유진룡은 여전히 능청을 떨었다.

"시끄럽다, 이놈아. 어서 그때처럼 숨을 쉬어라."

천산마존의 고함에 앞서 유진룡은 호흡을 최대한 아랫배 깊이 가라앉혔다. 그렇지 않으면 배가 터져 나갈 것 같아 견딜 수가 없었던 것이다.

누가 가르쳐 주지 않았지만 동굴 속에서 하루하루 더 무거워지는 바위와 씨름을 하다 보니 자연스럽게 이런 호흡을 하게 됐다. 그리고 그렇게 할 때만이 바위를 제대로 들어 올릴 수 있었다.

그런 호흡은 이젠 일상이 되어버렸다.

'우욱!'

유진룡은 비명을 삼켰다.

그야말로 아랫배가 터질 것 같았다.

바위를 들어 올리며 아랫배를 소가죽처럼 질기게 만들어 놓지 않았다면 벌써 터져 나갔을 것이다.

유진룡은 필사적으로 아랫배 깊은 곳으로 호흡을 밀어 넣었다.

그렇게 하자 지독한 고통도 호흡을 따라 아랫배 깊은 곳으로 조금 가라앉았다. 하지만 여전히 참기 힘든 고통이었다.

온몸에 땀이 비 오듯 흘렀다.

또한 태울 듯한 열기가 아랫배에서 고통과 함께 들끓었다.

유진룡은 이를 악물었다.

뒷골목에서 지겹도록 싸울 때, 아무리 아파도 그걸 표시 내서는 안 된다. 그러면 다 쓰러져 가는 놈도 힘을 얻고 일어선다.

대신, 아무리 고통스러워도 소리 한 번 안 지르고 달려들면 상대는 질려서 마침내 허물어지고 만다.

이것 역시 싸움이다.

한 번 소리를 지르면 계속 지르고 싶다.

그러면 진다.

지고 나면 자신은 한 마리 쥐새끼로 전락하는 것이다.

절대로 질 수 없다.

죽는 한이 있어도 질 수는 없는 것이다.

유진룡은 악착같이 입을 다물고 버텼다.

'독종 중의 독종이로고…….'

혹시 모를 사태에 대비해 유진룡의 명문혈 가까이에 손을 댈 준비를 하고 있던 천산마존은 자신도 모르게 고개를 저었다.

아무리 독종이라도 몇 번은 비명을 지를 줄 알았다.

그때는 자신의 공력으로 도움을 줄 준비를 하고 있었다.

그러면 그만큼 공력이 사라지고 생명의 불꽃을 밝히는 시간 또한 짧아질 터이다. 그건 각오하고 있었다.

그런데 이놈은 그걸 알아차리기라도 한 듯 비명 한 번, 신음 한 번 토하지 않고 있다.

독종을 넘어서 악종인 것이다.

깨끗한 피를 가진 악종 중의 악종!

자신이 지금 가장 바라는 놈일지 모른다.

천산마존의 가슴이 속절없이 뛰고 있었다.

'망할!'

유진룡은 속으로 욕설을 터뜨렸다.

'무슨 일각이 이렇게 긴 것인가?'

동굴 속 바위 수련의 마지막 단계에서는 잠시 들어 올리는 것이 아니라 일각가량 등이나 어깨로 떠받치고 있어야 했다.

그래야 밧줄이 위로 올라가게 기관장치가 되어 있었다.

그런데 그때의 일각도 이렇게 길지는 않았다.

벌써 세 시진은 지난 것 같은데도 아랫배의 고통은 사라지지 않았다.

이젠 도저히 못 참을 것 같았다.

싸움에 지고 쥐새끼가 되더라도 비명을 지를 수밖에 없었다.

'딱 한 번만 더!'

비명을 지르려고 입을 벌리던 유진룡은 한 호흡만 더 참기로 했다.

도저히 이길 수 없는 상대에게 무릎을 꿇기 직전, 딱 한 대만 더 때리고 항복한다는 생각으로 때린 것이 승리를 결정지을 때가 많았다.

유진룡은 마지막 호흡을 아랫배 깊이 밀어 넣었다.

우르르—

아랫배에서 기관이 작동할 때 나는 듯한 소리가 울렸다.

그뿐만 아니라, 실제로도 아랫배 어느 구석에서 바위가 굴러오는 느낌을 받았다.

그 바위는 아주 힘차게 구르며 고통의 불길들을 모조리 밟아 끄고 있었다.

고통이 사라지고 승리의 희열이 찾아왔다.

"내가 이겼……."

말을 끝맺지도 못한 채 유진룡의 의식은 삼매의 드넓은 공간으로 빠져들었다.

"이제 일어난 것이냐?"

천산마존의 목소리가 들렸다.

"제가 언제 잤습니까?"

유진룡은 의아스럽게 반문했다.

지독한 고통이 사라지고 까마득한 무의식의 세계에 잠시 머물렀다. 그리고 다시 의식을 차린 것이다.

"이틀이나 지났다!"

천산마존이 어이없는 음성으로 말했다.

"이틀?"

유진룡은 믿어지지 않는 사실에 고개를 이리저리 돌려보았다. 또한 팔다리도 움직여 보았다.

이틀이나 이렇게 꼼짝 않고 앉아 있었다면 온몸이 화석처럼 굳어 고개를 돌리기조차 힘들 것이다.

목은 물론이고 팔다리 어느 곳 한 군데도 굳었다거나 뻣뻣한 느낌은 들지 않았다.

잠시 앉아 있었던 것처럼 부드럽고 유연했다. 그리고 날아갈 듯 몸이 가벼웠다.

"정말 이틀이나 꼼짝 않고 있었단 말입니까?"

유진룡은 의심스런 음성으로 물었다.

"그렇다. 이틀 하고도 한 시진이 더 지났다. 네놈은 그동안 미동도 않고 앉아 있었다. 무슨 기막힌 꿈이라도 꾼 것이냐?"

"정말 믿어지지 않습니다. 그동안 꿈은커녕 생각 한 점 떠오른 것이 없습니다."

유진룡은 도저히 수궁할 수 없는 심정으로 답했다.

"썩 나쁘진 않구나. 잡스런 것에 시달리는 것보다야 나은 일이지."

"잡스런 것이라면……?"

"의식이 평소보다 더 깊은 곳으로 빠져드는 그런 순간에는 마(魔)가 스며들기 마련이지. 그런 것에 시달리지 않았다는 것은……."

천산마존이 잠시 말을 멈추었다.

그건 처음에도 예상한 것처럼 근본적으로 깨끗한 피를 간직했기 때문이다.

"왜 그렇습니까?"

유진룡이 대답을 채근했다.

"조상 묘를 잘 쓴 모양이다."

"끄응!"

천산마존의 대답에 유진룡은 신음을 토했다.

"일어나거라. 다음 수련으로 넘어갈 시간이다."

어느새 뒤쪽으로 신형을 옮긴 천산마존이 서둘렀다.

유진룡은 별 불평 없이 천산마존의 말을 따랐다.

자신이 느끼기로는 채 일각도 지나지 않은 것 같았지만 이틀이나 쉬었다면 충분한 휴식을 취한 것이다.

그리고 몸 역시 날아갈 듯 가벼우니 이젠 동굴 속의 바위가 아니라 동굴 문을 막은 바위를 짊어지고라도 수련할 수 있을 것 같았다.

그런데 그런 가당찮은 자신감이 현실로 도래할 줄은 정말 몰랐다.

천산마존이 다음 수련으로 시킨 일이 바로 그것이었다.

"지금부터는 이것을 메고 있다가 내리고, 다시 메는 훈련을 반복한다."

천산마존의 지시에 유진룡은 기가 막히는 심정이 들었다.

"이건 아까, 아니, 이틀 전에 겨우 밀고 나온 것입니다. 그런데 그걸 들쳐 업고 있으라니요?"

유진룡은 고함을 질렀다.

"이젠 그럴 만한 힘이 생겼다. 그러니 잔소리 말고 시키는 대로 하거라."

천산마존이 단호하게 말했다.

'그럴 만한 힘이 생겼다고?'

믿어지지 않는 천산마존의 대답에 유진룡은 주먹을 한 번 쥐어보았다.

주먹 역시 가벼워져서 예전보다 더 힘이 없을 것 같았다.

'하지만……'

유진룡은 침을 꿀꺽 삼켰다.

저 노인은 절대로 허언을 하지 않는 사람이었다.

그렇다면 지금 자신에게 그만한 능력이 정말로 생겼다는 말이다.

가슴이 거세게 뛰었다.

얼마 전까지만 해도 밀지도 못해 죽음의 공포에 시달렸는데 이젠 들쳐 업을 수도 있다는 말이다.

유진룡은 벽을 더듬으며 바위 앞으로 다가갔다.

턱!

죽음의 공포로 동굴 문을 막고 있던 바위가 만져졌다.

천천히 팔을 뻗어보니 손이 들어갈 만한 틈이 여러 개 파여 있었다. 아마도 두 번째 수련을 위해 만들어놓은 모양이다.

적당한 틈 두 개를 찾아내어 그곳에 양손을 끼운 유진룡은 천천히 힘을 주었다.

자연스럽게 아랫배 깊은 곳으로 호흡이 흘러들고, 그 호흡은 뜨거운 열기와 함께 다시 흘러나와 사지백해로 치달렸다.

"하압―"

고함을 지른 유진룡은 바위를 향해 온 힘을 쏟아냈다.

우르릉―

바위가 구르는 소리가 들렸다. 그러나 그건 동굴 문을 막았던 바위에서 흘러나오는 소리가 아니었다.

뱀으로 담갔다는 술을 마시고 지독한 고통에 시달리던 마지막 순간에 아랫배에서 솟아올라 고통의 불을 모조리 꺼주던, 내부에서 굴러다니던 바위 소리였다.

흔들!

바위가 움직거렸다.

그리고 어느 순간 천천히 들려 올라갔다.

"하아앗—"

한 번 더 고함을 지른 유진룡은 무릎으로 그것을 튕겨 올려 어깨 위로 올렸다.

천산마존의 말은 역시 거짓이 아니었다.

밀어내는 것조차 힘들었던 바위가 이젠 번쩍 들려 어깨 위에 걸쳐져 있는 것이다.

그런데 바위가 너무 커서 한쪽 어깨에 올려서는 중심이 잡히지 않았다.

등에 올려도 마찬가지였다. 등 뒤쪽으로 무게가 쏠렸다.

유진룡은 동굴 벽에 바위를 기대며 중심을 잡았다.

천산마존도 그것은 막지 않았다.

"그 상태로 귀담아들어라."

바위를 들어 올린 데 대한 칭찬 한마디 하지 않은 천산마존이 설명을 하기 시작했다.

"지금 그 상태에서 네놈 몸 한곳에다 은침을 꽂도록 하겠다. 너는 그것에다 의식을 집중하여 의식만으로 은침을 튕겨 내도록 하여라. 그런 연후에는 바위를 내리고 일각 동안 쉴 수 있을 것이다."

"그 이전에 바위를 내리면 어떻게 됩니까?"

어쩐지 불안한 생각이 든 유진룡은 얼른 질문을 던졌다.

"기혈이 역류하여 마침내는 혈맥이 터져 죽게 될 것이다."

천산마존의 말이 칼로 자르듯 흘러나왔다.

바위를 들쳐 업었다고 기뻐할 일이 아니었다. 이번에도 어김없이 죽음의 공포가 뒤따랐다.

뜨끔!

유진룡이 무슨 토를 달기도 전에 등줄기 한쪽에서 침이 꽂히는 느낌이 들었다.

별로 아프지는 않았다.

그런데 그곳에 침이 꽂히고 나자 기혈이 이상하게 뒤틀리는 느낌이 들었다.

"이 수련은 몸속의 기운을 네 의지대로 이끌고 제어할 수 있는 능력을 기르는 훈련이다. 인체에 있는 삼백육십 개의 대혈과 그에 딸린 각 열 개의 세혈을 합쳐 삼천육백 개의 혈에 모두 네 마음대로 기를 흘리고 제어할 수 있다면 네놈은 앞으로의 모든 동작에 털끝만큼의 오차도 없을 것이고, 보통 사람으로서는 상상도 못할 예민한 감각을 가지게 될 것이다."

천산마존은 수련의 목적을 소상히 설명했다.

유진룡은 아무 대답 없이 듣기만 했다.

"왜 말이 없느냐?"

마침내 천산마존이 소리를 질렀다.

"뒷간 좀 갔다 와서 다시 하면 안 되겠습니까? 이틀 동안 못 갔더니……."

유진룡의 횐소리에 천산마존은 아무 대꾸도 하지 않았다.

"다시 말하지만 내 스스로의 의식으로 침을 튕겨내기 전에 바위를 내리면 네놈의 전신 혈맥은 갈기갈기 터져 나갈 것이다."

한 번 더 경고한 천산마존의 목소리가 동굴 저쪽으로 멀어져 갔다.

잠시 뒤에 백호의 노린내도 천산마존을 따라 사라졌다.

혼자만 남겨진 유진룡은 비지땀을 흘렸다.

동굴 천장에 매달아놓고 수련을 하던 바위보다 훨씬 무거운 바위였기에 들쳐 업고 있는 것도 죽을 지경인데, 그것에 더해 등에 꽂힌 침까지 의식을 집중하여 튕겨내는 것이니 이중 삼중의 고역이었다.

하지만 기호지세였다.

침을 의식으로 튕겨내기 전에는 바위를 내려놓을 수도 없었다.

바위를 내려놓고 쉬고 싶으면 한시라도 빨리 의식을 집중하여 등에 꽂힌 침을 튕겨내야 한다.

이것 역시 절벽 끝에 매달리는 식의 수련과 조금도 다를 게 없었다. 오히려 그것보다 더 지독했다.

유진룡은 서둘러 잡념을 지웠다.

의식을 한곳에 집중하기 위해서는 다른 것들을 모두 밀쳐

내야 했다.

잡념을 떨친 유진룡은 등 뒤에 침이 꽂힌 자리에 의식을 흘려보내 보았다.

'난감하군!'

유진룡은 인상을 썼다.

처음 꽂았을 때는 그곳이 어느 곳인지 알 것 같았는데 조금 지나고 나서 그런지 침이 정확히 어느 부위에 꽂혔는지 알 수가 없었다.

대략적인 부분은 느껴졌지만 정확한 한 점은 느껴지지 않았다.

그걸 느끼자 들쳐 메고 있는 바위의 무게가 가중되어 왔다.

'으윽!'

비명을 삼킨 유진룡은 황급히 힘을 모아 바위를 한 번 추켜올리고는 다시 의식을 집중했다.

침을 튕겨내기 전에 지쳐서 자칫 바위를 떨어뜨리면 지독한 고통과 함께 처참한 몰골로 죽게 될 것이다.

그러기 전에 어서 침이 있는 곳에 의식을 집중해야 한다.

유진룡의 의식이 벌 떼처럼 등을 향해 몰려갔다.

'크윽!'

유진룡은 다시 비명을 삼켰다.

의식을 집중하기를 거의 일각!

어쩌면 그것보다 턱없이 모자란 시간일지 모르겠지만 자

신이 느끼기로는 그 정도의 시간을 등에 의식을 집중하자 침이 꽂힌 자리가 좁혀지는 것도 같았다. 그러나 여전히 정확하지 않았다.

실망하는 순간마다 어김없이 바위의 무게가 어깨를 짓눌러왔고, 어깨와 허리가 부러져 나갈 것 같은 고통에 비명을 삼켰다.

이젠 죽기 살기란 생각이 들었다.

더 이상 견디지 못해 어느 순간 자신도 모르게 바위를 떨어뜨릴 것도 같았다.

다시 의식을 집중했다.

침이 꽂힌 부위가 좀 더 좁아졌다.

잊자! 모두 잊자!

바위도 잊고 침도 잊자!

그리고 죽음도…….

아울러 나 자신마저도…….

모든 것이 잊혀지는 순간, 바늘보다 가늘게 느껴지던 침이 커다란 대못처럼 뇌리에 떠오르며 등에서 느껴졌다.

유진룡은 그곳을 향해 의식을 집중했다.

아랫배에 뭉쳐 있던 뜨거운 기운이 침을 향해 굴러가는 느낌이 들었다.

이윽고 그것은 거대한 물줄기가 되어 등을 향해 흘렀다.

핑—

화살이 허공을 가르는 것 같은 소리가 들렸다. 그와 함께 막혔던 물줄기가 온몸의 혈맥으로 질주하는 기분이 들었다.

유진룡은 어깨에 메고 있던 바위를 바닥으로 던졌다.

쿵!

동굴이 무너질 듯한 울림과 함께 온몸이 하늘을 향해 까마득히 솟구쳐 오르는 듯한 느낌이 들었다.

짓이길 듯한 하중이 순간적으로 치워진 데 따른 반사적인 느낌이었다.

천천히 등으로 손을 뻗었다.

침은 빠져나가고 없었다.

성공한 것이다.

아니, 살아난 것이다. 그것이 더 절실했다.

"휴―"

유진룡은 바닥에 털썩 주저앉으며 긴 한숨을 내쉬었다.

"이젠 삼천오백구십아홉 개가 남았다."

언제 다가왔는지 천산마존이 무감동한 목소리로 말했다. 약간 흥분한 듯한 백호의 숨소리도 들려왔다.

"시작이 반이라 했으니 천팔백 개 남은 것이나 마찬가지지요."

유진룡이 대꾸했다.

"앞으로 바위는 조금씩 더 무거워질 것이고, 침은 더 가늘어질 것이다. 그러면 매번 새로울 것이니 삼천오백구십아홉 개가 맞는 것이다."

'빌어먹을!'

유진룡은 속으로 고함을 쳤다.

그런 유진룡을 향해 천산마존은 또 한 잔의 술을 내밀었다.

"이것도 뱀을 잡아 담근 술입니까?"

유진룡은 인상을 쓰며 말했다.

"이틀 전에 네놈이 먹은 뱀보다 더 오래 산 뱀은 없다. 그러니 다른 뱀은 이제 네놈에겐 아무 효력이 없다고 해도 과언이 아니다. 이건 버섯으로 담근 술이다."

"그 버섯도 또 어디서 구하셨습니까?"

유진룡은 받아 든 술잔에 코를 대고 킁킁거리며 질문했다.

"그 버섯은 이곳에서 천 리도 넘는 곳에서 자란 것이다. 예전에 기르던 날다람쥐 놈이 따온 것이니 그놈에게 감사하는 마음으로 마시거라."

천산마존의 재촉에도 유진룡은 버섯 술을 마시지 않고 들고만 있었다.

"어서 마시지 않고 뭘 꾸물거리느냐, 이놈아!"

천산마존이 호통을 쳤다.

"마시고 나면 저번처럼 죽도록 아플 것 아닙니까? 그러니 마음의 준비라도……."

"그럴 필요 없다. 이번 술은 그런 고통 없이 방금 바위를 들고 수련하느라 빠져나간 진력을 보충시켜 줄 것이다. 그러나 삼천육백 잔을 다 마셨을 때 네놈은 또 한 번의……"

벌컥!

천산마존의 말이 끝나기도 전에 유진룡은 버섯 술잔을 비웠다. 맛은 지독했지만 천산마존의 말대로 고통은 없었다. 그리고 다 빠져 버린 기운이 순식간에 되채워졌다.

"다 마셨으면 계속해서 수련을 하도록 하자."

천산마존이 숨 쉴 틈도 주지 않고 말했다.

"어련하시겠습니까?"

투덜거린 유진룡은 바위를 향해 다가갔다.

第十三章
일년후

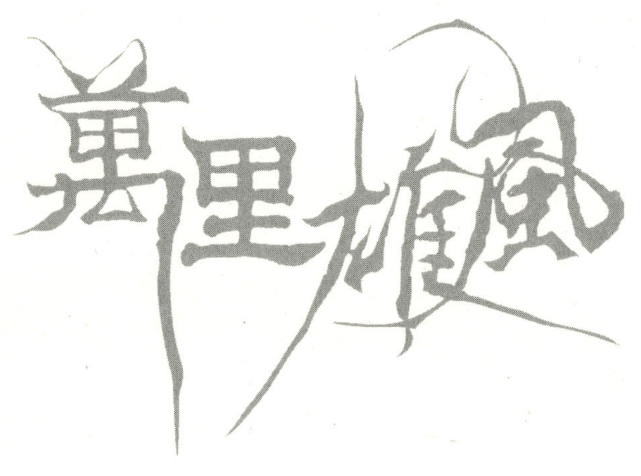

萬里雄風

'**벌**써 일 년이 지났네.'

앙혜란은 속으로 중얼거리며 화단을 거닐었다.

화원에는 백목련이 탐스럽게 피어 있었다.

봄이 무르익으면 잎보다 먼저 화려하게 피어나는 꽃!

벚꽃처럼 요란하지도, 장미처럼 화려하지도 않았지만 그 어떤 꽃보다 온화하고 정숙해 보이는 꽃이었다.

처음 이곳에 왔을 때 활짝 피어 있던 백목련의 기억이 문득 일 년이 지났다는 시간의 추이를 느끼게 해주었다.

이곳으로 와서는 너무 변해 버린 일상이라 일 년이 어떻게 지나가 버렸는지 모를 정도였다.

양혜란은 이곳에 온 지 몇 달 만에 두각을 드러냈다.

간단한 돈 계산과 장부 정리를 한 것이 계기가 되어 몇 개의 장부 정리를 더 맡았고, 누가 보아도 단번에 돈의 흐름을 파악할 수 있도록 명료하게 장부를 정리한 것이 단리하연의 눈에도 띄게 되었다.

그런 것을 흘려버릴 단리하연이 아니었다.

그녀는 깊은 눈으로 양혜란이 정리한 장부를 한참이나 들여다보다가 더 많은 장부를 양혜란에게 맡겼다.

그때부터 양혜란은 물 만난 고기처럼 능력을 발휘하여 날 때부터 상거래 수업을 받았다고 해도 과언이 아닌 단리하연의 감탄사를 토해내게 만들었다.

양혜란이 장부를 정리하는 방법은 특이해서 기존의 거래 장부 열 개를 다섯 개로 압축해서 만들어 버렸다.

그건 획기적이라 할 만했다.

장부가 반으로 줄어드니 제일 먼저 그것을 정리하는 데 따른 노력 역시 반으로 감소되었다. 당연히 그것을 파악하는 데도 그만큼 노력이 덜 들었다.

그러다 보니 모든 거래가 훨씬 명료하게 파악되고 사소한 금액의 누락도 허락하지 않았다.

단리하연도 장부 기재의 수업을 받았지만 그건 기본적인 수준이었다.

그녀는 상회의 주인이 되기 위한 다른 수업을 더 많이 받아

장부 정리는 전적으로 다른 사람들에게 의존했는데 양혜란이
정리한 장부를 보니 머릿속이 훨씬 환해지고 재고를 대폭 줄
일 수 있는 방안까지 떠올랐다.

일 년이 지난 지금 유진룡이 양혜란을 이곳 소향상회로 데
리고 온 의도대로, 그리고 양혜란 자신의 간절한 소망대로 양
혜란은 소향상회 회주의 제자가 되어가고 있었다.

양혜란이 그런 쪽으로 두각을 드러내고 있는 동안 마웅탁
역시 자신의 자질을 마음껏 갈고닦아 나가고 있었다.

그는 이곳에 온 다음날부터 책 속에 빠져들었다.

처음에는 시간을 보내기 위해서 책을 읽는 것 같았지만 그
의 나이로서는 이해가 힘든 수준의 책까지 읽고 그 내용을 막
힘없이 이해하고 풀이해 내자 회주 단리하연은 마웅탁에게
자신의 개인 서재까지 열람할 수 있는 파격을 베풀었다.

그리고 언젠가는 항주에 거주하고 있는 중원제일의 학사
만박노조(萬博老祖) 석주양(石主暘)의 가르침을 받도록 주선
을 해주겠다는 말도 했다.

그때부터 그는 먹고, 뒷간 가고, 자는 시간 외에는 하루 종
일 서재에 틀어박혀 책벌레가 되어버렸다.

단리하연의 개인 서재에는 당연히 상술에 관련된 서적이
많았다.

자연 마웅탁은 그런 쪽의 책도 읽게 되었고, 양혜란은 장부
를 정리하는 데 막히는 것이 있으면 마웅탁을 찾았다.

그때마다 마웅탁은 실타래를 풀 듯이 양혜란의 의문을 해소해 주었다.

양혜란이 열 개의 장부를 반으로 줄일 수 있었던 것은 마웅탁의 도움이 있었기에 가능했다.

이장명은 이곳 생활을 제일 힘들어했다.

어디로 가는지도 모르고 유진룡을 따라 소향상회로 왔지만 이곳에서 그의 마음을 끄는 일은 거의 없었다.

양혜란처럼 상술에도 취미가 없고, 마웅탁처럼 책에도 관심이 없는 그는 두어 달 동안 한량처럼 빈둥거리며 지냈다.

그래서 한때는 이곳을 나갈 생각에 짐을 싸기도 했다

물론 그의 의도는 양혜란과 마웅탁의 강력한 반대에 의해 무산되었지만 그만큼 그는 이곳 생활에 적응하지 못했다.

그러던 어느 날 무료함을 달래기 위해 후원의 한쪽 구석에서 판자를 걸어놓고 소도를 던지며 놀다가 소향표국의 호위대장 조항의 눈에 띄었다.

장난스레 이장명에게 다가간 조항은 소도를 던지는 비법 하나를 이장명에게 가르쳐 주었다.

즉시 따라 해본 이장명은 그 자리에서 조항에게 무릎을 꿇고 무술을 가르쳐 달라고 애원했다.

처음에는 당연히 거절당했다.

회주의 신변을 보호하는 것으로도 하루가 벅찬 그는 누굴 가르칠 시간도 없었고, 이미 근골이 굳어버린 이장명을 가르칠 홍도 일지 않았다.

그날부터 이장명은 조항이 해야 할 궂은일을 도맡아 했다.

조항의 방 청소부터, 조항의 말을 손질하는 것과 검을 닦는 것, 기회가 있을 때는 조항의 세숫물까지 잽싸게 떠다 바쳤다.

그럴 때는 유진룡의 고집과 끈기를 뛰어넘었다.

어지간한 조항도 결국은 두 손을 들고는 비도술과 기초적인 무공을 가르치게 되었다. 자신에게 시간이 없으면 부하들을 시켰다.

그때부터 이장명은 누구보다 이곳 소향상회를 마음에 들어 했고, 누구보다 열심히 배움의 길에 접어들었다.

다른 꼬맹이들도 빠르게 이곳 생활에 적응해 갔다.

처음에는 눈치만 보고 살아가던 골목 생활이 몸에 배어 이곳에서도 눈치만 보며 먹을 것이나 사소한 물건을 훔치기도 했다.

그럴 때마다 양혜란과 마웅탁은 그들에게 눈물이 줄줄 흐를 정도로 호통을 치고 종아리에 피가 나도록 매질을 했다.

처음에는 양혜란과 마웅탁이 무서워서 조심을 하던 꼬맹이들도 차츰 이곳에서는 뒷골목에서 했던 것처럼 하지 않아도 된다는 것을 알아차리게 됐다. 더 나아가 뒷골목 시절에는 자랑스럽게 했던 짓들이 옳지 않고 부끄러운 짓이란 것도 인식하게 됐다.

그 후로 꼬맹이들은 낮에는 이곳의 허드렛일을 도우며 밥값을 했고, 밤에는 양혜란의 엄격한 감시하에 마웅탁에게서 글을 익혀 나갔다.

그렇게 일 년이 순식간에 지나고 모든 것이 백팔십도로 달라졌다.

하지만 양혜란에게 있어 절대로 변하지 않은 것도 있었다.

그것은 유진룡에 대한 그리움이었다.

자신을 따르던 동생들을 모두 이곳에 데려다 놓고 훌쩍 떠나 버린 유진룡!

그는 자신의 피를 팔고, 목숨을 저당 잡혀 동생들의 안락을 구한 것이다.

모든 꼬맹이들은 물론이고 양혜란 자신 역시 유진룡의 목숨 값으로 지금의 안락한 생활을 누리고 있는 것이다.

"대장……."

목련꽃을 쳐다보던 양혜란은 나직하게 유진룡을 불렀다.

자신이 부를 때면 '무슨 일이야?' 하는 대답과 함께 언제나 훌쩍 자신 앞에 나타나 주었던 유진룡이 화단 사이로 훌쩍 나타날 것만 같았다. 그러나 이번에는 아무리 기다려도 나타나지 않았다.

"이곳에 있었구나."

등 뒤에서 단리하연의 목소리가 들렸다.

양혜란이 얼른 몸을 돌렸다. 그리고는 숨을 크게 들이마셨다.

만개한 목련꽃이 고개를 숙일 것 같은 자태의 단리하연이 부드러운 미소와 함께 서 있었다.

"회주님……."

양혜란은 신음 같은 목소리를 흘렸다.

"이젠 나보다 네가 목련을 더 좋아하는 것 같구나."

단리하연은 더욱 온화한 미소를 지었다.

그 미소 역시 백목련을 닮아 있었다.

"또 유 공자 생각이 난 것이니?"

"어머, 아니에요!"

양혜란이 화들짝 놀라며 얼굴을 붉혔다.

"아니긴… 얼굴에, 그리고 눈동자에 다 쓰여 있는걸."

단리하연이 양혜란의 눈을 깊숙이 바라보며 말했다.

양혜란은 자신의 내심이 모조리 읽히는 것 같아 서둘러 시선을 돌렸다.

단리하연 앞에서는 언제나 그런 심정이었다.

아무리 마음을 강하게 다지고 맞서보아도 소용이 없었다.

내면 깊은 곳을 꿰뚫어 보는 그녀의 시선을 마주하면 자신은 속절없이 그 속으로 빨려드는 기분이었다.

"살아 있기나 할지……."

고개를 돌린 양혜란은 먼 하늘 쪽을 바라보며 나직하게 말했다.

그녀의 목소리에 태산 같은 걱정이 어려 있었다.

"유 공자를 못 믿어서 그래?"

단리하연이 미소를 지으며 물었다.

"믿긴 하지만… 이번에는 왠지 너무 무거운 짐을 지고 있는 것 같아요."

양혜란이 긴 한숨을 내쉬었다.

"그 험한 골목 속에서 너를 비롯한 여러 동생들을 보호한 것도 결코 가벼운 짐은 아니었지. 그런 짐을 짊어지고도 쓰러지지 않고 이곳까지 와서 너희들을 맡긴 사람인데 무슨 짐인들 더 못 지겠니."

단리하연은 부드러운 음성으로 양혜란을 안심시켰다. 그러나 양혜란의 표정은 조금도 밝아지지 않았다. 오히려 기력이 다 빠져나간 듯했다.

단리하연은 대화를 바꿀 필요성을 느꼈다.

"최근 천우상회(天佑商會)와의 거래 장부는 다 정리했겠지?"

단리하연은 약간은 사무적인 어투로 물었다.

"모두 정리했습니다."

양혜란도 얼른 표정을 바꾸며 답했다.

사적인 대화에는 누구보다 다정다감한 단리하연이었지만 일에 관계된 대화에서는 바늘 끝만큼의 틈도 없었다. 그때는 온 신경을 집중해서 긴장해야 했다.

“특별한 점은?”

단리하연이 대수롭지 않은 투로 물었다.

“어떤……?”

양혜란이 잠시 머뭇거리며 반문했다.

“그러니까… 자금의 흐름에 어떤 특별한 것이 발견되지 않았느냔 말이다.”

단리하연의 말투가 조금 더 딱딱해졌다.

“요즘 들어 천우상회에서 우리 쪽으로 들어오는 어음이나 전표에서 무림의 것이 평소보다 많습니다.”

뭔가 생각난 양혜란이 얼른 답했다.

“그래, 요즘 들어 부쩍 무림의 자금이 천우상회로 많이 흘러들고 있지. 그건 무얼 뜻하는 것일까?”

단리하연이 이번에는 양혜란에게가 아닌, 자신에게 질문을 던지듯 말했다.

양혜란은 바짝 긴장하며 빠르게 머리를 회전시켰다.

비록 단리하연이 자신에게 직접적으로 질문을 던진 것은 아니었지만 그녀는 허튼말을 입 밖으로 내놓지 않는다. 그러니 그건 자신에게 던진 질문이나 마찬가지다.

이건 지금까지와 다른, 한 단계 높은 과제였다. 그리고 더 나아가 색다른 시험이었다.

지금까지는 철저히 장부를 정리하는 차원에서만 질문했고 그에 따른 대답만 요구했다.

그런데 그걸 거의 터득하자 단리하연은 정확히 꿰뚫어 보고 한 단계 높은 과제를 던져 주고 있는 것이다.

무림의 돈이 상계로 갑자기 많이 흘러들고 있다.

자신이 정리한 장부에서 읽을 수 있는 것은 그것뿐이었다.

그건 눈에 띄는 변화이기는 했지만 그 이상은 드러나지 않았다. 그런데 그것에서 무얼 찾으라는 말인가?

양혜란은 머릿속이 온통 헝클어지는 느낌을 받았지만 억지로 생각을 정리해 나갔다.

무림의 돈이 상계로 갑자기 흘러든다는 것은 무림 각 방파가 준동할 준비를 하고 있다는 말이다.

그러나 그런 단순한 것을 묻지는 않았을 것이다.

"장부를 잘 적는 것은 무엇보다 중요하지."

양혜란이 대답을 하기 전에 단리하연이 먼저 말했다.

"일목요연하게 정리된 장부는 돈의 흐름을 잘 나타내 주고, 돈의 흐름은 세상의 흐름과도 직결되지. 그것에서 세상의 흐름을 한발 먼저 읽으면 돈이 어느 구석으로 흘러갈지 예측이 가능하고, 또 그곳에 그물을 치고 기다리면 큰돈을 쓸어 담을 수가 있단다."

목련을 보며 혼잣소리처럼 질문하고 답을 하던 단리하연이 고개를 돌리며 양혜란을 쳐다보았다.

"너는 일목요연하게 장부를 정리하는 일에는 타고난 자질이 있는 사람이야. 하지만 그것은 상계의 일에 있어서 기본적인 것밖에 안 된단다. 이젠 그것으로 세상의 흐름을 읽고 돈의 흐름을 읽는 능력을 기를 때가 됐어."

단리하연의 말에 양혜란은 가슴이 뛰었다.

소향상회의 회주인 단리하연이 지금 자신에게 제자를 가르치는 것처럼 체계적인 가르침을 주고 있는 것이다.

"최근 들어 무림의 준동이 느껴져. 특히 사파의 준동이 두드러지지. 아직은 낙엽이 한 잎 떨어진 것에 불과하지만 머지않아 가을이 올 것이야."

단리하연의 눈이 까마득히 먼 곳을 쳐다보고 있었다.

양혜란은 뛰는 가슴을 달래며 숨을 죽이고 단리하연을 쳐다보았다.

지금으로서는 발치에도 따라갈 수 없는 여인이다.

무슨 생각을 하고 있는지, 무슨 말을 할지 짐작조차 할 수 없다.

"장부와 서류를 잘 읽고 분석하다 보면 그런 것까지 알 수가 있단다. 하지만 당장은 그런 먼 곳까진 볼 필요가 없고… 가장 가까운 것을 보는 것만으로도 스스로를 지키는 데 큰 힘이 될 수 있지."

단리하연의 말에 양혜란은 눈만 깜박거렸다.

장부를 잘 들여다보고 스스로를 지키라는 말이 무슨 뜻인지 도무지 알 수가 없었다.

"너도 이젠 알아야 할 때가 됐으니 말해주마."

단리하연은 여전히 뜻 모를 말의 서두를 꺼냈다.

"너희들이 이곳으로 오는 그날, 수많은 뒷거리 건달들이 유 공자와 너희 일행을 막으려고 달려들었지. 단지 유 공자가 황악호란 청년 하나를 두들겨 팼다고 그런 것치고는 너무 이상하다는 생각이 들지 않니?"

"그건 왕초 중 누군가가 우리 아이 중 하나를 노린다고……."

양혜란은 유진룡이 단리하연과 협상을 하며 했던 말을 떠올리며 답했다.

단리하연은 잠시 말을 끊고 묵묵히 양혜란을 쳐다보았다. 이윽고 단리하연이 입을 열었다.

"그 왕초는 육마종이었단다. 그리고 그가 노린 아이는 바로 너였고."

"그게… 그게 무슨 말인가요? 육마종이 왜?"

양혜란은 벼락을 맞은 듯이 놀라며 고함을 쳤다.

필사의 탈출을 한 그날 저녁 유진룡과 단리하연의 대화에서 그런 말을 들었지만 그게 육마종이고, 그놈이 노린 사람이 자신이라고는 꿈에도 생각지 않았다. 그때 육마종이 노린 사람은 언제나 정체가 의심스런 마웅탁이라고 생각했다. 그마저도 유진룡이 사지로 떠난다는 생각이 뇌리를 가득 채워 깊이 생각해 보지도 않았다. 그리고 다가온 너무도 많은 변화에

까맣게 잊고 있었다.

그런데 그게 자신이라니…….

"그자가 왜……?"

양혜란은 도저히 믿기지 않는 표정으로 다시 물었다.

"그 더러운 놈에겐 더 더러운 취미가 하나 있지. 어린 소녀를 성적 노리개로……."

단리하연은 말을 끝맺지 않았지만 그 말뜻이 무얼 뜻하는지는 명백했다.

양혜란은 몽둥이로 뒤통수를 세게 두들겨 맞은 듯 비틀거렸다.

모든 것이 너무 두려웠고, 전신의 힘이 빠진 듯 다리가 후들거렸다.

그날 유진룡이 그런 필사의 탈출을 감행하고, 또 이곳을 목적지로 잡지 않았다면 지금쯤 자신이 어떻게 됐을지 상상도 하기 싫었다.

양혜란은 목련꽃 나무를 잡고 겨우 몸을 가누었다.

"대장은 그걸 알고 이곳으로 날……."

양혜란의 가슴에 유진룡의 생각이 너무 사무쳤다.

"유 공자도 정확히 아는 것 같지는 않았어. 하지만 깨끗한 생각을 하고 사는 사람은 또 그만큼 깨끗한 운명의 물줄기를 타고 가기 마련이지. 유 공자가 그날 그런 위험을 전혀 몰랐다 하더라도 유 공자의 운명은 유 공자를 그렇게 하도록 내몰아 너와 동생들을 구했을 것이야."

단리하연의 눈빛이 아련하게 변해갔다.

"대장……."

양혜란의 두 눈으로 눈물이 흘러내렸다.

"눈물은 나중에 흘리고 지금은 현실적인 얘기를 해야지. 최근 천우상회에서 우리 상회로 흘러들어 온 어음은 무림의 것이지만 그것을 좀 더 깊이 들여다보면 그 출처는 혈사방이거나 혈사방과 관련된 것이란 것을 알게 될 거야."

"혈사방이라면?"

"육마종의 처가라고 할 수 있는 흑도 방파지."

"그럼……?"

양혜란의 두 눈이 더욱 커졌다.

"육마종과 같은 그런 놈은 아주 집요하단다. 자존심 때문에라도 쉽게 널 포기하지 않을 거야. 놈은 최근 혈사방과 우리 소향상회 사이에서 무슨 농간을 부리고 있어."

단리하연은 단정적으로 말했다.

양혜란은 온 사방으로 육마종의 마수가 뻗쳐 오는 것 같아 나뭇가지를 잡은 손에 더욱 힘을 주었다. 그러지 않으면 주저앉을 것 같았다.

"하지만 너무 걱정할 것 없어. 육마종이 아무리 날뛰어도 소향상회에겐 역부족이니까 말이야."

단리하연은 몸을 떨고 있는 양혜란의 어깨를 잡으며 안심을 시켰다. 그러나 양혜란의 눈에는 아직도 공포감이 사라지지 않았다.

"혈사방 역시 함부로 우릴 어쩔 수 없어."

단리하연은 한 번 더 안심을 시켰다.

혈사방도 어쩔 수 없다는 말을 듣고서야 양혜란은 조금 마음을 추스렀다.

"하지만 언젠가 무림에 격동이 일고 육마종과 혈사방이 더 큰 힘을 등에 업고 설쳐 대면 그땐 조금 힘이 들겠지. 그러기 전에 넌 스스로를 지킬 힘을, 그리고 그들의 움직임을 한발 앞서 읽고 분쇄시킬 능력을 길러야 하겠지."

단리하연은 낮은 한숨과 함께 말을 맺었다. 그리고 양혜란의 표정을 찬찬히 살폈다.

조금은 무리한 감이 있는 충격 요법이었지만 그만큼 효과는 컸다.

사슴 같은 눈망울을 가진 이 소녀는 그런 충격 속에서 앞으로는 더 강하게 성장할 것이다.

천부적인 자질을 타고난 아이였지만 눈동자에 슬픈 기색이 너무 진했다. 그리고 최근에는 유진룡에 대한 생각 때문에 이곳에서 맥을 놓고 있을 때가 많았다. 그런 것을 극복해야만 소향상회의 다음 대를 이어갈 훌륭한 재목이 될 것이다.

스스로 강해지지 않으면 나락으로 떨어질 수도 있다는 위험의 인식과, 육마종에 대한 적의는 슬픈 눈망울을 가진 소녀를 철혈의 여인으로 변모시킬 수도 있을 것이다.

단리하연은 다시 한 번 낮은 한숨을 내쉬었다.

"언제쯤 무림이 격동할까요?"

눈동자에서 슬픈 빛을 몰아낸 양혜란이 단리하연을 쳐다보며 질문을 던졌다.

"글쎄, 그건 정확히 알 수 없지만 오 년 안에 큰 싸움이 일어날 것 같아. 지금 사파의 준동이 절대 단순하지가 않거든. 그때는 우리 소향상회도 파도에 휩쓸릴 거야. 그런 위기를 기회로 만들면 살아남고 그렇지 못하면 좌초되는 것이 상회의 운명이지."

단리하연이 답했고, 양혜란의 눈에 다시 걱정이 찾아들었다.

"그때쯤 유 공자가 무림고수가 되거나 거물이 되어 나타나준다면 우리 상회는 큰 동아줄을 하나 잡은 거겠지?"

단리하연이 밝은 미소와 함께 양혜란을 다시 안심을 시켰다.

"대장을 저보다 더 믿는군요."

양혜란의 눈이 더 걱정스러워졌다.

"왜, 넌 유 공자를 못 믿어? 그래서 그렇게 걱정스런 표정이야?"

유진룡의 존재를 일깨워주었는 데도 더 걱정스런 표정의 양혜란의 눈을 보며 단리하연은 뜻밖이란 표정을 지었다.

"제가 걱정하는 것은 그런 게 아니에요."

양혜란이 눈을 내리고는 고개를 저었다.

"그럼 무얼 걱정하는데?"

단리하연의 눈에 궁금증이 어렸다.

양혜란은 잠시 뜸을 들이다 입을 열었다.

"대장이 돌아와서 회주님을 더 좋아하면… 그래서 회주님과 연적이 되면 전 도저히 자신없어요."

양혜란의 대답에 단리하연은 잠시 할 말을 잃고 말았다.

"얘가 무슨 그런 엉뚱한 말을……."

잠시 후 단리하연이 천만뜻밖이란 듯 깜짝 놀라며 그녀답지 않게 허둥거렸다.

"그날 회주님을 쳐다보는 대장의 눈빛이나 대장을 쳐다보는 회주님의 눈빛에서 그걸 느꼈어요. 여자의 육감은 그런 면에서는 누구보다 더 정확하니까요."

"이제 보니 정말 엉뚱하고 당돌한 아가씨야!"

단리하연은 새삼스런 눈으로 양혜란을 쳐다보았다. 그러는 그녀의 얼굴이 붉어져 있었다.

"난 유 공자보다 나이도 더 많아."

단리하연이 고개를 저었다.

"그게 무슨 상관이에요. 회주님이라면 그건 아무런 문제가 안 될 거예요."

양혜란은 허둥거리는 단리하연을 보며 내심 안도의 한숨

을 내쉬었다.

'됐어, 회주님이라면 대장의 큰 디딤돌이 될 거야. 나에겐 하늘 같은 대장으로, 그리고 오빠로 족한 사람이야.'

안도의 한숨을 내쉰 양혜란의 눈이 어쩔 수 없이 슬퍼졌다.

*　　　*　　　*

"오늘은 글공부는 잠시 쉬고 당금 무림 고수들의 서열에 대해서 좀 들려주세요, 할아버지."

서호(西湖)의 수려한 정경이 내려다보이는 정자 위에서 여섯 살 정도의 깨물어주고 싶을 만큼 깜찍한 소년이 노인을 향해 간청을 했다.

총명한 눈동자는 하나를 가르치면 열을 알 것 같았지만 거듭된 공부에 싫증이 나는 모양이었다.

"허허!"

질문을 받은 노인이 너털웃음을 터뜨렸다.

백발(白髮)에 백염(白鹽)을 길게 늘어뜨린 신선 같은 풍모의 노인이었다.

이따금씩 호수 수면 위로 미끄러져 온 바람에 노인의 백염은 그림처럼 휘날렸다.

"너무 바보 같은 청이 아니니?"

두어 살 더 많아 보이는 소녀가 눈을 살짝 흘기며 말했다.

"무공 순위란 것이 계단처럼 뚜렷한 층이 진 것도 아니고, 설사 그렇다 하더라도 오늘 이긴 사람이 내일은 질 수도 있는 일이잖아. 또 자신의 존재를 드러내지 않고 심산유곡에서 도를 닦는 방편으로 무공에 매진하는 모래알 같은 기인이사들은 어떻게 서열을 매길래?"

소녀는 내친김이란 듯 거침없이 말했다.

"그걸 누가 몰라서 그래?"

소년이 퉁명스럽게 말을 받았다.

"그런데도 그런 청을 하는 거야?"

소녀가 고운 아미를 살짝 찌푸렸다.

"다른 사람에게라면 그런 질문을 안 하지. 만박노조라는 별호가 붙으신 할아버지니까 하는 청이지."

소년은 입을 삐죽거렸다.

그 모습이 마치 선경에 나오는 선동처럼 귀여웠다.

만박노조!

세상에서 모르는 것이 없다는 별호였다.

그리고 소향상회 회주 단리하연이 언젠가 마웅탁을 그의 제자로 보낼 생각을 하고 있는 노인의 별호였다.

"하하하, 이 할아비의 별호가 만박노조라는 것을 우리 청아가 알고 있단 말이지? 하하하!"

"오래전부터 알고 있었어요. 하지만 그 뜻을 몰랐는데 이젠 그 뜻도 알게 됐어요. 그래서 드리는 청이에요."

소년은 보석 같은 눈망울에 기대감을 잔뜩 담고 노인을 쳐다보았다.

"허허허!"

소년의 눈을 쳐다본 노인이 다시 함박웃음을 터뜨렸다.

"비록 만박노조라는 그럴듯한 별호를 얻었지만 무한한 세상 만물의 이치에 관해 이 할아비가 아는 것은 먼지 정도의 수준이란다. 강호무림에 대한 것도 마찬가지로 할아비는 그들 중 빙산의 일각만을 알고 있을 뿐이다."

노인은 인자한 음성으로 소년을 달랬다.

"그럼 그 빙산의 일각이라도 들려주세요."

소년이 총명한 눈망울을 깜박이며 재촉했다.

"허허! 이젠 이 할아비가 우리 청아를 못 당하겠구나."

"어서요, 할아버지!"

소년이 이젠 노인의 소매 끝을 잡아당겼다.

"우리 집안은 무가가 아니라 문가이니라. 그런데 왜 무림의 일들이 궁금한 것이냐?"

노인이 짐짓 엄한 표정으로 바꾸며 되물었다.

"문무가 어찌 따로겠어요? 진리의 길은 결국 하나로 마주치게 되는 걸요."

"와― 하하하!"

어린애답지 않은 답변에 노인은 정자가 떠나가라 대소를 터뜨렸다.

"그래, 그 말이 맞구나. 세상만사는 한 가지만으로 존재하지 않는다. 음과 양, 안과 밖, 남과 여… 모든 것이 쌍을 이루고 조화를 이루며 존재하지. 문과 무도 마찬가지지. 그러니 다른 한쪽도 알아두는 것이 나쁘지는 않겠지."

노인은 점잖게 수염을 쓰다듬었다. 그리고는 다액을 한 모금 삼켰다.

그건 노인이 긴 설명을 앞두고 하는 버릇이라는 걸 알고 있는 소년은 기대감 가득한 눈으로 노인의 입만 쳐다보았다.

"내일은 또 어찌 될지 모르는 일이지만 현재 무림은 일황(一皇), 이제(二帝), 삼후(三侯), 사존(四尊), 오패(五覇), 육성(六聖), 칠웅(七雄)이 무림이라는 산의 꼭대기 부분을 차지하고 있단다."

"우와!"

서두부터 거창한 명칭들이 나오자 소년은 탄성을 터뜨렸다.

노인은 미소를 머금으며 설명을 이어갔다.

"일황은 검황인 독고장천(獨孤長天)이란 무인이지. 그는 검 한 자루만 손에 들면 태산도 가른다고 할 정도로 검에 대해서는 이미 인간의 경지를 넘어선 사람이란다."

노인은 잠시 말을 맺었다. 얼핏 노인의 표정에 존경의 염이 묻어 나왔다.

"그리고 이제는 구천마검(九天魔劍) 목채군(木彩軍)과 비룡도객(飛龍刀客) 여조성(呂組星)이란다. 구천마검은 사파의 인물이고 비룡도객은 정파의 인물이지만 그들 정도만 되어도 정사의 경계란 무의미한 것이란다. 그들은 이미 마의 벽이나 선의 벽을 모두 뛰어넘었으니까 말이다.”

노인은 다시 차 한 모금을 마셨다.

“그리고 삼후에는 창 한 자루로 신강 일대를 제패한 은룡신창(銀龍神槍) 곡진우(曲鎭右)와 파산철도(破山鐵刀) 야관정(也官丁), 구절흑편(九折黑鞭) 화인척(華靭隻)이 있단다. 이들은⋯⋯.”

노인의 설명이 계속 이어지자 소년의 얼굴에는 연신 열기가 감돌았다. 반면, 소년의 누나인 듯한 소녀는 금방 싫증이 났는지 하품을 해댔다.

노인은 소녀의 지루해하는 기색에는 아랑곳 않고 설명을 이어갔다. 노인 역시 그것을 설명하는 것이 적잖이 신명이 나는 기색이었다.

잠시 후, 강호 서열의 정점에 있는 무인들에 대한 별호와 이름, 무공의 특징 정도만 들려주는 간단한 설명이 끝났지만 소년의 입은 파리가 들어가서 알을 낳아도 모를 정도로 벌어져 있었다.

“침이나 닦아!”

소녀가 뾰족하게 고함을 쳤을 때 소년은 비로소 입을 다물었다.

"하지만 그것은 강호인들과는 상관없는 호사가들이 오래 전에 매긴 서열이니 그냥 소문에 불과하다고도 할 수 있겠지. 소문이 아니고 사실이라 하더라도 지금은 또 어떻게 달라졌는지도 모를 일이고. 자고로 선인들은 사흘만 못 보아도 괄목 상대할 만큼 달라지니까 말이다."

노인이 그렇게 부연 설명을 했지만 소년은 '일황, 이제, 삼존…' 하고 일컬으며 순위를 되새기고 있었다.

"그럼 그들 중 서로 싸워본 사람이 있나요?"

소년은 입맛을 다시며 다시 노인의 얼굴을 뚫어져라 쳐다보았다.

"딱 한 명이, 아니, 서로 싸웠으니 두 사람이 되겠구나."

"누, 누군가요, 그들이?"

소년의 목에서 침 넘어가는 소리가 들려왔다.

"사존의 자리에 있는 무정혈검(無情血劍) 곽조만(郭助慢)과 오패의 한 자리를 차지한 탈백마수(奪魄魔手) 도천극(途天克)이다. 청해성에서 우연히 마주친 그들은 사소한 일로 시비가 붙어 싸움을 벌이게 되었지."

"누가 이겼나요?"

소년은 노인의 말이 떨어지기가 무섭게 질문을 던졌다.

"허허!"

노인이 다시 너털웃음을 터뜨렸다.

"결과로 보면 사존의 자리에 있는 무정혈검 곽조만이 이겼단다."

"그런데요?"

"그런데 그 후유증은 탈백마수 도천극이 훨씬 얕아서 두 달 만에 떨치고 일어난 반면, 곽조만은 일 년 동안이나 폐관을 하며 고생을 해야 했단다."

"와아! 그럼 무정혈검이 이겼다고 할 수도 없겠네요?"

소년이 반쯤 고함을 질렀다.

"그런데 어떻게 그런 결과가 나온 건가요, 할아버지?"

서열만 순서대로 설명할 때는 하품을 하던 소녀도 이젠 구미가 당기는지 질문을 던졌다.

"그건 탈백마수 도천극의 특이한 무공, 아니, 그보다는 특이한 수련 방법 때문이었다."

"어떤 수련인가요?"

소녀가 재차 질문을 던졌다.

"그걸 설명하려면 도천극의 사부인 만수조종(萬獸祖宗)이라는 기인부터 설명해야 할 것 같구나."

"만수조종?"

소년은 고개를 갸웃거렸다.

그는 오패 중 한 사람의 사부이면서도 오패는 물론, 육성이나 칠웅의 자리에도 들어 있지 않았기 때문이다.

사부가 언제나 제자보다 고수라는 법은 없었다. 그렇다면 청출어람(靑出於藍)이란 말은 생기지 않았을 것이다. 하지만 어느 정도는 수준이 맞아야 한다. 오패의 제일 말석을 차지하고 있더라도 서열 십오위는 된다. 그럼 사부 역시 조금 낮더라도 비슷한 수준에는 있어야 하는 것이다.

"생전 들어본 적도 없는 별호네요."

소년이 노인을 보고 말했다.

"네가 얼마나 살았다고 생전이야, 생전이?"

소녀가 코웃음을 쳤다.

빙그레 미소를 지은 노인이 티격태격하는 소년, 소녀 사이에 끼어들었다.

"못 들어본 것도 무리가 아니겠지. 만수조종의 무공 서열을 굳이 따진다면 무림 일백위 안에도 못 드니까 말이다."

"그런데 서열 십오위 안에 드는 제자를 키워냈단 말인가요? 그리고 더 높은 서열에 있는 사람과 싸워서도 훨씬 빨리 회복되고……."

소년은 정말 놀랍다는 표정으로 눈을 깜박거렸다.

"그것이 만수조종이란 사람을 기인으로 칭하는 이유이지. 그는 또 이 할아비도 한때는 많은 관심을 가지고 지켜본 사람이기도 했단다."

노인은 잠시 과거를 회상하는 듯 먼 곳을 쳐다보았다.

"만수조종이 어떻게 제자를 훈련시켰는지 궁금해요, 할아버지."

이번에는 소녀가 재촉을 했다.

"만수조종의 제자 훈련법은 이제까지의 무공 수련 방법을 완전히 뒤집었단다. 이제까지는 제일 먼저 단전에 내력을 모으고 그것을 바탕으로 검법이든 권법이든 무공을 수련해 가는데 만수조종은 내공 수련은 제쳐 두고 몸을 단련하고 몸의 감각을 일깨우는 훈련부터 먼저 했다. 그것도 아주 혹독하게……."

"어떻게요?"

"먼저 자신이 직접 훈련을 시켜서 어느 정도 수준에 오르면 인간이 아닌 맹수와 상대하게 하여 제자의 육체적 능력과 감각을 끌어올렸다."

"맹수라고요?"

소년이 눈을 크게 떴다. 특이하다는 말을 들었지만 맹수란 말은 천만뜻밖인 것이다.

"그러다 물려 죽으면 어떻게 하려고요? 내공도 없는데."

소녀도 목소리를 높였다.

"그의 별호가 무어라 했느냐?"

"만수조종……. 그러고 보니까 모든 동물을 다룰 수 있다는……."

"허허! 바로 맞혔느니라. 그는 무공은 높지 않았지만 특이하게도 동물의 심령을 제압할 수 있는 능력을 갖추고 있었느니라."

"와아—"

소년의 탄성이 다시 터져 나왔고, 미소를 머금은 노인은 설명을 이어갔다.

"만수조종은 그 별호답게 태어날 때부터 동물과 영적 교감이 가능했고, 무공을 익히며 그쪽으로 더욱 능력을 일깨우자 동물들의 심령을 제압할 단계까지 오르게 되었다. 그 능력으로 한때는 맹수를 몇 마리씩 대동하고 다니며 운남과 사천 일대에서 제법 이름을 떨치기도 했다."

"왜 그 정도밖에 이름을 못 떨쳤나요? 모든 동물들을 조종하면 세상에서 두려울 것이 없었을 텐데요."

"내 말을 곡해했구나. 네 말대로 그가 세상 모든 동물을 부린다면 천하를 제패할 수도 있었겠지. 땅속에 있는 쥐들만 모두 불러내도 세상이 발칵 뒤집힐 일이니까 말이다. 하지만 그런 일은 조물주나 가능한 일이지 인간의 능력으로는 불가능한 일이란다. 만수조종이 부릴 수 있는 동물은 자신이 직접 심령을 제압한 동물들이란다. 동물의 심령을 제압하는 것은 제법 공력이 소모되는 일이니 무작정 그럴 순 없겠지. 이리저리 고르고 고른 맹수들을 제압해서 자신의 수족처럼 부리고 다녔단다. 혈기왕성하던 젊은 시절에는 그렇게 심령을 제압한 맹수들과 세상을 주유하다 점점 심산유곡의 영물들도 제압하게 되고, 어느 순간 그 영물들을 이용하여 제자를 기를 생각을 한 모양이야."

"정말 엉뚱한 사람이군요. 맹수를 이용하여 제자를 기를 생각을 하다니……. 또 그게 무조건 성공할 수 있는 좋은 방법이 아닌 것 같기도 하고…….”

소녀가 약간 고개를 갸웃거리며 말했다.

“그렇지. 엉뚱하기는 하지. 맹수만 부릴 수 있다고 그들을 이용하여 제자를 훈련시킬 생각을 한 것은 어쩌면 무모한 시도이기도 하지. 하지만 그 무모한 시도를 가능케 한 것이 또 그의 그런 능력 때문이다.”

“그게 무슨 말인가요, 할아버지?”

“철저히 비밀로 하고 있다가 나중에 알려진 사실이지만, 그는 심산유곡에 있는 영물들과 영적인 교류를 하고 수족으로 부리다 보니 절세의 영초나 영약들이 있는 곳을 자연스럽게 알게 되었고, 그것들을 은밀하게 모았다더구나. 모았으니 팔든지 써야 하겠는데 팔아서 부귀영화를 누리는 것은 그의 적성에 맞지 않았어. 그렇다면 적절한 곳에 써야 하는데, 자신에게 쓰기는 늦었으니 자연히 그것들을 이용하여 제자를 기를 생각을 하게 된 것이지. 그는 또 동물의 심령을 제압하는 능력과 함께 의술에도 조예가 깊었으니까 말이다.”

“그렇다면 무모한 것만은 아니군요. 뛰어난 의술과 절세의 영약이면 평범한 사람도 고수로 만들 수 있을 테니까요.”

“그렇지. 하지만 영약이란 것이 잘못 쓰면 독보다 더 위험하단다. 그래서 초반에는 실패를 많이 했단다.”

“실패를 많이 했다는 말은 제자를 많이 잃었다는 말인가요?"

소년은 눈살을 찌푸렸다.

"그렇단다. 그것이 그가 사파의 인물로 분류되는 이유이기도 하고……. 하지만 그는 결국 영약들과 의술을 이용하여 극강의 무인을 만들어낼 방법을 알게 되었단다. 미리 말했듯이 그는 내공 수련을 뒤로 미뤄두고 내공이 전혀 없는 소년들을 맹수들과 상대하게 하는 식의 극한의 훈련을 시켜서 인간의 한계를 뛰어넘을 만한 신체를 만들고 난 후, 영약들을 복용시켜 단번에 내력을 증강시키는 방법을 썼단다. 보통의 몸이라면 불가능하겠지만 지옥 같은 훈련을 거쳐 보통 인간의 능력을 뛰어넘은 육체는 그것이 가능했고, 그의 제자들은 육체적으로는 인간이 따라 할 수 없는 맹수와 같은 능력에, 내력 역시 영약으로 짧은 기간에 어떤 고수 못지않게 증진된 것이지."

"그 상태에서 검술이든 권법이든 초식을 익히게 되면 금세 절정고수가 되겠네요."

소녀도 탄성을 토했다.

"그렇게 탄생된 그의 제자가 오패의 한 사람, 칠웅에 한 사람이 있단다."

"칠웅에도 있나요?"

"그렇단다. 칠웅의 한자리를 차지하고 있는 추풍신검(追風神劍) 철사홍(喆司泓)이 바로 그의 제자이지."

"딱 두 사람뿐인가요? 그들보다 더 강한 제자는 없나요? 아니면 좀 더 약한 제자라도. 그만한 능력이라면 많은 제자를 길렀을 것 같은데……."

소년이 아쉽다는 표정으로 질문을 던졌다.

"그런데 그 시기에 만수조종으로서는 저승에서도 잊지 못할 비극이 일어났단다. 그걸 어린 너희들에게 얘기해 주어도 될지 망설여지는구나."

노인은 손자와 손녀를 신중한 눈빛으로 쳐다보았다.

"설명 안 해주셔도 대강 짐작이 가는 일인 걸요."

소년이 총기가 철철 넘치는 눈으로 노인을 쳐다보며 말했다.

"짐작이 가다니, 그게 무슨 말이냐?"

노인이 눈을 조금 크게 떴다.

"죽을 고생을 하며 고수가 되고 나니 제자들의 생각이 바뀌었겠지요. 혹시 사부가 타고난 능력과 자신들을 키운 경험으로 더 강한 제자를 키우지 않을까 신경이 쓰일 테니까요."

소년이 말했다.

"더구나 이제 자신들은 사부보다 한참 무공이 높아졌으니 뭔가 배은망덕한 짓도 했겠지요."

소녀도 맞장구를 치며 약간은 침울한 표정을 지었다.

너무 총명한 손자와 손녀를 보며 만박노조는 입만 벌릴 뿐이었다.

"며칠 전 읽은 이야기책에서 그런 비슷한 내용이 있어서 미루어 짐작한 것뿐이에요."

조부의 눈빛에 걱정이 묻어나는 것을 본 소년이 얼른 말했다. 소녀는 그런 소년을 향해 도끼눈을 떴지만 이미 늦은 후였다.

"어디서 그런 책을 읽었느냐?"

노인의 눈이 조금 엄한 빛을 띠었다.

"할아버지 서재에서⋯⋯."

소녀가 기어들어 가는 목소리로 답했다.

"어허, 이놈들이! 그곳은 들락거리지 말라고 했거늘⋯⋯."

노인이 혀를 찼다.

"글공부만 하면 너무 따분하단 말이에요. 그리고 할아버지 서재에는 재미있는 책들이 너무 많고⋯⋯."

소녀가 앙증맞은 표정을 하며 몸을 비틀었다.

"쯧쯧! 다음부터는 나갈 때 서재 문을 필히 잠그고 나가야겠구나."

소녀의 귀여운 표정과 몸짓에 마음이 누그러진 노인이 입 끝에 보일 듯 말 듯한 미소를 지은 채 빈 찻잔에 한 잔의 차를 더 따랐다.

"너희들 짐작대로 그런 일이 실제로 일어났단다. 애초에는 세 명의 제자가 있었으나 그 참사에서 두 명만 살아남아 오패와 칠웅의 자리에 있는 것이지."

"제자들이 모두 사부를 공격했나요?"

"그렇지는 않은 것 같단다. 탈백마수 도천극과 추풍신검 철사홍이 그 후 철저히 반목하는 것으로 봐서 한 사람은 사부를 보호하려다 원수지간이 되지 않았나 하고 추측할 뿐이다."

"너무 비극적이군요."

소녀가 침울한 목소리로 말했다. 타고난 총명함과 함께 이미 조부의 서재에 있는 수많은 책 중 제법 많은 양을 읽어 그 나이에서는 생각지도 못할 세상 이치를 짐작했지만 그것을 소화하기에는 아직 어렸다.

"강호란 곳이 다 그렇지, 뭐. 그래서 우리는 글공부나 열심히 해야겠지."

소년이 한술 더 뜨며 말했다.

"그런데 그 후 만수조종이란 사람은 어떻게 되었나요?"

소녀가 다시 질문했다.

"그 후 그의 행적은 알려진 게 없단다. 그때 천산에서 일어난 그 혈풍에 휩쓸려 죽었다는 말도 있고, 제자 중 한 명의 도움으로 목숨만 건져 사라졌다는 말도 있다."

노인은 그렇게 설명을 끝냈다.

"안타깝군요. 기인 중의 기인인데……."

소녀가 더욱 침울한 표정으로 중얼거렸다.

"이 할아비도 그런 심정이구나. 천산마존 그가 그런 일을 당하지 않았더라면 또 어떤 제자가 탄생할지 모를 일이었는데 말이다."

노인의 눈에 아쉬움이 가득했다.

"천산마존?"

노인의 입에서 흘러나온 색다른 별호를 소년이 되뇌었다.

"그건 만수조종이 천산에서 문파를 열고 제자를 키울 때 얻은 또 다른 별호란다. 아까도 말했듯이 초반에 제자를 여럿 잃었기에 마인으로 낙인 찍혔고, 또 그의 무공 서열은 미미하지만 제자는 오패의 한 사람이니 오패보다는 한 단계 위인 사존의 자리에 둔다고 하여 '마존'이란 별호를 얻어 천산마존이라 불리게 된 것이지."

얘기를 끝낸 노인이 천천히 수염을 쓰다듬었다.

第十四章
위기의식(危機意識)

"이제 끝이다!"

동굴이 울릴 정도로 고함을 지른 유진룡은 어깨에 짊어졌던 바위를 바닥으로 내던졌다.

육중한, 아니, 거대한 바위는 동굴을 무너뜨릴 듯이 진동시켰다.

드디어 두 번째 과정인 의념으로 기를 모아 그것으로 몸에 꽂힌 은침을 튕겨내는 수련이 끝난 것이다.

"내가 지금 살아 있기는 한 것인가?"

유진룡은 바닥에 털썩 주저앉으며 자신의 몸을 내려다보았다.

처음에는 한 치 앞도 보이지 않았다.

눈썹에 닿을 정도로 손을 눈 가까이에 가져와도 아무것도 보이지 않았다. 그건 적응이 되고 말고의 문제가 아니었다. 완벽한 어둠 속에서 보통 사람의 눈은 아무런 기능을 할 수가 없었던 때문이다.

하지만 이젠 동굴 속의 사물들이 구별되었다.

혹독한 수련으로 몸속에 막강한 기운이 축적됨에 따라 안력 역시 보통 사람의 범위를 넘어서 스스로 빛을 내어 암흑 속에서 사물을 구별할 수 있게 된 것이다.

"많이 변했군!"

유진룡은 생소하게까지 느껴지는 자신의 몸을 보며 쓰게 웃었다.

그동안 그야말로 지옥 훈련을 하며 자신의 몸이 어떻게 변했는지조차 제대로 의식할 시간이 없었다.

한순간이라도 다른 생각을 하면 천길 나락으로 떨어지는 수련이었기에 자신이 누구인지조차 잊고 지냈다.

유진룡은 조금 여유를 두고 자신의 몸을 좀 더 살폈다.

삼천육백 개의 혈맥에 꽂힌 은침들을 의념으로 튕겨내고 그만큼의 약초 술을 마시고 난 유진룡의 몸은 예전에 비해 천양지차로 달라졌다고 해도 과언이 아니었다.

내력은 물론, 외형적으로도 탈태환골의 수준으로 변해 온통 근육질에, 그 근육조차 돌덩이처럼 단단했다.

처음 수련을 하며 죽음의 공포를 느꼈던 동굴 안 천정에 매달린 바위는 이젠 한 손으로도 들어 올릴 수가 있었고, 동굴 입구를 막은 바위 역시 어깨 위에 올려놓고 잠을 잘 수도 있었다.

초인에 가까운 근력과 함께 감각 또한 보통 인간의 수준을 까마득히 뛰어넘었다.

온몸 구석구석에 있는 삼백육십 개의 대혈과 그보다 열 배는 더 많은 세혈에 꽂힌 은침을 튕겨내면서 막힌 세혈들이 모두 트였다. 자연히 그 세혈 하나하나까지 의식으로 통제를 할 수 있어 솜털 끝에 묻은 먼지 한 점까지 느낄 정도가 되었다.

또한 근골의 움직임 역시 털끝만큼의 흐트러짐 없이 통제가 가능했다.

무지막지하다 싶을 정도로 특이한 수련과 그 수련 중간 중간에 마셨던 각종 영약들은 이 년이라는 짧은 기간 안에 한 인간의 육체적 능력을 초인의 경지로 끌어올려 놓은 것이다.

하지만 유진룡은 그런 변화들에 크게 고무적인 느낌은 들지 않았다.

그렇게 되기까지 삼천육백 번의 죽을 고비를 넘겼다.

삼천육백 개의 은침 어느 것 하나 쉬운 것이 없었다.

시간이 갈수록 은침은 가늘어졌다. 그래서 어떤 것은 어느 부위는 물론, 몸에 꽂혔는지조차도 분간이 가지 않았다.

매정한 천산마존은 언제나 '튕겨내어라' 는 한마디 말만

하고는 사라져 버렸다.

그리고 매번 바위의 무게는 더 무거워졌다.

나중에는 바위 위에 백호 놈까지 올라댔다.

놈은 바위 위에서 일부러 요동을 쳐서 더 무겁게 했다.

그런 악조건 속에서도 정신을 집중하여 세침을 튕겨내는 일은 그야말로 죽음보다 고통스런 일이었다.

그런 지독한 고통을 겪었기에 유진룡은 지금 자신이 얻은 능력이 크게 대단하게 느껴지지도 않았다.

오히려 그 지독한 고통에 비하면 너무 약소하다는 느낌이었다.

그러다 보니 사부 천산마존에 대해서도 존경의 염보다는 원망의 감정이 앞섰다.

백호 놈이 천산마존의 말을 들어주면서 매번 그렇게 툴툴거리는지 이해가 갈 것도 같았다.

그런 중에서 유일한 한 가지 위안은 세침을 튕겨낸 후 천산마존으로부터 받아 마시는 한 잔의 약초 술이었다.

맛은 정말 형편없었다.

처음 마셨던 버섯 술이 제일 맛있었다고 할 수 있었다. 그 다음부터는 쓰고, 시고, 비릿하고, 온갖 악취가 다 풍기는 술이었다.

하지만 그 효능은 그 맛이나 향기만큼 특별났다.

갈수록 무거워지는 바위를 짊어진 채 은침을 튕겨내고 나면 몸이 모래 탑처럼 무너질 것 같았지만 한 잔의 약초 술은 일각도 되기 전에 기력을 되살리고 원기를 더욱 충만하게 해 주었다. 그리고 무거운 바위에 찌그러질 수도 있을 법한 몸을 오히려 장신으로 성장시켜 놓았다.

그리하여 유진룡은 고양이의 수염보다 더 민감한 감각을 지닌, 그러면서도 바위보다 더 단단한 근골을 지닌 육 척이 넘는 장신의 철인으로 거듭난 것이다.

툭!

유진룡은 팔을 움직여 동굴 벽에 부딪쳐 보았다.

아픔 같은 건 느껴지지 않았다.

퍽!

이번에는 조금 더 세게 부딪쳤다.

여전히 통증은 없고 부딪친 곳에서 찌르르 하는 느낌이 전해졌다.

그건 삼천육백 개의 은침을 튕겨내며 세혈 구석구석까지 자연스럽게 운기된 기운이 충격을 받은 부분에 전해지며 느껴지는 현상이었다.

"어디!"

유진룡은 천천히 자리에서 일어섰다. 그리고 벽을 향해 온 몸을 부딪쳐 보았다.

쿵!

둔중한 진동음이 동굴 안을 울렸다.

이번에는 조금 통증이 느껴졌지만 그건 미미한 수준이었다. 반면, 동굴 안을 울리는 소음은 예상을 뛰어넘었다. 이런 정도라면 웬만한 아름드리 나무는 몸을 부딪치는 것만으로도 쓰러뜨릴 수 있을 것 같았다.

만사에는 모두 음과 양이 있듯이 지옥 같은 수련을 견디고 나니 그만한 힘을 얻게 된 것이다.

이젠 자신보다 덩치 큰 인간들과 상대하며 어쩔 수 없이 차이가 나는 힘 때문에 절벽 앞에 선 것 같은 암담함은 느끼지 않을 것 같았다.

"후후!"

만족한 웃음을 흘린 유진룡은 자리에 다시 주저앉았다.

"마시거라!"

어느새 다가온 천산마존은 마지막 버섯 술을 내밀었다.

유진룡은 말없이 받아 마셨다.

번쩍!

삼천육백 번째의 잔을 다 비우고 일각 동안 운기조식을 한 유진룡은 천천히 눈을 떴다.

그의 눈에서 일렁거리는 광채가 쏟아져 나왔다.

그것은 백호의 눈에서 쏟아지는 안광보다 더 강렬하면서도 야수의 눈빛에서는 느낄 수 없는 현기가 스며들어 있었다.

이제 그 눈으로 어두운 동굴 속에서도 사물을 훤히 인식할 수 있는 것이다.

“오늘은 쉬고 내일부터 다른 수련을 시작하도록 하자.”

천산마존은 평소와 전혀 다름없이 무덤덤한 목소리로 말했다.

“이번에는 죽어도 안 되겠으니 이틀 더 휴식 시간을 주십시오. 이러다가는 제 이름마저 잊어버리겠습니다.”

유진룡은 완강한 표정과 함께 고집을 피웠다.

“놈!”

천산마존이 고함을 쳤다.

“짐승도 이렇게 하면 미칩니다.”

유진룡은 죽이든 살리든 마음대로 하라는 식으로 등을 돌렸다.

잠시 침묵이 이어졌다.

“하루만 더 주겠다.”

짤막하게 말한 천산마존의 음성이 멀어져 갔다.

쓰게 웃은 유진룡은 동굴 벽 쪽으로 몸을 이동시켰다.

‘다들 잘 있을까?’

동굴 벽에 등을 기댄 유진룡은 이곳에 온 후 처음으로 동생들에 대한 생각을 떠올렸다.

그동안은 떠올릴 시간도 없었고, 억지로도 떠올리지 않으려 했다.

제일 먼저 양혜란의 얼굴이 떠올랐다.

사슴같이 슬픈 눈!

그 슬픈 눈으로 어린 동생들을 애처롭게 쳐다보며 조금이라도 덜 배고프게 하고, 조금이라도 덜 춥게 하려고 갖은 고생을 다하던 모습이 기억 속에 선했다.

이젠 자신이 꿈꾸던 소향상회에서 조금은 덜 슬픈 눈빛으로 바뀌었을지 궁금했다.

그다음으로 마웅탁의 얼굴이 떠올랐다.

그 녀석을 생각할 때는 언제나 정체가 뭘까 하는 의구심이 먼저 생겼다.

절대로 뒷골목을 굴러다닐 놈이 아니었다. 더 나아가 절대로 평범한 신분도 아닐 것이란 생각이 자주 들었다.

아마도 누명을 쓰고 집안이 풍비박산 난 고관대작의 후손이거나, 어떤 때는 추방당한 왕족이 아닐까 하는 생각도 들었다.

그 녀석이 나중에 어떻게 될지 그것을 지켜보는 것도 꽤나 재미있겠다는 생각이 들었다.

이장명의 모습도 떠올랐다.

이것도 저것도 아닌 맹탕 같았지만 아이들을 좋아했다. 그래서 유진룡 자신이 차지한 골목에서 함께 있을 수 있었다.

그러고 보니 그놈도 한 가지 재주는 꼭꼭 숨겨두고 있다가 위급한 순간에 꺼내 보였다.

어디서 그렇게 모았는지 여러 자루의 소도를 봇짐 속에 숨겨놓고 소향상회로 탈출하던 골목길에서 광마견의 부하들과 마주쳤을 때 그것을 들고 상대했다.

그때 놈이 소도를 휘두르고 던지는 솜씨는 제법 틀이 잡혀 있었다.

"쿡!"

유진룡은 갑자기 실소를 터뜨렸다.

그때 놈이 준 소도를 든 마웅탁과 양혜란의 모습을 떠올리니 웃음밖에 나오지 않았다.

평소에는 벌레 한 마리 제대로 못 죽이던 양혜란이 막다른 골목에 몰리자 소도를 꼬나들고 암표범같이 광마견의 부하들을 노려보던 모습은 정말 불가사의라고 할 정도였다.

그 둘과 같이 소도를 들고 있던 소고라는 이름의 조금 큰 꼬맹이…….

꿈이 음식점 숙수라며 꾀꼬리처럼 종알거리던 소녀…….

그들 모두의 얼굴이 주마등처럼 뇌리를 스쳐 갔다.

그동안 한 번도 제대로 떠올리지 않았기에 이젠 봇물이 터지듯 그들에 대한 생각들이 밀려들었다.

그리고…….

제일 마지막으로 유진룡의 뇌리에 한 여인의 얼굴이 떠올랐다.

소향상회의 회주 단리하연!

월궁항아 같던 그녀의 얼굴이, 아니, 그 이전에 터지고 부어올라 괴물같이 변한 자신의 몰골은 전혀 개의치 않고 두 눈만 깊이 쳐다보며 진심만을 읽어내던 그 맑고 깊은 눈동자가 선명하게 떠올랐다.

만약 그날 그녀가 자신의 청을 거절했다면 어떻게 되었을까?

소란스러움에 밖으로 나온 그녀가 거지 꼬락서니의 자신과 동생들의 몰골을 보고 눈살을 찌푸리며 문을 닫고 들어가 버렸다면?

자신과 동생들은 광마견이나 곰보의 부하들에게 결국은 끌려가게 되었을 것이다. 그리고 자신은 십중팔구 죽었을 것이다.

그녀는 어떻게 자신들을 받아들일 수 있었을까?

비록 은자 이천 냥짜리 황금 불상을 거래의 조건으로 내밀었지만 그건 그녀가 자신과 동생들을 최대한의 예의와 함께 받아들인 뒤였다.

또 그녀에게 있어서 그 정도의 재화는 아무것도 아닐 것이다. 귀찮은 문제를 떠안는 것보다는 오히려 그 배의 금액을 적선하듯 던져 주더라도 내쳐 버리는 것이 나았을 것이다.

자신을 귀찮은 계집이라 부른 백사에게 사형선고를 내리던 그녀의 모습도 떠올랐다.

그때는 서릿발이 내리는 것 같았다.

칼날같이 단호하면서도 솜털처럼 부드럽던 그녀!

문득 유진룡은 가슴이 두근거리고 있음을 느꼈다.

양혜란을 생각하면 친동생 같은 느낌과 함께 빙그레 미소가 지어졌다. 그런데 단리하연은 자신의 가슴을 두근거리게 만들었다.

"미친놈!"

유진룡은 질책 어린 목소리와 함께 고개를 세차게 흔들었다.

갑자기 몸이 편해지니 별 잡생각이 다 스며든다는 생각이 들었다.

아마도 이런 것을 막기 위해 사부 천산마존은 그동안 쉴 새 없이 수련을 시킨 것이 아닌가 하는 생각도 들었다.

세차게 머리를 흔들었지만 한 번 떠오른 생각은 쉽게 떨쳐지지 않았다.

"어떻게 변했을까?"

그러고 보니 금불상을 주며 이 년 동안만 동생들을 맡아달라고 했고 오늘로 거의 이 년이 다 되었다.

이젠 그녀가 아이들을 내보낸다고 하더라도 자신으로서는 아무 할 말이 없었다.

그렇게 매정한 여인은 절대로 아니라는 생각과 함께 갑자기 유진룡의 뇌리로 또 한 가지의 생각이 스쳐 지나갔다.

소향상회로 필사의 탈출을 하던 그날 밤 양혜란을 노린 자는 대왕초 육마종일 거란 확신이 들었다.

그때는 경황이 없어 깊이 생각을 하지 못했는데 뒷골목 생활을 할 때 언젠가 지나가는 말로 육마종의 더러운 취미에 관해 들었던 기억이 떠올랐다. 그래서 그날 밤 소주의 뒷골목이 그렇게 발칵 뒤집혔던 것이다.

보통 때라면 유진룡의 골목 꼬맹이들이 영문 모를 이유로 하룻밤 사이 다 죽어 나간다 하더라도 그렇게 들썩거리지 않았다.

유진룡의 가슴이 세차게 울렁거렸다.

그리고 아무리 해도 진정이 되지 않았다.

만수위가 될 정도로 너무 오랫동안 모이기만 했던 물처럼 둑이 터지니 걷잡을 수가 없었다.

그동안 익숙해졌던 동굴 속의 어둠도 견딜 수 없이 갑갑해졌다.

그들이 어떻게 지내는지 먼발치에서라도 한 번 보아야 이 갑갑함이 풀릴 것 같았다.

유진룡은 벌떡 자리에서 일어섰다.

"안 된다!"

천산마존은 칼로 두부를 자르듯이 단호하게 말했다.

그동안 유진룡이 한마디 불평도 없이 너무나 잘 따라주어 예상보다 훨씬 빠르게 훨씬 더 큰 성취를 이루었지만 밖으로 나가는 것은 허락할 수가 없었다.

아직은 수련이 완성된 것이 아니다.

완성되지 않은 도자기는 쉽게 금이 가고 부서지는 불상사가 생길 수도 있는 일이다.

뒷골목 생활을 할 때 워낙 거칠게 살아온 놈이니 적도 많았다. 그들 눈에 띄기라도 하는 날이면 예상 못한 일이 벌어질 수도 있다.

천려일실을 우려하듯 지금 이 상황에서는 그런 일을 절대로 피해야 했다.

"밤에 어둠을 틈타 아무도 모르게 다녀오겠습니다. 그래서 동생들이 어떻게 지내는지 먼발치에서 보고만 오겠습니다."

유진룡은 굽히지 않고 애원했다.

"그 아이들을 보고 나면 더욱더 잡념이 생길 것이고, 잡념이 스며들면 네놈은 주화입마의 위험에 빠지게 된다. 수련이 끝날 때까지는 모든 것을 잊고 거기에만 전념하여라."

천산마존은 더 완강하게 유진룡의 청을 거절했다.

"동생들을 보지 못한다면 앞으로 더 큰 잡념에 시달리고 아무것도 못할 것 같습니다. 제가 노인장의 제의를 받아들이고 여기서 지옥 같은 생활을 하는 것은 모두 동생들을 조금이라도 잘 입히고 잘 먹이기 위한 것입니다. 그들이 잘못된다면 난 이런 미친 짓을 해야 할 하등의 이유가 없습니다."

유진룡의 눈에서 불길이 일었다. 그것은 백호가 화가 났을 때만큼 크고 강렬했다.

그 불길에 천산마존은 잠시 할 말을 잃었다가 다시 입을 열었다.

　"어쨌든 허락할 수가 없다. 지금은 네놈의 수련에 있어서 한 단계 더 뛰어오를 수 있는 가장 중요한 시기다. 그런 때에 자칫 잘못하여 마가 끼면 그간의 모든 것이 수포로 돌아갈 수 있다."

　천산마존은 더욱더 단호하게 거절의 뜻을 나타냈다.

　유진룡은 너무 고지식하고 고집스런 천산마존의 성격에 가슴이 답답하여 발광이라도 할 것 같은 심정이 되었지만 천산마존의 반응은 요지부동이었다.

　하지만 이번만은 유진룡 자신도 어쩔 수 없었다.

　아무리 심호흡을 해보았지만 울렁거리는 가슴은 진정이 되지 않았다.

　미친 듯이 소향상회로 가보고 싶었다.

　멀리서라도 쳐다보아야만 안정이 될 것 같았다.

　독하게 마음을 먹은 유진룡은 바닥에 벌렁 드러누웠다.

　"그럼 오늘부터는 아무 수련도 하지 않겠습니다. 구워 먹든 삶아 먹든 마음대로 하십시오."

　유진룡은 아예 팔다리마저 쭉 뻗고 큰대 자를 만들었다.

　천산마존은 기가 막히는 듯 잠시 아무 말도 않고 숨만 몇 번 내쉬었다.

　"언젠가 한 번쯤은 이런 일이 일어날 줄 알았다."

　천산마존이 나직하게 말했다.

유진룡은 적이 불안한 심정이 되었다.

예상을 하고 있었다면 대비책도 있을 것이다.

하늘 아래 둘째가라면 서러울 맹수인 백호도 천산마존의 말에 고분고분 따르는 정도이니 그 대비책은 결코 단순하지 않을 것이란 생각도 들었다.

하지만 오늘 밖으로 나가서 동생들을 보지 못한다면 앞으로의 수련은 몇 배로 힘들거나, 어쩌면 아예 불가능할 것 같았다.

"처음 거래를 하던 순간 거래를 받아들임과 동시에 네놈 몸에 금제를 가한다고 했던 말을 기억할 것이다."

천산마존은 더욱 낮은 목소리로 말했다.

"아무리 협박을 하셔도 소용이 없습니다. 오늘 나가지 못한다면 앞으로 전 어떤 훈련도 할 수가 없습니다. 그건 나 스스로도 어쩔 수 없는 일일 것 같습니다."

유진룡은 여전히 큰대 자로 뻗은 상태에서 대답했다.

"자만하지 말거라, 이놈아! 천하 영물인 백호도 그것에는 굴복하고 양처럼 고분고분해졌다."

천산마존은 마지막 경고라는 듯 백호를 쳐다보며 말했다.

구석 쪽에 앉아서 유진룡의 하는 양을 쳐다보고 있던 백호가 자손심이 상하는지 반대쪽으로 고개를 돌리더니 급기야는 벌떡 일어서서 휭하니 동굴 안쪽으로 들어가 버렸다.

"마지막 경고니라. 어서 일어나서 네 처소로 가거라. 그리고 다음 수련에 대한 만반의 준비를 하거라.”

“죽어도 싫습니다.”

유진룡은 딱 잘라 거절했다.

“어리석은 놈! 관을 봐야 눈물을 흘릴 놈이로고.”

천산마존은 그 말과 함께 품속에서 무언가를 끄집어냈다.

천산마존의 손에 들린 것은 계란보다 좀 큰 수정 구슬이었다.

딸랑—

수정 구슬에서 종이 울리는 듯한 소리가 들렸다.

그 소리가 들리자 유진룡은 뱃속에서 뭔가 꿈틀거리는 느낌이 들었다.

딸랑—

처음에는 아랫배에서 꿈틀거리는 것 같던 무언가가 이번에는 머릿속에서 요동을 쳤다.

딸랑—

다시 종소리가 들리며 머릿속이 깨어져 나가는 듯한 느낌이 들었다.

‘크윽!’

유진룡은 입 밖으로 터져 나오려는 신음을 입 안으로 우겨넣었다.

원래부터도 황소고집이었다. 그런데 이 년 동안 수련을 하며 무수한 죽을 고비를 넘김과 함께 고집 또한 그만큼 늘었다. 그러지 않았다면 벌써 죽었을 것이다.

딸랑!

딸랑!

이번에는 연속적으로 종이 울리는 소리가 들렸다. 그래서 그만큼 더 고통스러웠다.

유진룡은 천천히 자신의 육신 속에서 의식을 분리시켰다.

말이 안 되는 소리 같았지만 그동안 지옥같이 괴로운 순간에 봉착했을 때 유진룡은 언제부턴가 이런 방법을 썼다.

자신의 의식이 고통받는 육신 속에 있다고 생각하지 않고 육신을 빠져나와 객관적인 입장에서 자신의 육신을 바라본다는 생각을 했다.

어디서 그런 수련법을 배운 것은 아니지만 무수히 많은 고통의 경험 속에서 조금이라도 그것들을 줄이려고 온갖 짓을 다 하다 보니 자연스럽게 터득하게 된 것이다.

처음에는 조금도 고통이 줄어들지 않았다.

하지만 시간이 가고 그런 식의 노력을 반복할수록 조금씩 육체적 고통이 줄어들고 객관화되는 느낌을 받았다.

유진룡의 의식은 천천히 육신을 빠져나와 객관화된 또 하나의 유진룡이 되어 자신의 육신을 쳐다보았다.

딸랑—

딸랑—

구슬 속에서 나오는 방울 소리가 이제는 연속음이 되어 동굴 안을 가득 메웠다.

그럴 때마다 온몸이 불구덩이 속에 빠져든 것 같은 고통이 엄습해 왔다.

유진룡은 이를 악물고 버티며 최대한 육신과 자신의 의식을 분리시키려 온 정신을 집중했다.

'세상에 다시없을 독종이로다.'

수정 구슬을 흔들던 천산마존은 기가 막힌 심정이 되었다.

천하의 맹수인 백호도 이 고통은 이겨내지 못했다.

지금의 칠 할밖에 안 되는 공력만 쏟아 부어도 백호는 꼬리를 말았다.

그런데 유진룡은 신음 소리 한 번 내지 않고 큰대 자로 누워 있었다.

'대체 이놈을 어떻게 해야 한단 말인가?

더 이상 구슬에 공력을 주입했다가는 구슬이 깨지거나 유진룡의 머리가 터지거나 둘 중의 하나일 것이다.

그 어느 것도 절대로 일어나서는 안 되는 일이었다.

그렇게 되면 자신의 존재 역시 아무런 의미가 없어진다.

"휴우―"

천산마존은 마침내 한숨을 내쉬었다.

"딱 하룻밤만 시간을 주겠다. 오늘은 요양을 하고 내일 저녁 어둠이 지면 나갔다가 다음날 해가 뜨기 전에 돌아오너라."

천산마존은 마침내 백기를 들었다.

태어나서 처음으로 백기를 든 천산마존의 얼굴이 더욱 일그러져 있었다.

"정신이라도 잃은 것이냐, 이놈아?"

허락을 했지만 미동도 않는 유진룡을 보며 천산마존은 약간은 우려 섞인 표정으로 고함을 질렀다. 그러나 유진룡은 꼼짝도 않고 큰대 자 그대로 누워 있었다.

"이, 이놈아! 정말 잘못된 것이냐?"

천산마존이 급히 다가갔다.

"그렇게 걱정할 일을 왜 하셨습니까?"

천산마존이 허둥대는 모습을 보며 유진룡은 천천히 몸을 일으켰다. 그리고는 길게 기지개를 켰다.

"천하에 못된 놈 같으니라고!"

천산마존의 고함 소리가 동굴 안에 울려 퍼졌다.

第十五章

내부의 적

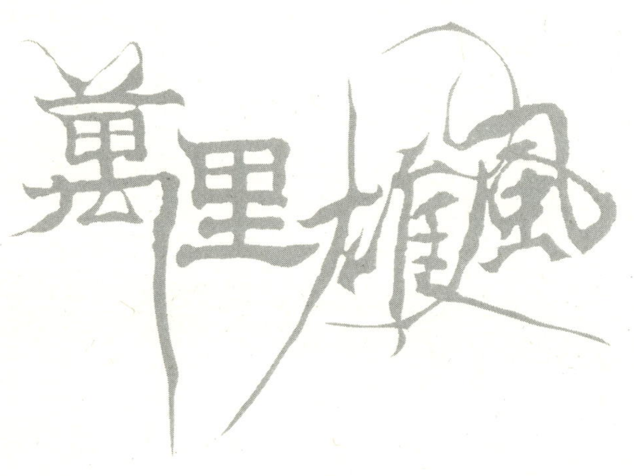

"콜록!"

단리하연은 자신도 모르게 터져 나오는 기침에 인상을 찌푸렸다.

며칠 전부터 달라붙은 감기 기운이 진드기처럼 집요하게 떨어지지 않았다.

약을 달여 먹어보았지만 별 차도가 없었다.

제대로 펼치면 고수라는 소리 한두 번쯤은 들을 만큼 무공을 익힌 몸인 데도 감기가 달라붙어 좀체 떨어지지 않는 것은 이해가 되지 않았다.

'그동안 무공 수련을 너무 게을리 했어.'

속으로 자책을 한 단리하연은 제대로 된 운기조식을 한 때가 언제인지 꼽아보았다.

한 달도 넘은 것 같았다.

무가의 자손은 아니지만 이제까지 무공 수련을 게을리 하지 않았다.

어머니는 어릴 적부터 상술 못지않게 무공 수련에 시간을 할애하셨다.

상계는 돈을 칼처럼 움직이는 곳이지만 최악의 경우가 닥쳐 돈의 방어막까지 허물어지는 상황에서는 무공으로 자신을 지켜야 한다고 강조하셨다.

자객의 칼에 아들과 남편을 잃은 어머니의 한 맺힌 절규와 같은 것이어서 단리하연은 어머니의 가르침을 조금도 힘들어하지 않고 고수 수준의 무공을 익혔다. 그리고 그 수련을 게을리 하지 않았는데 최근에는 상계 전체가 복잡하게 돌아가며 일이 너무 많아졌다.

결국 무공 수련은 당분간 미룰 수밖에 없었는데, 그것이 화근이 된 모양이다.

"콜록!"

다시 기침이 터져 나왔다. 그리고 한기마저 들었다.

단리하연은 이불을 당겨 더욱 두텁게 몸을 감쌌다.

"일총관이 잘하고 있을까?"

몸이 안 좋아지면서 의욕마저 떨어져 며칠 전부터는 대부분의 일을 일총관에게 맡겼다. 또한 자리보전을 하기 시작한 어제부터는 전권을 일임하기까지 했다.

일총관 서운강(徐雲剛)은 빈틈이 없는 사람이다.

이총관에서 삼총관으로 물러난 왕문경처럼 모든 것을 자기 힘으로 다 처리하려고 하여 아랫사람들을 나약하게 만드는 우를 범하지도 않았고, 삼총관에서 이총관으로 승격한 호초군(互焦君)처럼 몸이 약해 쉽게 지치지도 않았다. 그래서 모든 것을 맡겼지만 마음이 불안한 건 어쩔 수 없었다.

'내일은 의원을 불러야 할까 봐.'

단리하연은 입술을 깨물었다.

무림도 마찬가지겠지만 상계는 조금만 빈틈을 보이면 그곳을 향해 무수한 돈의 칼들이 날아든다.

의원을 부를 정도로 자신의 몸이 안 좋아졌다는 것을 알면 그동안 경쟁 관계에 있던 상회들이 눈에 불을 켜고 달려들 것이다.

이럴 줄 알았으면 가내에 의원을 한 명 두는 건데 하는 후회도 들었다.

잠시 그런 생각을 하던 단리하연은 고개를 흔들었다.

의원은 만인을 위해 의술을 베풀어야 하는 사람이지 개인이나 한 가문에만 국한되어 의술을 펼쳐서는 안 된다는 어머니의 말씀이 떠올랐기 때문이다.

나 한 사람이나 소향상회 가족들만 편하자고 의원 한 사람을 가두어두면 다른 사람들은 그만큼 불편해지는 것이다.

'누가 좋을까?'

단리하연은 소주에서 이름난 의원들의 명단을 떠올려 보았다.

되도록 비밀리에 소향상회로 들어와 자신을 진맥하고 그 사실을 아무에게도 알리지 않을 만큼 입이 무거운 사람이 필요했다.

"그것은 이총관에게 맡겨야겠어."

단리하연은 밀려오는 피로감에 눈을 감았다.

"큰일이야!"

양혜란은 걱정이 되어 점심도 제대로 먹지 못했다.

단 며칠이었지만 회주 단리하연의 공백이 곳곳에서 느껴졌다.

일총관 서운강이 분주히 움직이고 있었지만 회주가 직접 움직이는 것과는 아무래도 차이가 있었다.

하지만 그런 것은 별 상관이 없었다.

소주제일의 상회가 며칠 부진하다고 해서 당장 어떻게 되는 것은 아니다.

문제는 단리하연의 건강이었다.

그녀는 단순한 감기라며 대수롭지 않게 생각했지만 양혜란이 보기엔 그렇지 않은 것 같았다.

“여인의 몸으로 너무 무리한 결과일까?”

양혜란은 애처로운 심정이 들었다.

소향상회에 들어오기 전에는 젊은 여인의 몸으로 대상회의 주인이니 얼마나 행복하고 환상적일까 생각했는데 이 년을 같이 지내며 그 속사정을 살펴보니 결코 그렇지만은 않았다.

젊은 여인에게 있어 대상회 회주는 너무나 벅찬 자리였다.

그 나이의 다른 여인들이라면 방심에 젖어 온갖 좋은 곳은 다 돌아다니거나, 가정을 이루어 벌써 자녀가 있을 것이지만 단리하연은 그런 것과는 담쌓고 지냈다.

그리고 최근처럼 아파도 제대로 아픈 기색도 낼 수 없었다.

대상회의 회주 직은 큰 배의 선장과 같은 자리였다.

배를 제대로 몰지 못하여 좌초하면 배에 탄 식구들이 모조리 물에 빠져 죽는데…….

그러기 때문에 그 자리를 박차고 나와 평범하게 살고 싶어도 그럴 수가 없는 것이다.

“무슨 좋은 약이 없을까?”

양혜란은 안타까운 심정으로 백목련 가지를 어루만졌다.

며칠 만에 찾긴 했지만 백목련이 좀 시들한 느낌이 들었다.

백목련은 벚꽃처럼 그렇게 빨리 지는 꽃이 아닌데 이러는 것을 보니 주인의 아픔을 아는 것 같았다.

단리하연이 제일 좋아하는 꽃인 백목련은 주인이 아프니

풀이 죽어 그 빛을 잃어가고 있었다.

'뭐지?'

제일 심하게 시든 꽃 한 송이를 따내던 양혜란은 눈을 조금 크게 뜨며 꽃송이 안쪽을 쳐다보았다.

꽃술 옆에 작은 꿀벌 한 마리가 죽어 있었다.

"가엾어라!"

꿀벌을 꺼낸 양혜란은 그것을 묻어주기 위해 허리를 숙였다.

"아니?"

양혜란은 놀란 심정이 되어 움직임을 멈췄다.

화단 바닥에는 같은 종류의 꿀벌이 몇 마리 더 죽어 있었다.

갑자기 양혜란의 몸에 소름이 돋았다.

꽃가루는 꿀벌의 먹이다.

그런데 그 꽃가루를 취한 꿀벌이 죽어 있었다.

한 마리라면 그러려니 하겠지만 다섯 마리도 넘게 죽어 있었다.

이건 예사로운 일이 아니다.

'설마?'

양혜란은 먹구름처럼 몰려드는 불길한 생각에 몸을 떨었다.

목련이 가장 활짝 핀 이 시기에 단리하연은 아무리 바빠도 하루에 한 번씩은 이곳에 와서 꽃을 탐미하고 꽃잎에 코를 갖다 대며 꽃향기를 마신다.

'안 돼!'

내심 비명을 지른 양혜란은 죽은 벌과 시든 꽃송이 하나를 손바닥 안에 깊이 감추고는 주변을 살폈다.

'침착해야 해!'

다리가 후들거려 제대로 걷기도 힘든 양혜란은 스스로를 달래려 애를 썼다.

어쩌면 누군가 자신을 보고 있을지도 몰랐다.

자신 역시 며칠에 한 번씩은 이곳에 왔기에 지금까지의 행위는 아무런 의심을 사지 않겠지만 갑자기 색다르게 행동하면 의심을 받게 될 것이다.

주변에 누가 있는 것 같지 않았지만 단 일 푼의 위험성도 배제할 수 없었다.

양혜란은 춘색에 취한 소녀처럼 양팔을 벌려 꽃밭에서 한 바퀴 몸을 돌리기도 하고, 숨을 길게 들이마시기도 하며 조금 더 그곳에 있다가 총총히 사라졌다.

"이게 뭐야?"

마웅탁은 뚱하게 양혜란을 쳐다보았다.

하루 종일 서재에 처박혀 책 읽는 것이 일과인 그는 오늘도 회주의 서재에서 여러 권의 책을 꺼내 탁자 옆에 쌓아놓고 그

중 한 권의 내용에 빠져들고 있었다.

"죽은 꿀벌하고 시든 꽃이야."

창백하게 질린 얼굴의 양혜란이 빠르게 답했다.

"그걸 몰라서 묻는 것이 아니잖아?"

마웅탁은 이맛살을 찌푸렸다.

요새 같아서는 밥 먹고 뒷간 가는 시간도 아까웠다. 그래서 갑자기 찾아와 엉뚱한 장난을 하고 있는 것 같은 양혜란이 귀찮은 것이다.

"이 꿀벌은 이 꽃 속의 꽃가루를 빨아 먹고 죽었어. 이것 말고도 여러 마리가 더 죽어 있었어."

"병든 꽃이었겠지, 뭐."

여전히 마웅탁은 투명스럽게 반응했다.

"그게 아니야. 이 꽃가루 속에 독이 발라져 있어. 그래서 꿀벌이 죽은 거야."

양혜란은 단도직입적으로 말했다.

말을 토해낸 그녀의 숨결이 늑대에게 쫓겨온 사람처럼 가빠져 있었다.

"너, 이야기꾼으로 꿈을 바꾼 거야?"

마웅탁이 어이없는 표정과 함께 양혜란의 얼굴과 죽은 꿀벌들을 번갈아 쳐다보았다.

"이 바보야, 빈정거리지 말고 내 말 똑똑히 들어. 이 백목련은 평소 회주님이 가장 좋아하는 꽃이고, 만개한 이 시기에 회주님은 하루도 빠짐없이 정원에 들러 꽃을 어루만지고 코를 갖다 대고 꽃향기를 마셨어.”

뚱하기만 하던 마웅탁의 표정이 조금씩 바뀌어갔다.

“그럼 회주님이 어제오늘 자리보전을 하고 있는 것이?”

마웅탁은 벌떡 일어섰다.

인간은 논리적으로 설명할 수 없는 날카로운 예감의 능력을 가지고 있다.

지금 양혜란의 말은 논리적으로는 너무 비약적인 면이 있었지만 뇌리를 스치는 예감은 정반대였다.

“그럼 넌 괜찮아? 너도 그곳에 자주 가잖아?”

마웅탁이 걱정스런 눈으로 양혜란을 쳐다보았다.

“난 요즘 며칠에 한 번씩밖에 못 갔어. 그리고 꽃잎에 코를 갖다 대진 않았어. 그건 회주님의 몫이라고 생각했기에…….”

양혜란이 고개를 흔들며 답하고는 다시 입술을 움직였다.

“넌 안 읽은 책이 없지? 그러니 회주님의 증상이 어떤 독에 의한 것인지도 알 수 있겠지?”

“그건…….”

마웅탁은 대답을 하지 못했다.

아직은 회주가 중독되었다는 것도 확신할 수 없는 상태이다.

"알아내야 해. 기필코 알아내야 해. 회주님이 잘못되면 우리의 미래도 없어. 어서 알아내!"

양혜란은 한 대 치기라도 할 듯이 마웅탁을 다그쳤다.

"침착해. 지금처럼 흥분해서는 아무것도 안 돼. 오히려 네가 함정에 빠질 거야."

마웅탁이 냉정한 눈으로 쳐다보며 양혜란의 어깨에 손을 올리고는 자리에 앉혔다.

"우선 심호흡부터 몇 번 해!"

침착하고 단호한 마웅탁의 말에 조금 안정을 찾은 양혜란은 깊게 숨을 빨아들이고 내쉬기를 몇 번 반복했다.

"네 말대로 꽃잎 속에 독이 있었다고 쳐. 그럼 누가 독을 뿌렸을까? 우선 그것부터 알아야 한발 앞서 대처할 수 있겠지? 독의 종류는 어차피 시간이 걸려야 알 수 있는 것이고……."

"그래, 어쩌면 그게 더 중요해. 그걸 알아야 또 다른 음모를 막을 수 있어."

양혜란은 크게 고개를 끄덕이고는 눈을 가늘게 떴다.

회주의 정원에 접근할 수 있는 사람은 그리 많지 않았다.

회주는 정원을 다듬는 일만큼은 시비에게도 시키지 않았다. 그건 이 소향상회 안에 갇힌 회주의 유일한 취미이고 낙이었다.

"근 닷새에 한 번 꼴이지만 정원에 마음대로 접근할 수 있는 사람 중에서 최근에 간 사람은 나밖에 없어.”

양혜란은 고개를 흔들었다.

물론 밤에 누군가 다녀갔을 수도 있지만 그때는 눈에 띄지 않았을 테니 다른 사람이 볼 때는 자신밖에 없을 것 같았다.

“그럼 네가 범인이군!”

마웅탁이 갑자기 소리를 지르며 손가락으로 양혜란을 가리켰다.

“무, 무슨 소리야?! 내가 왜?!”

양혜란이 파랗게 질리며 자리에서 벌떡 일어섰다.

“멍청하긴……. 놈들이 나처럼 나올 수도 있단 말이지. 그때도 그렇게 사색이 된 채 벌떡 일어설래? 그런 모습이면 회주까지도 널 의심할 것 같은데…….”

마웅탁이 짓궂은 미소를 지었다.

“이 악머구리 같은 자식!”

양혜란이 가슴을 쓸며 소리를 높였다.

“끝까지 냉정해지지 않으면 당해. 그러니 차근차근 생각해 보자고. 최근에 정원에 누가 접근한 것을 보지 못했으니 흉수는 아무도 없는 깊은 밤에 뿌렸다는 말이겠지?”

“그, 그렇겠지. 난 그 시간에는 그곳에 갈 일이 없으니 못 봤고.”

“좋아. 그렇다면 밤에라도 아무 의심 받지 않고 그곳에 갈

수 있는 사람은 누구지?"

"회주 처소의 시비들과 나, 호위들, 그리고 네 명의 총
관……."

양혜란이 떠듬거리며 답했다.

"넌 절대로 아니라니까 빼주지. 그럼 시비들과 호위들, 네
명의 총관이 남는데… 시비들이 독을 쓰려면 음식이나 찻잔
이 더 낫겠지? 호위들도 그냥 뒤에서 칼을 쓰면 될 것이
고……."

"그럼 네 명의 총관 중에서 누가?"

양혜란의 얼굴이 파랗게 질렸다.

총관들은 회주의 가장 가까운 사람들이다. 다른 사람들도
위험하지만 그들이 무슨 흉계를 꾸몄다면 소향상회 전체가
하루아침에 무너질 만큼 치명적이고 단서를 잡기 힘들 것이
다.

"정말… 정말 총관들 중에서 누가 그랬을까?"

양혜란은 입술까지 떨며 물었다.

"심호흡을 하라고 그랬지?"

마응탁의 질책에 양혜란은 다시 심호흡을 했다.

"조 호위님은 어디 있지?"

"조항 호위대장님 말이야?"

"그래. 최우선적으로 그 사람에게 알려야지. 회주를 가장
가까이에서 지키는 사람이니까 말이야."

마웅탁은 고개를 끄덕이다가 다시 눈살을 찌푸렸다. 몇 번의 심호흡에도 불구하고 양혜란의 얼굴이 더 창백해졌기 때문이다.

"맙소사!"

양혜란이 다시 비명을 질렀다.

"왜 그래?"

"호위대장님은 오늘 아침 일총관님을 호위하며 밖으로 나가셨어. 이틀 후에나 오실 텐데……."

"뭔가 냄새가 나는군. 회주님의 최측근 호위가 왜 다른 사람을 호위하고 나갔지?"

마웅탁의 눈이 매처럼 날카로워졌다.

"그건 일총관님이 이젠 회주를 대신하니 그에 따른 호위를 한다고……."

양혜란이 겁먹은 얼굴을 했다.

"회주님 지시야, 아니면 일총관 자신의 요구야?"

"둘 다 아닌 것 같아. 장명이 말을 들어보니 다른 총관 중 누군가 강력히 주장을 해서 호위대장이 필요 이상으로 많은 보표들을 데리고 밖으로 나가게 됐다며 투덜거렸다고 했어."

"그럼 일총관도 아니군."

마웅탁이 칼로 자르듯이 결론을 내렸다.

"그럼 다른 총관 세 사람 중 누군가가……?"

“제일 유력하지.”

마웅탁이 길게 숨을 내쉬었다.

“그럼 어떡하지? 일총관님과 호위대장님도 안 게시고, 회주님은 몸져눕고…….”

“일총관님과 호위대장님이 돌아오기 전인 오늘이나 내일 밤이 제일 위험하군. 세 명의 총관 중에서 회주님께 불만을 품은 사람이 누굴까?”

혼잣소리처럼 중얼거리던 생각을 이어가던 마웅탁이 고개를 흔들었다.

“왜 그래?”

양혜란이 눈을 크게 떴다.

“돈이 쌓인 곳이면 아무런 불만이 없어도 이런 일이 생기지. 돈 자체가 불만 덩어리고 화근 덩어리니까 말이야. 그러니 불만을 가진 누군가를 의심하는 것은 무의미하고… 제일 확실한 방법은 회주님께 가서 호위대장을 일총관에게 붙일 것을 누가 가장 강력히 주장했는지 알아보는 것이야.”

마웅탁은 어서 회주에게 가서 알아보란 듯 양혜란을 쳐다보았다.

“소용없어!”

양혜란이 고개를 흔들었다.

“그것만으로는 아무 도움이 안 돼. 그건 우리 짐작뿐이잖아?”

"그렇군. 그것만으론 부족해. 확실한 증거가 없으면 아무 소용이 없어."

마웅탁은 난감한 표정을 지었다. 기금까지는 잘 풀어왔지만 더 이상은 생각만으로는 안 되고 행동을 해야 할 때였다. 그런데 그런 면에서는 소질이 없는 마웅탁이었다.

"장명이의 도움을 받아야겠어!"

잠시 생각에 잠겼던 양혜란이 단호하게 말했다.

"어떻게?"

"그건 내가 알아서 할 테니 넌 회주님을 중독시킨 것이 어떤 독인지 알아내."

양혜란의 대답에 마웅탁은 눈을 들어 양혜란을 정시했다.

조금 전까지는 파랗게 질려 와들와들 떨었는데 지금은 그런 모습은 간데없고 소향상회 회주 단리하연만큼 단호한 표정을 하고 있었다.

"이젠 겁 안 나?"

마웅탁이 넌지시 떠보았다.

"겁은 나중에 낼 거야. 회주님이 잘못되면 우리들의 미래도 사라져. 그렇게 되지 않게 하기 위해서라면 난 어떤 짓이라도 할 수 있어."

그 말과 함께 양혜란은 황급히 서재 문을 열고 사라졌다.

"젠장! 이젠 내가 겁나서 못살겠군."

마웅탁은 몇 번 고개를 흔들다가 천천히 책장 한곳으로 다가갔다.

　"너, 그동안 비도술 얼마나 늘었어?"
　양혜란의 질문에 이장명도 마웅탁처럼 눈살을 찌푸렸다.
　그동안 양혜란은 이장명이 칼에만 미쳐 공부는 등한시하는 것을 탐탁지 않게 여겼다. 그래서 오늘도 무슨 잔소리를 할까 싶은 것이다.
　"또 뭐가 불만이야?"
　이장명이 뚱하게 되물었다.
　"오늘은 불만이 있어서 온 것이 아니니까 묻는 말에만 답해줘."
　"이게 뭘 잘못 먹었나?"
　"어서 답해줘!"
　빈정거림에도 아랑곳 않고 정색을 하며 채근하는 양혜란을 보며 이장명은 헛기침을 한 번 했다.
　평소에는 사슴처럼 나약해 보이지만 이런 표정을 했을 땐 암표범이 따로 없었다. 계속 빈정거렸다간 날벼락을 맞을 수도 있는 것이다.
　"십 장 정도면 사람 눈도 맞출 수 있어."
　"그럼 이십 장이면?"
　"진짜 뭘 잘못 먹은 거야?"
　이장명은 눈을 가늘게 만들며 양혜란을 쳐다보았다.

사람 눈동자를 맞출 수 있다는 다소 잔인한 표현을 썼는데
도 양혜란을 꿈적도 않고 다른 질문을 했다.

'뭔가 있군.'

심상치 않은 분위기를 느낀 이장명은 입술을 움직였다.

"이십 장이면 사람 심장 정도는 정확히 꿰뚫을……."

"됐어! 그럼 내 부탁 하나 들어줘!"

양혜란은 심장을 꿰뚫는다는 말에도 아랑곳 않고 단호하
게 자기 말을 했다.

*   *   *

소향상회의 세 번째 총관 왕문경은 밤늦게까지 잠들지 않
고 소향상회 건물 내부를 순회하며 보표들의 위치나 움직임
을 점검했다.

호위대장 조항이 없을 때는 보표들의 긴장이 아무래도 느
슨해진다. 그런 것은 자신이 챙겨야 하는 것이다. 그리고 그
의 그런 행위는 삼총관이 당연히 해야 할 책임이기도 했다.

"나오셨습니까?"

사내 하나가 어둠 속에서 모습을 드러내며 인사를 했다.

그는 조항이 없을 때 조항을 대신하는 부호위대장 장경
신(張京信)이었다.

"고생이 많구먼."

왕문경은 손을 들어 장경신의 노고를 치하했다.

"회주님이 계신 내당에도 빈틈없이 호위를 서고 있겠지?"

황문경은 내당 쪽을 바라보며 물었다.

"물론입니다. 확인해 보셔도 좋습니다."

장경신이 자신있게 답했다.

"물론일세. 그건 삼총관인 내가 할 일이지. 이총관으로 있을 때는 안 하던 일이지만 삼총관으로 강등되면서부터 하게 된 막중한 임무이지."

왕문경은 약간 자조적인 음성으로 말했다.

"아직까지 그 일을 마음에 두고 계셨습니까? 벌써 이 년이 다 되어가니 이젠 다시 이총관으로 복귀하실 겁니다. 이총관 어르신께서 건강 때문에 요즘 많이 힘들어하시니까요."

장경신이 사람 좋은 얼굴로 왕문경을 달랬다.

"농담일세. 이총관이나 삼총관이나⋯ 그게 무슨 상관이 있겠나. 삼총관이 되고 저녁마다 이렇게 산책을 하니 건강이 몰라보게 좋아졌어. 하하!"

왕문경은 너털웃음을 터뜨렸다.

"하하! 그런 장점도 있습니까?"

장경신도 호쾌한 웃음을 터뜨렸다.

"그럼 수고하시게. 난 내당도 좀 돌아보겠네."

"그곳만 돌아보시고 그만 쉬십시오. 시간이 제법 되었습니다."

"그럼세."

왕문경은 고개를 끄덕인 후 걸음을 옮겼다.

장경신에게서 등을 돌린 왕문경의 얼굴이 차갑게 굳어졌다.

'이총관이나 삼총관이나… 차이야 별로 없지. 일도 비슷하게 힘들고. 하지만 내 자존심은 절대로 그렇지 않다는군.'

왕문경은 뒷짐을 진 손에 힘을 주며 주먹을 힘껏 말아 쥐었다.

손톱이 손바닥을 파고들며 아릿한 통증을 전해주었다.

왕문경은 자학하는 심정으로 더욱 세차게 주먹을 말아 쥐었다.

어느새 내당의 문이 눈앞에 들어왔다.

이곳의 문은 정문보다는 한참 작았지만 쇠로 된 철문이었다.

"문을 열게!"

왕문경의 지시에 철문이 쇳소리를 내며 열렸다.

"별일 없겠지?"

"예, 아무 이상 없습니다."

철문을 연 호위가 고개를 끄덕였다.

"회주 처소 근처는 누가 지키는가?"

"지금은 아무도 없습니다. 한 시진 후에 장경신 부호위대 장님이 조항 대장님을 대신해서 지킬 것입니다.

호위가 답했다.

"그곳만 돌아보고 나도 잠자리에 들 것이니 여기 문은 열어두었다가 내가 나가고 나면 닫게. 계속 삐걱거리면 회주님 숙면에 방해가 될 테니……."

"알겠습니다."

호위는 나직하게 답한 후 어둠 속으로 몸을 들이밀었다.

왕문경은 발소리를 죽이며 천천히 회주 처소의 정원 쪽으로 접근했다.

백목련은 여전히 활짝 피어 있었다.

그러나 그건 겉보기에만 그랬다. 이미 그 속은 생기를 잃어 떨어질 준비를 하고 있었다.

'하루나 이틀만 더 버텨주면 돼.'

왕문경은 음미하듯 백목련 가지를 쓰다듬었다.

"이틀만 더 버텨주고 나서 네 주인을 따라가거라. 앞으로 소향상회의 새 주인이 될 나는 목련은 질색이니까 말이다."

나직하게 말한 왕문경은 소매 속에서 자연스럽게 작은 분무기를 꺼냈다.

손바닥 안에 쏙 들어간 작은 분무기는 대낮이라 해도 남의 눈에 띄지 않을 것 같았다.

'내일 아침 한 번만 더 독이 스며들면 끝이야.'

왕문경은 차갑게 웃었다.

회주 단리하연은 평소에는 저녁에 목련 꽃밭에 와서 놀지만 최근에 조금씩 중독 증상이 나타나며 기력이 떨어지자 푹 자고 난 아침에 이곳에 와서 꽃을 즐기고 코를 갖다 대며 향기를 마신다.

'그 아름다운 모습이 치명적인 약점이 될 수도 있다는 것을 몰랐겠지?'

꽃을 어루만지는 척하며 숨을 멈춘 왕문경은 분무기의 손잡이를 눌렀다.

무색무취의 독분이 꽃봉오리 안으로 날아들었다.

독분은 꽃술 속에 달라붙어 있다가 내일 아침 단리하연의 몸속으로 스며들 것이다.

'이 정도면 됐겠지?'

단리하연의 얼굴이 가장 잘 닿을 위치에 있는 꽃잎에 모두 독분을 뿌린 왕문경은 팔을 내리려 했다.

그런데 어쩐지 팔의 움직임이 부자연스러웠다.

뒤이어 화끈한 통증이 어깨로부터 전해졌다.

"윽!"

왕문경은 자신도 모르게 비명을 토했다.

그때 손등에도 똑같은 통증이 느껴졌다.

분무기를 잡은 손등에 비도 하나가 꽂히며 피가 튀어 올랐다.

"크윽!"

비명과 함께 분무기를 놓친 왕문경은 오줌을 지릴 정도로 놀랐다.

분무기 속의 독은 너무도 교묘해서 처음에는 감기 증상 외에 아무 징후도 드러내지 않는다.

그것을 보고 중독이라고 진단할 수 있는 사람은 무림에도 몇 명 되지 않는다. 아니, 독을 전해준 사람이 그렇다고 말했다.

실제로도 단리하연은 요 며칠 사이 감기 증세를 나타냈고, 그 이상의 다른 증세는 전혀 없었다.

그녀는 그렇게 시들어 목련 꽃잎과 함께 떨어질 것이다. 그 후 왕문경은 순식간에 이곳의 모든 것을 장악하려고 했다.

어쨌거나 그런 은밀한 독이니 누구도 의심을 하지 않아야 했고, 이런 일도 벌어지지 않아야 했다.

"무슨 일입니까?"

왕문경이 불식간에 지른 비명 소리를 들었는지 밖에서 호위의 고함 소리가 들렸다.

'모든 것이 틀어졌다.'

왕문경은 바닥에 떨어진 분무기를 줍기 위해 허리를 굽혔다.

그때 다시 비도 한 자루가 날아들었다.

왕문경은 급히 상체를 일으켰다.

이젠 분무기도 포기하고 목숨이나 살려야 했다.

어느새 호위들이 몰려오고 있었다.

휘익―

왕문경은 경공을 펼치며 내당의 담장으로 몸을 날렸다.

파앗―

기왓장을 다시 한 번 박찬 왕문경의 신형은 어둠 속으로 빨려들었다.

휘익!

어깨와 손등에 꽂힌 비도를 뽑지도 않은 왕문경은 숨이 턱에 차도록 골목길을 치달렸다.

'대체 어떻게……?'

왕문경의 뇌리 속에 쉴 새 없이 그 의문이 떠올랐다.

아무도 눈치 채지 못해야 했던 자신의 행위를 누가 간파하고 한발 앞서 손을 썼단 말인가?

아무리 생각해도 짐작이 가지 않았다.

'배신?'

독을 건네주고 이 일을 지시한 사람이 배신을 했을 수도 있었다.

왕문경은 머리를 흔들었다.

배신을 하려면 단리하연이 완전히 쓰러진 후에 하는 것이 나았다. 자신 역시 그런 대비는 하고 있었다.

하지만 그것 역시 차선책도 되지 못했다.

그들 입장에서는 배신을 하는 것보다 약점을 잡힌 자신이 소향상회의 꼭두각시 회주로 있는 것이 백번 나았다.

언제까지나 꼭두각시로 남아 있지는 않겠지만 그때까지는 친구였다.

그런 판단은 그들도 충분히 하고 있을 것이다.

'그렇다면 누가……?'

왕문경은 다시 자신에게 질문을 던졌다.

여전히 답은 떠오르지 않고 통증만 커져 갔다.

왕문경은 경공을 멈추었다.

이젠 웬만큼 달려왔으니 상처를 치료하고 세상 깊이 잠적할 계획을 세워야 한다.

"으윽!"

어깨에 박힌 비도를 빼낸 왕문경은 손등에 박힌 것도 빼냈다.

뽑지 않고 여기까지 달려왔기에 피가 조금이라도 적게 흘렀다. 그래서 그만큼 흔적도 적게 남겼다.

옷을 찢어 어깨와 손등을 감싼 왕문경은 주변의 기척을 살폈다.

다행히도 추적의 기미는 보이지 않았다.

'일단은 숨어야 한다.'

왕문경은 미로처럼 얽힌 소주의 운하를 떠올렸다.

그곳으로 가서 작은 배 하나에 몸을 숨기고 소주를 빠져나갈 생각이었다.

한시라도 빠를수록 좋았다.

왕문경은 다시 몸을 움직였다.

"헉!"

골목 하나를 돈 왕문경은 비명을 토했다.

골목 앞에 여러 명의 사내가 버티고 서 있었다.

심장이 터질 만큼 놀랐던 왕문경은 안도의 한숨을 내쉬었다.

사내들은 소향상회의 보표들이 아니었다.

제일 앞에 서 있는 사내는 삼총관으로 내려앉은 후 술집에서 곤드레가 되어 주정을 하는 자신에게 다가와 자연스럽게 어울렸고, 오랜 시간에 걸쳐 친해진 후 오늘의 일을 꾸민 사람이었다.

그가 배신을 하지 않았다면 도움을 받을 수도 있는 것이다.

"어떻게 여길……?"

왕문경은 떠듬거리며 물었다.

"왕 총관이 급히 어디로 달려간다는 소식을 부하 한 놈이 전하기에 따라왔지요."

건장한 사내는 씨익 웃으며 말했다.

"그럼 날 도와주러?"

"같은 배를 탔는데 도와야지요. 그런데 그 계집은……?"

"내일 아침 한 번만 더 독을 들이마시면 완전히 쓰러질 텐데… 일이 틀어진 것 같소."

일이 틀어진 것 같다는 왕문경의 대답에 사내의 표정이 굳어졌다.

왕문경은 불행 중 다행이라는 생각을 했다.

마지막 순간에 실패는 했지만 그게 이 사내의 배신 때문이 아니라는 생각이 든 때문이었다.

"하지만 어제부터는 자리보전을 하고 있어 쓰러진 것이나 마찬가지요. 그래서 일총관과 호위대장이 일급 보표들을 데리고……."

"그건 계획대로 잘됐소."

사내는 고개를 끄덕였다.

"그 정도만 성사시켜 주었어도 반 이상 성공한 셈이오. 이젠 할 수 없이 무력을 써야 할 것 같소."

"무력?"

계획에 없던 무력이란 말에 왕문경은 눈살을 찌푸렸다.

"혹시 무혈 입성이 실패할 경우에 대비해 우리는 만반의 준비를 해두었소."

사내가 느긋하게 답했다.

왕문경은 할 수 없이 고개를 끄덕였다. 자신이 완벽하게 해내지 못했으니 그건 감수할 수밖에 없었다.

"그럼 난 이제 뭘 하면 되겠소?"

"당신은 물론 죽어주어야겠지. 이젠 꼭두각시 회주 직은 물 건너갔으니까."

말과 달리 사내는 너무나 온화한 웃음을 흘렸다. 그래서 왕문경은 자신이 뭘 잘못 듣지 않았나 하며 눈을 크게 떴다.

그러나 사내는 추호도 망설임 없이 칼을 뽑았다.

"이, 이건 약속이 틀리지 않소?"

"약속?"

사내의 표정이 약간 이상하게 변했다.

"물론 당신이 일을 완벽하게 처리해서 꼭두각시 회주가 되었다면 나도 좀 더 오래 약속을 지켰겠지. 하지만 결과는 마찬가지일 것이오. 그러니 너무 한탄하지 마시오."

휘익—

사내는 말을 끝냄과 동시에 왕문경의 복부로 칼을 찔러 넣었다.

"이런… 비열한……."

왕문경은 쥐어짜듯 말했다.

"그러고 보니 예전에 내 이름을 잘못 가르쳐 줬소. 내 이름은 당신이 알고 있는 이상동(李上同)이 아니라 육마종이라 하오. 별명은 칠면독사라나 뭐라나……. 그것부터 확실히 캐보고 미끼를 물었으면 이런 일이 없었을 텐데……. 하긴, 그런다고 정체를 드러낼 나도 아니고… 복수심에 눈이 멀면 그런 것은 안 보이게 마련이지. 쯧쯧!"

혀를 찬 육마종은 천천히 인피면구를 벗었다.

껍질을 벗은 칠면독사 육마종의 얼굴에 순식간에 여러 가지의 표정이 떠올랐다가 사라졌다. 그러나 왕문경은 그것들을 다 보지도 못하고 바닥으로 무너졌다.

"일총관과 호위대장 조항도 없고, 알맹이 보표들도 마찬가지고, 회주는 자리보전이라……. 이만하면 기다린 보람이 있어. 그리고 승산도 있어. 후후!"

칠면독사 육마종은 흡족한 미소를 지었다.

"그러게 내가 부하를 보내 정중하게 요구했을 때 원하는 것을 내어주었어야지. 쯧쯧!"

육마종은 정말 안타깝다는 표정으로 혀를 찼다.

"자, 이젠 시작이다. 출발!"

잠시 후, 육마종은 고함과 함께 몸을 날렸다.

그 뒤로 수십 명의 사내가 발소리를 죽이며 뛰었다.

삐익!

"우리도 출발!"

호각 소리가 들리자 다른 골목에서 기다리던 소주 뒷골목 서열 두 번째인 불곰 염표도 고함을 질렀다.

우두두!

아까보다 더 많은 발자국 소리가 골목 안을 울렸다.

第十六章
침입(侵入)

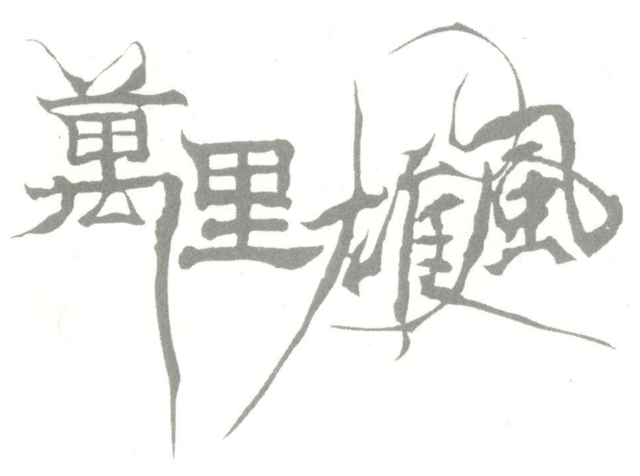

“**내**가 중독되었단 말이니?”

초췌한 표정의 단리하연이 놀란 눈으로 양혜란을 쳐다보았다.

삼총관 왕문경이 달아나고, 소향상회 안에 작은 소란이 일어난 후 양혜란은 왕문경이 떨어뜨리고 간 분무기를 들고 마웅탁, 이장명과 함께 즉시 단리하연의 방을 찾았다. 그리고 그간의 일들을 간략히 설명했다.

쉽게 믿을 수 없는 일이었지만 정황은 확실했고 증거도 있었다.

지난해와 다르게 어쩐지 일찍 시들어가던 목련꽃!

죽어서 말라비틀어져 가는 여러 마리의 꿀벌!

그리고 아주 작고 정교하게 만들어진 분무기!

단리하연은 온몸에서 기운이 쭉 빠지며 앉아 있는 것도 힘들게 느껴졌다.

삼총관 왕문경은 숙부나 다름없었다. 그래서 어릴 적부터 항상 의지하고 따랐다. 하지만 아랫사람을 믿지 못하고 모든 것을 자신이 다 챙겨야 직성이 풀리는 성격이었다.

소투귀 유진룡이 소향상회로 들이닥치는 날도 왕문경의 그런 성격 때문에 벌어진 실수를 정리하느라 밤늦게까지 잠들지 못했다. 그 때문에 유진룡과 그의 동생들을 집에 들이고 뜻하지 않은 거래를 하게 되기도 했다.

그 후로도 왕문경의 그런 일 처리 방식은 변하지 않아 몇 번이나 더 문제를 일으켰다.

결국 단리하연은 왕문경을 이총관에서 삼총관으로 내려앉게 하며 그런 일 처리 방식을 고칠 시간을 준 것인데 이런 결과를 맞았다.

재물을 잃는 것은 작은 손실이다.

그건 입맛 한 번 다시고 잊어버릴 수 있다.

하지만 사람을 잃는 것은 손실 중에서도 가장 큰 손실이다.

집안의 시비나 하인도 아닌, 소향상회의 네 기둥 중 한 개의 기둥을 잃은 상실감은 너무 컸다.

"날 좀 부축해서 의자에 앉게 해주겠니?"

단리하연은 양혜란을 향해 팔을 내밀었다.

양혜란이 급히 단리하연을 부축하여 의자에 앉게 했다.

"회주님의 몸에 스머든 독은 독각홍련사(獨角紅連蛇)의 독인 것 같습니다. 그것을 희석시켜 다른 독과 배합한 후 중독시키면 증세는 감기 몸살과 비슷하여 미열과 함께 몸의 기력이 다 빠지지요."

마웅탁이 독의 정체를 알아낸 듯 우려 섞인 음성으로 말했다.

"기운만 빠지는 거지? 좀 쉬면 회복되는 거지?"

양혜란이 콩을 볶듯 빠르게 물었다.

"그것이……."

마웅탁이 난감한 표정을 지었다.

"왜, 왜 그래? 무슨 다른 위험이 있는 거야?"

양혜란의 목소리가 훨씬 더 다급해졌다.

"어서 말해, 이 식충아!"

마웅탁이 잠시 뜸을 들이자 양혜란은 뒷골목에서 불리던 마웅탁의 별명을 부르며 발작적으로 고함을 질렀다.

"그 독은 한두 번 흡입해서는 크게 위험하지 않은데 여러 번 거듭 흡입하게 되면 무척 위험합니다."

"그래서, 그래서 어떻게 된다는 거야? 회주님은 얼마나 위험한 거야?"

양혜란의 눈에서 불꽃이 튀었다.

"그건 몰라. 그동안 얼마나 투입되었는지도 모르고……."

"해독약은? 해독약은 있겠지?"

"해독하려면 그 독을 만든 사람을 알아야 해. 내가 듣기로는 혈사방의 봉공으로 있는 당소홍(唐小弘)이 그 독에 능통하다고 들었어."

"혈사방?"

"혈사방……."

양혜란과 단리하연이 동시에 소리를 질렀다.

"육마종!"

"그래, 육마종 그놈 짓인 것 같구나."

이번에도 두 여인은 같은 이름을 들먹였다.

"이 독사 같은……."

양혜란은 자신도 모르게 육마종의 별명 일부를 토하며 몸을 떨었다.

그놈이 자신을 노리는 바람에 이 년 전 그런 일이 벌어지고, 유진룡이 필사의 탈출을 감행하여 위기를 벗어났다는 것을 작년 이맘때에 들었을 때는 모골이 송연했다.

그날부터 양혜란은 단리하연의 지시대로 온갖 장부를 분석하며 그놈과 혈사방의 움직임을 읽고 흉계를 미연에 막아버렸다.

그 뒤 놈들의 움직임에서는 별다른 위험성을 느낄 수 없었다. 그래도 경계를 늦추지 않았는데 놈은 전혀 다른 방향에서 독니를 찔러 넣은 것이다.

"진정해!"

단리하연이 나직한 목소리로 양혜란을 달랬다.

"호위대장을 불러주겠어요?"

단리하연이 이장명을 향해 부탁했다.

"조항 대장님은 일총관님을 따라 출타하셨습니다."

이장명이 쓰린 속을 달래는 듯한 표정과 함께 답했다.

"난 그런 지시를 내린 적이……."

"삼총관이 우겨서 그리된 것 같습니다."

이번에는 마웅탁이 답했다.

"어서 날 일으켜 줘!"

갑자기 위기감을 느낀 단리하연이 다시 팔을 내밀었다.

"부호위대장을 불러. 그리고 이총관과 사총관도……."

비틀거리고 일어선 단리하연이 단호하게 지시를 내렸다.

"알겠습니다."

이장명이 바람처럼 밖으로 나갔다.

*　　　*　　　*

소향표국의 부호위대장 장경신은 숨을 헐떡거리며 부하들을 몰아세우고 있었다.

삼총관 왕문경을 쫓다가 범상치 않은 소주의 분위기에 급히 되돌아와 부하들을 재배치시키며 혹시 모를 사태에 대비하고 있는 것이다.

아직 확실치는 않았지만 소주 뒷골목 쪽에서의 의심스런 움직임은 소향상회 쪽으로 몰리는 것 같았다. 그 움직임이 조금 전에 상회 내부에서 일어난 갑작스런 사태와 동일선상에 있다면 이건 큰 위기다.

일총관이 출타했고, 호위대장이 일급 보표들을 이끌고 그를 따랐다. 그것이 못내 마음에 들지 않았는데 이런 사태와 연결되는 것 같았다.

"회주님께서 부르십니다."

이장명의 목소리를 들은 장경신은 고개를 끄덕인 후 걸음을 옮기려다 우뚝 신형을 멈추었다.

외당 바깥쪽에서 고함 소리가 들려왔고, 뒤이어 병장기 부딪치는 소리도 들렸다.

"어서!"

이장명의 재촉에 장경신은 내당으로 몸을 날렸다.

"회주님!"

장경신이 고함을 질렀다.

양혜란과 마웅탁의 부축을 받은 단리하연이 처소에서 나와 내당 정원으로 내려오고 있었다.

"처소가 더 안전……."

"어서 지부대인께 사람을 보내세요. 그리고 상가연합회에도 도움을 청하세요."

장경신의 말을 자른 단리하연은 신속하게 지시를 내렸다.

"알겠습니다."

장경신은 급히 움직이려다 신형을 굳혔다.

한 명의 사내가 지붕을 타고 날아오고 있었기 때문이다.

큰 덩치에도 날렵함이 느껴지는 장한이었다.

장경신은 급히 검을 빼 들었다.

"도움을 청하기에는 너무 늦은 것 같지 않소?"

지붕 위에서 움직임을 멈춘 장한은 느긋한 미소와 함께 말했다.

"육마종!"

장경신이 신음처럼 토해냈다.

장한의 정체를 알게 된 양혜란이 사시나무처럼 몸을 떨었다.

이장명이 양혜란의 어깨에 손을 얹어 양혜란을 안정시켰다.

어느새 외당 안에서도 비명 소리가 들려오고 있었다.

"회주님을 근접 보호하라!"

장경신의 지시에 보표 다섯 명이 단리하연의 주변을 감쌌다.

"이게 무슨 짓이죠?"

단리하연이 육마종을 향해 날카롭게 소리쳤다. 그녀의 눈에서 새파란 불길이 일고 있었다.

"보시다시피!"

육마종이 팔을 벌리며 사방을 살폈다.

"아하! 그 아래에서는 안 보이겠군. 그럼 높은 데 있는 내가 자세히 설명을 해드리리다. 소주 뒷골목의 내 부하들이 지금 소향상회를 접수하기 위해 사방에서 열심히 싸우고 있는 중이오."

육마종은 여전히 느긋한 목소리로 답했다.

그의 설명을 증명이라도 하듯이 이젠 사방에서 고함과 비명 소리가 터져 나왔다.

"이런 짓을 벌인다고 소향상회가 당신 손에 들어갈 것 같나요? 그리고 당신은 무사할 수 있으리라고 생각하나요?"

단리하연이 경멸 어린 눈초리로 육마종을 쳐다보았다.

"내가 소향상회를 접수하려 한다면 어렵겠지. 그리고 절대 무사할 수도 없을 것이고……."

대답과 함께 육마종은 비릿한 미소를 흘렸다.

"소향상회는 앞으로 혈사방의 소유가 될 것이오. 지금쯤 혈사방주님께선 당신이 도움을 청하려고 하는 상가연합회와 지부대인에게 가서 정지 작업을 벌이고 계실 것이오. 상계란 곳이 어쩌면 우리 같은 파락호가 사는 뒷골목보다 더 의리없고 비열한 곳이 아니겠소? 그곳은 철저히 자신들 이익을 향해 움직이니까 말이오. 회주가 죽고 혈사방에 접수된 후라면 그

들은 섣불리 움직이지 않을 것이오. 거기에 더해 그동안 소향
상회가 소유하고 있던 이권을 전폭적으로 나누어 주면 모르
는 체하며 넘어갈 것이오. 물론 일 년도 되기 전에 도로 빼앗
아 오겠지만 말이오. 하하하!"

육마종은 통쾌하다는 듯한 웃음을 터뜨렸다.

오늘을 위해 그는 땅속에서 동면을 하는 독사처럼 기다렸
다. 그리고 아주 은밀하게 하나하나 일을 꾸몄다.

처음에는 소주에서 여러 방면으로 소향상회와 이권 충돌
을 하던 혈사방의 재력으로 상계를 움직여 싸움을 벌이려 했
지만 단리하연이 눈치를 채고 그 길을 막아버렸다.

그러나 독사처럼 다시 기다리며 오랜 궁리 끝에 내부에 배
신자를 만들어 소향상회를 허물어뜨리는 방법을 택한 것이
다.

혈사방은 이번에도 육마종을 적극 도왔다. 아니, 오히려 적
극 부추기며 독각홍련사의 독도 내주었다.

수만 명의 공격으로도 허물어지지 않는 난공불락의 성채
라도 내부의 적 몇 명에 의해 어이없이 무너지는 경우가 많
다. 그래서 내부의 적 하나는 외적 몇천 명보다 더 위험한 것
이다.

수많은 보표를 거느린 철벽같은 소향상회였지만 내부의
배신자 한 명으로 인해 무너지고 있었다.

"더러운 놈!"

단리하연이 씹어 뱉듯이 말했다.

"과찬이오!"

육마종이 고개를 숙이며 인사를 했다.

"저런 멍청한 놈들! 숫자는 열 배도 더 되면서… 쯧쯧!"

고개를 들던 육마종이 부하들의 싸움이 마음에 안 드는지 혀를 찼다. 그러나 그 표정은 여유롭기 그지없었다.

"나에게는 안타까운 일이지만 회주님께는 다행스럽게도 소향상회의 보표들이 잘 싸우고 있소. 역시 돈의 힘은 무서운 것 같소."

육마종은 고개를 절레절레 흔들었다.

"하지만 중과부적이란 말이 오늘 상황에서는 더 어울리는 것 같소. 벌써 당신의 보표들이 다섯 명도 더 쓰러졌소. 호위대장 조항이 노른자위들만 쏙 빼서 데리고 나갔군. 삼총관 왕문경이 애를 많이 썼어."

육마종은 고개를 크게 끄덕였다.

"개자식!"

이장명이 고함과 함께 비도를 날렸다.

겉옷을 벗어버리며 드러난 가죽 조끼에는 수십 자루의 비도가 물고기의 비늘처럼 꽂혀 있었다.

"이크!"

심장을 향해 섬전처럼 날아오는 비도를 보며 육마종은 과장된 경호성과 함께 몸을 틀었다.

비도는 허공 속으로 파묻히고, 육마종은 처음의 자세 그대로 지붕을 밟고 서 있었다.

휙!

휙!

다시 두 자루의 비도가 날았다.

육마종은 이번에는 몸을 틀지도 않고 한 손을 흔들어 가볍게 비도를 쳐냈다.

"위험한 장난으로 어른을 놀라게 하면 쓰나."

타이르듯 말한 육마종은 뱀 같은 눈으로 양혜란을 쳐다보았다.

양혜란이 진저리를 치며 이장명의 뒤로 몸을 숨겼다.

"후후! 새싹같이 어린 맛은 좀 사라졌지만 그 눈동자는 여전히 그대로야. 기다린 보람이 있어. 흐흐흐!"

육마종은 눈도 깜박이지 않고 양혜란을 쳐다보며 비릿한 웃음을 흘렸다.

양혜란은 양손으로 두 귀를 틀어막았다.

휘익―

악에 받친 이장명이 다시 한 자루의 비도를 날렸다.

그러나 그것은 이번에도 육마종의 손등에 부딪쳐 튕겨 나갔다.

"죽어도 여길 뜨지 말고 회주님을 지켜라!"

부호위대장 장경신이 고함을 지른 후 몸을 날렸다.

번쩍!

장경신의 검이 허공에서 섬광을 토했다.

"아이쿠!"

육마종은 과장된 비명을 내지르며 몸을 날렸다.

휘익—

그를 따라 장경신도 비조처럼 몸을 날렸다.

"유인책이오!"

마웅탁이 고함을 질렀지만 주위의 소음에 묻혀 사라져 버렸다.

"내 옆에서 한 발짝도 떨어지지 마!"

비도 두 자루를 손에 쥔 이장명이 양혜란과 마웅탁을 보며 윽박지르듯 말했다.

그사이 사방에서 들리는 고함 소리가 더 거세어졌다.

외당을 수비하던 보표들이 떼로 밀려드는 육마종의 부하들로 인해 이곳까지 밀리는 모양이었다.

"와아!"

"와!"

함성 소리가 더 크고 가까워지며 일단의 사내들이 내당의 담을 넘었다.

"혈사방!"

사내들의 가슴에 쓰여진 피 혈(血) 자를 본 보표 한 명이 소리를 질렀다.

어중이떠중이 육마종의 부하들이라면 두렵지 않았지만 혈
사방의 방도라면 문제가 달랐다. 그들은 제대로 무공을 익힌
자들이고 여기까지 왔다면 고수 축에 속한다는 말이었다.

"어린 계집만 살려두고 모두 죽여라!"

혈사방도 한 명이 고함을 질렀다.

양혜란만 살려두라고 하는 것을 보니 이미 육마종과 협의
가 있어 그의 요구까지 인지하고 있는 것이다.

휘익—

열 명의 사내들이 보표들을 향해 섬전처럼 쇄도해 들었다.

"쳐라!"

보표 한 명도 소리를 질렀다.

쨍!

날카로운 검명이 울리며 불꽃이 튀었다.

"침착해. 그리고 내 뒤에서 떨어지지 마."

단리하연이 양 옷소매를 걷어 올리며 양혜란을 향해 말했
다.

창백하다 못해 이젠 파리해지기까지 한 그녀의 얼굴에서
는 땀이 비 오듯 흘러내리고 있었다.

과도한 심적 동요와 중독된 상태에서 끌어올리는 운기로
인해 기혈이 뒤틀리고 있는 것이다.

쨍!

쨍강!

도검이 부딪치는 소리가 더 촉급하게 흘러나왔다.

휘익—

이장명이 한 개의 비도를 날렸다.

"으윽!"

방심하던 혈사방도 한 명이 어깨에 비도를 꽂은 채 뒤로 물러났다.

이장명은 다시 비도를 날렸다.

"어림없는 수작!"

혈사방도 한 명이 보표를 상대하던 검을 그대로 휘둘러 비도를 쳐냈다.

이장명은 와락 인상을 썼다.

놈들은 육마종보다 오히려 강한 것 같았다.

"크윽!"

그사이 비명과 함께 혈사방도 한 놈이 쓰러졌다.

그러나 그를 쓰러뜨린 보표 한 명도 어깨에 깊은 상처를 입고 비틀거렸다.

"죽일 놈!"

동료의 주검을 본 사내 하나가 악을 쓰며 검을 휘둘렀다.

휘익!

어깨에 상처를 입은 보표의 심장으로 사내의 검이 쑤셔 들려는 찰나 단리하연의 손에서 서릿발같이 새하얀 기운이 터져 나왔다.

퍼엉—

폭음과 함께 서릿발 같은 기운에 가슴을 격중당한 사내가 뒤로 주르르 밀려나며 피를 토했다.

쿵—

마침내 사내는 바닥으로 무너지며 쓰러졌다.

"무공을 쓰면 안 됩니다, 회주님!"

마웅탁이 다급하게 소리를 지르며 단리하연의 안색을 살폈다.

단리하연의 안색은 더욱 파리해지며 이마 부근에서 더 많은 땀이 흘러내렸다.

"걱정 말아요. 그만큼은 할 수 있어요. 보표들이 쓰러지면 우리도 쓰러져요."

낮게 말한 단리하연이 장내의 상황을 살피며 다시 쌍장을 들어 올렸다.

"망할 계집!"

중년인 하나가 단리하연을 향해 곧장 달려들었다.

퍼엉—

단리하연의 손에서 다시 서릿발 같은 기운이 쏟아져 나왔다.

"하앗!"

달려들던 중년인이 뇌성 같은 일갈과 함께 검을 휘둘렀다.

사내의 검에서도 강한 기류가 휘몰아치며 단리하연의 우

장에서 나온 기류를 맞받아갔다.

까가강—

두 개의 기류가 마주친 곳에서 쉿소리가 터졌다.

"으음!"

답답한 신음이 동시에 흘러나오며 단리하연과 중년인이 한 발짝씩 뒤로 밀렸다.

"어린 계집이 정말 대견스럽군!"

중년인이 칭찬인지 비아냥거림인지 모를 소리를 던졌다.

"어디 이번에는 내 공격을 막아보아라!"

고함과 함께 중년인은 검을 세차게 휘둘렀다. 단리하연도 두 손을 쭉 뻗었다.

그 순간 이장명의 비도도 사내의 심장을 향해 날았다.

"망할!"

예상치 못한 비도 공격에 중년인은 역정을 토하며 검의 방향을 바꾸었다.

쨍—

퍼엉—

비도가 튕겨 나가고 뒤를 이어 폭음이 울렸다.

"크윽!"

중년사내가 비명을 토했다.

비도를 쳐내느라 단리하연의 쌍장에서 뻗어 나온 기운을 다 쳐내지 못하고 심장 부근에 일장을 맞은 것이다.

사내의 입에서 울컥 선혈이 터졌다.

휘익—

다시 이장명의 비도가 날았다.

"어린놈이!"

눈을 부릅뜬 중년인이 득달같이 쇄도해 들었다.

피잉—

쇠줄을 튕기는 소리와 함께 단리하연의 다섯 손가락에서 지풍이 쏘아졌다.

성치 않은 몸으로 두 번의 장력 공격으로 기력이 많이 쇠진해진 그녀는 이제 지풍으로 상대하려 하는 것이다.

지풍은 장력에 비해 공력은 적게 소모되지만 요혈만 골라서 공격하는 수법으로, 경우에 따라서는 훨씬 까다로운 공격이 될 수 있었다.

"어림없다!"

사내는 검신을 틀어 지풍을 막아내고는 그대로 검을 휘둘렀다.

입술을 깨문 단리하연은 다시 쌍장을 휘둘렀다.

상대는 생각보다 고수였다. 그래서 지풍으로는 상대하기가 불가능했다.

퍼엉—

사내가 뿌린 검풍이 뒤로 밀렸다. 그와 함께 사내도 주르르 뒤로 밀려갔다.

하지만 단리하연도 성한 모습은 아니었다.

온통 헝클어진 머릿결과 함께 입가에는 선혈이 흘러내리고 있었다.

"회주님!"

양혜란이 비명에 가까운 소리를 질렀다.

'중독만 되지 않았어도……'

단리하연은 참담한 표정으로 입가를 닦았다.

중독으로 인해 제대로 공력을 끌어올릴 수가 없었다. 그리고 이제 급속도로 기운이 빠졌다.

그사이, 격렬한 싸움으로 혈사방도 세 명이 더 쓰러지고 보표 한 명도 쓰러져 있었다.

"크윽!"

어깨에 상처를 입은 보표도 마침내 쓰러졌다.

남은 보표는 세 명. 그러나 혈사방도는 여섯이나 건재했다.

단리하연을 빼면 여전히 일 대 이의 대결 양상이 전개되고 있는 것이다.

"계집은 이제 없는 것이나 마찬가지다! 모두 쓰러뜨려라!"

단리하연의 상태를 읽은 중년사내가 고함을 쳤다.

사내의 말대로 단리하연은 이제 서 있는 것도 힘든 상태로, 양혜란과 마웅탁의 손에 의지한 채 몸을 지탱하고 있었다.

사방에서는 누가 지른 것인지 모를 비명들이 더 크게 흘러나오고 있었다.

"망할!"

지붕에서 싸우던 부호위대장 장경신은 이를 악물며 고함을 질렀다.

잠시 육마종을 쫓다가 다시 되돌아오려 했지만 이미 다섯 명의 고수들이 주변을 감쌌다. 그들은 모두 혈사방의 방도들이었다.

육마종은 미끼에 불과했다. 이놈들이 진짜였다.

파앗—

검극에서 피보라가 일었다.

한 명의 혈사방도가 처절한 비명과 함께 쓰러졌다.

'한 명만 더!'

장경신은 필사적으로 검을 휘둘렀다.

한 명만 더 처치하면 사방 중 한 방향이 트이고, 그곳으로 몸을 날려 회주에게로 갈 수 있는 것이다.

서걱!

'됐다!'

살을 베는 촉감을 느낌과 동시에 장경신은 몸을 날렸다.

몸을 날리던 장경신은 눈을 부릅떴다.

지붕 아래에서 갑자기 나타난 사내의 시커먼 손 하나가 복부를 쳐왔다.

'고수!'

장경신의 뇌리에 경종이 울렸다.

이자는 맞서고 있던 다섯을 다 합친 것만큼 고수였다.

급히 검을 휘둘렀지만 사내의 손은 어느새 허리를 할퀴고 지나갔다.

"크윽!"

비명을 지른 장경신의 신형이 지붕 아래로 떨어져 내렸다.

"쓸모없는 것들! 어서 저 계집을 죽이고 싸움을 끝내라!"

시커먼 손을 소매 속으로 다시 감춘 사내는 질책 어린 목소리로 지시했다.

사내들이 고개를 한 번 숙인 후 단리하연과 보표들이 있는 곳으로 날아갔다.

第十七章
종횡무진(縱橫無盡)

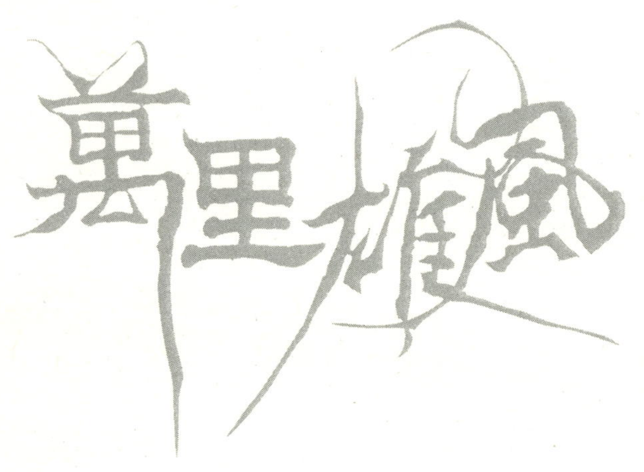

두두두—

　소향표국의 호위대장 조항은 말의 입에서 단내가 나도록 박차를 가했다.

　이번 일이 마음에 들지 않을뿐더러 어떤 본능적인 거부감까지 들게 했다.

　처음부터 마음에 내키지 않는 일은 끝까지 그런 결과로 흐르게 되는 것이다.

　이번 거래는 이전의 어떤 것보다 규모가 컸고, 그만큼 위험도 따랐다. 또한 거래를 총괄한 일총관은 회주의 전권을 위임받아 회주가 움직이는 것이나 마찬가지다.

그래서 그만한 호위를 하라는 삼총관의 의견은 별 무리 없이 받아들여진 것이다.

하지만 조항은 내내 그것이 내키지 않았다.

어쩐지 상회 밖으로 나가기 싫었고, 일총관을 호위하는 도중에도 계속 돌아가고 싶은 충동을 느꼈다.

결국 조항은 상가연합회에 사람을 보내 소향표국의 상황을 살피게 했다.

그곳에서 급히 달려온 부하 한 명이 이상한 소식을 전했다.

상가연합회 소속의 상회 몇 곳이 소향상회가 차지하고 있던 영업권을 놓고 서로 맡아야 한다며 싸우고 있다는 소식이었다.

그 영업권은 소향상회가 왕창 무너지기 전에는 다른 사람들의 손에 넘어갈 수 없는 곳들이었다.

조항의 뇌리로 격렬한 경고음이 울렸다.

상회 정문을 나서는 순간부터 지금까지 느꼈던 거부감은 이것 때문이었다.

조항은 최소한의 인원만 일총관 곁에 붙여놓고 벼락처럼 말머리를 돌렸다.

"이제 이각만 더 가면 된다."

조항은 수하들을 격려하며 더욱 박차를 가했다.

날이 어두워져 돌부리를 밟은 말들이 바닥으로 나뒹굴 위험이 있었지만 조금도 속도를 늦출 수 없었다.

태호의 물결이 눈에 들어오자 조항은 계속 고삐를 흔들며
심호흡을 했다.

오늘은 태호 주변의 밤공기마저 이상하게 느껴졌다.

'제발 아무 일이 없기를……'

조항의 마음이 더욱 급해졌다.

＊　　　＊　　　＊

'이젠 틀렸어.'

단리하연은 절망적인 기분으로 신음을 삼켰다.

지금 사방을 포위한 자들만으로도 목숨이 경각에 달린 상
황인데 거기에 더해 세 명의 사내가 지붕에서 날아 내리고 있
었다.

그들의 가슴에 새겨진 선명한 혈 자 문양으로 봐서 모두들
혈사방의 방도들이었다.

그리고 지붕에서 뛰어내린다는 것은 부호위대장 장경신이
당했다는 말이다.

'이렇게 모든 것이 무너지는 것인가?'

단리하연은 서 있기도 힘든 기분에 스르르 눈을 감았다.

돈을 잃는 것은 이처럼 원통하지도 아깝지도 않았다.

돈을 잃었다고 그것이 영원히 허공중으로 증발하는 것은
아니다. 빠져나갔던 돈은 돌고 돌아 언젠가는 다시 소향상

회로 흘러들 수 있는 것이다. 그건 시간과 노력의 문제였다.

하지만 부친의 원한을 갚지 못하고 이렇게 모든 것이 끝난다는 것은 너무나 원통했다.

조금만 더 세력을 기른다면 흉수를 찾아내고 원수를 갚을 수 있었는데 그 목전에서 혈사방 따위에게 무너지는 것이 너무나 억울했다.

근 열흘간 중독으로 인해 날카로운 감각이 둔해진 것이 사태를 미연에 막지 못한 결과를 낳았다.

평소라면 어떤 낌새를 느끼고 사전에 상가연합회의 호위무사들을 요청해 경비를 몇 배로 늘렸을 것이다.

또한 외부의 적에 신경 쓰느라 내부의 적을 간파하지 못했다.

가장 가까운 가신에게 배신을 당했기에 그만큼 치명적이었다.

"크윽!"

비명 소리가 더 강하게 들렸다.

"하앗!"

이장명이 다시 비도 하나를 날렸다.

이번에는 운이 좋았다.

목에 비도가 꽂힌 혈사방도 한 명이 바닥에 무릎을 꿇었다가 뒤로 넘어갔다.

이장명은 계속해서 비도를 날렸다.

이젠 그의 조끼에 꽂힌 비도도 삼분지 일밖에 남지 않았다.

"발악도 이제 마지막이다."

지붕에서 날아 내린 세 명의 사내가 다른 사람들은 거들떠 보지도 않고 곧바로 단리하연에게로 달려들었다.

이장명은 네 개의 비도를 한꺼번에 손에 들고 발작적으로 날렸지만 그중 한 개만이 다가오던 사내의 어깨에 꽂혔고 나머지 세 개는 사내들이 휘두른 도검에 부딪치며 허공으로 튕겨졌다.

'네놈들 앞에서 스스로 쓰러질 순 없어.'

양혜란은 무너져 내리려는 단리하연을 온 힘을 다해 껴안았다.

어디서 그런 힘이 나는지 모르겠지만 죽어서 쓰러지는 한이 있어도 놈들 앞에서 스스로 허물어지고 싶지는 않았다.

단리하연 역시 그런 심정이었는지 양혜란의 어깨에 필사적으로 몸을 의지했다.

허옇게 이를 드러낸 사내 하나의 검이 장명등 불빛에 번득거렸다.

콰앙—

이를 악문 양혜란은 폭음과 함께 두 눈을 부릅떴다.

다가오는 사내의 검이 들리지도 않았는데 갑자기 터져 나온 폭음은 이해할 수가 없었다.

부릅떠진 양혜란의 망막으로 내당의 철문이 벽과 함께 넘어지고 있는 장면이 맺혀 들었다.

양혜란의 어깨에 기대 필사적으로 몸을 지탱하고 있던 단리하연도 눈을 크게 떴다.

소향표국의 정문에 비하면 반만큼의 크기도 되지 않았지만 이곳의 문은 강철로 만들어진 것이다.

그런데 그것이 단번에 쓰러지며 그것을 붙잡고 있던 벽도 같이 무너지는 광경은 너무도 뜻밖이었다.

공격을 하려던 사내들도 같은 심정으로 움찔 공격을 멈추며 철문 쪽을 쳐다보았다.

철문이 무너진 뒤쪽으로 한 인영의 모습이 눈에 들어왔다.

장명등의 불빛이 잘 미치지 않는 거리에서도 인영의 키는 무척이나 커 보였다.

좀 더 다가오자 온몸에 차돌 같은 근육이 붙어 있음을 느낄 수 있었다.

"어쩐지 미칠 듯이 와보고 싶었지."

마귀를 몰아내는 신장(神將) 같은 몸매의 사내가 맹수처럼 으르렁거렸다.

이장명은 눈을 더욱 크게 떴다.

"설마……?"

마웅탁도 주춤 앞으로 한 걸음 나섰다. 그렇게 하면 적들의 도검과 더 가까워진다는 것도 잊은 모습이었다.

"대장!"

양혜란이 찢어질 듯한 목소리로 고함을 질렀다.

흩어지려던 단리하연의 의식이 급속도로 모여들었다.

대장!

양혜란은 철문을 부수고 나타난 신장 같은 사내를 분명히 그렇게 불렀다.

마웅탁도 이장명도 양혜란과 똑같은 표정으로 사내를 쳐다보고 있었다.

단리하연은 억지로 눈을 깜박거렸다.

흐릿하던 시야가 조금 밝아지며 사내의 모습이 더 선명하게 눈에 들어왔다.

아무래도 아닌 것 같았다.

얼굴은 애초부터 모르는 것이나 마찬가지였다.

이 년 전 동생들을 이끌고 왔을 때는 온통 터지고 부어올라 진면목을 알 수 없는 상태였다. 그때는 차라리 사람의 얼굴이 아니라고 하는 게 맞는 말이었다.

게다가 그때는 이장명과 비슷한 키였다. 그리고 몸매도 제대로 못 먹고 생활해서 그런지 호리호리했다.

그런데 지금은 너무도 달랐다.

이장명보다 머리 하나 정도는 더 컸고, 멀리서도 느껴지는

온몸의 근육은 누군가 근육 부분을 과장되게 깎아놓은 조각
상 같았다.

만약 혼자만 있었다면 적으로 오인하고 더욱 절망적인 심
정이 되었을 것이다.

"잘못 봤나?"

이장명도 단리하연과 같은 심정이었는지 얼떨떨한 음성으
로 중얼거렸다.

"대장이 맞아!"

양혜란이 단호하게 말하며 와락 눈물을 뿌렸다.

"그래, 대장이야."

마웅탁도 고개를 끄덕였다.

그러나 단리하연은 아직도 믿기지 않는 눈으로 유진룡을
쳐다보았다.

"우리 편은 아니군! 상관없다! 함께 처치해 버려라!"

혈사방의 사내 하나가 고함을 질렀다. 그 고함 소리에 소향
표국의 보표들을 상대하던 사내들이 우르르 유진룡에게 달려
들었다.

걸음을 옮기던 유진룡이 그 자리에 섰다.

다가오는 놈들의 검이 시퍼런 살기를 내뿜고 있었다.

잠시 그 자리에 서 있던 유진룡은 슬쩍 뒷걸음질을 쳤다.

사내들이 더욱 기세가 올라 달려들었다.

쾅!

갑자기 아까와 같은 굉음이 울리며 바닥에 쓰러져 있던 철
문 한쪽이 땅바닥에 누워 있다가 바람을 받아 솟구치는 연처
럼 일어섰다.

콰—

철문 한쪽 끝을 밟아 비스듬히 일으켜 세운 유진룡은 그대
로 철문을 걷어찼다.

철문이 이젠 진짜 연이 되어 달려들던 두 사내에게로 날아
들었다.

두 사내가 기겁을 하며 검을 휘둘렀다.

검이 동강나며 튀어 올랐다. 뒤이어 철문 한쪽이 사내들의
가슴을 강타했다.

"크윽!"

사내들이 비명을 토하며 뒤로 밀렸다.

유진룡은 사내들의 가슴에 부딪쳐 이제 거의 수직으로 일
어선 철문을 한 번 더 걷어찼다.

콰앙—

앞서 두 번보다 더 큰 굉음이 울리며 사내 두 명이 튕기듯
동시에 날아갔다.

"이, 이런……."

튕겨오는 동료들을 받아줄 엄두도 내지 못한 혈사방의 사
내들이 급히 옆으로 물러섰다.

쿵—

쿵!

"크윽!"

"크윽!"

정원 한쪽에 있는 화단까지 날아간 사내들이 화단에 만들어진 가산의 바위에 부딪쳐 떨어지며 비명을 토했다.

쾅—

다시 한 번 굉음이 울렸다.

수직으로 서서 철벽처럼 사내들을 팅겨낸 철문이 이젠 수평으로 드러누워 양탄자처럼 날아갔다.

"피해!"

고함과 함께 사내들이 혼비백산하며 흩어졌다.

"아악!"

"큭!"

세 명의 사내들이 철문에 부딪쳐 팅겨 나갔다.

철문은 한참을 더 날아가다가 저쪽 벽 근처에 거의 다다른 후 바닥으로 떨어졌다.

"이, 이놈!"

날아오는 철문에 정신이 팔린 사이 유진룡이 코앞에 다가온 것도 모르고 있던 사내 하나가 뒤늦게 검을 들어 올렸다.

퍼억—

한발 앞서 유진룡의 주먹이 사내의 관자놀이를 가격했다.

뒷골목에서 싸움을 할 때부터 자연스럽게 몸에 익은 회전력이 가미된 주먹이었다.

검을 반도 들어 올리지 못한 사내가 허공으로 붕 떴다가 바닥으로 떨어져 내렸다.

순식간에 몇 명의 사내들을 날려 버린 유진룡이 단리하연과 양혜란의 앞에 섰다.

"괜찮습니까?"

유진룡이 파리한 안색의 단리하연을 향해 물었다.

단리하연은 억지로 고개를 끄덕였다.

"넌? 그리고 너희들은……?"

양혜란과 이장명, 마웅탁도 고개를 끄덕였다.

고개를 끄덕이면서도 그들은 아직도 믿기지 않는 눈으로 유진룡을 쳐다보고 있었다.

단리하연이 조금 전 느낀 것과 마찬가지로 이 년 전에 자신들을 이곳에 데려다 줄 때만 해도 유진룡의 체격은 이장명과 비슷했다. 조금 더 단단해 보이긴 했지만 키도 비슷했고 몸무게도 거의 비슷할 것 같았다.

그런데 지금은 너무도 차이가 났다.

이장명도 이곳에서 좋은 음식을 먹고 많이 컸지만 유진룡에 비하면 어른과 아이 같았다. 그리고 몸은 온통 근육질로 덮여 몸무게로 따진다면 거의 한 배 반은 더 나갈 것 같았다. 그래서 그들은 몇 마디 말까지 나눈 지금도 실감이 나지 않아 뚫어져라 유진룡을 쳐다보고 있었다.

“정말 다행이다.”

유진룡은 길게 한숨을 내쉬었다.

“어, 어떻게……?”

마웅탁이 더듬거리며 유진룡을 향해 물었다.

“그보다 이놈들, 육마종이 보낸 놈들이 맞지?”

유진룡이 마웅탁을 향해 도로 질문했다.

“맞아. 그놈이 부하들과 혈사방 놈들을 끌고 왔어!”

마웅탁이 크게 고개를 끄덕이며 답했다.

“그럴 줄 알았어. 그래서 어제 그렇게 불안했던 거야.”

고개를 끄덕인 유진룡은 등을 돌리고 사방을 둘러보았다.

모두들 괴물을 보듯 유진룡을 쳐다보고 있었다.

혈사방도들도 무공을 익히며 많은 싸움을 해보았지만 이런 무지막지한 힘은 겪어보지 못했던 것이다.

그리고 그 힘 앞에서 동료 여러 명이 손 한 번 제대로 쓰지 못하고 나가떨어졌다.

경각심과 함께 어이없는 기분이 된 그들은 잠시 본분을 잊고 이 년 만에 해후하는 유진룡 일행의 무대 아래에 선 관객이 되어 있었다.

“이런 호랑말코 같은 놈!”

그중에서 제일 빠르게 정신을 차린 중년사내가 이를 빠드득 갈았다.

그의 검이 허공에서 어지럽게 춤을 추었다.

유진룡은 쾌속하게 주저앉으며 긴 다리를 뻗어 사내의 종아리를 걸어찼다.

"크윽!"

다리가 부러져 나가는 듯한 충격을 받은 사내가 비명을 지르며 허공으로 붕 떴다가 떨어져 내렸다.

퍽!

허공에 뜬 사내가 땅에 떨어져 내리기도 전에 발뒤축으로 사내의 가슴을 한 번 더 찍은 유진룡은 그 발을 그대로 휘둘러 사내의 손에 들린 검을 걸어찼다.

검이 풍차처럼 회전하며 같이 달려오던 사내에게로 날아갔다.

사내가 기겁을 하며 검을 쳐냈다.

그사이 유진룡은 바닥에 뻗은 사내를 나무 작대기 하나 들어 올리듯 간단히 들어 올린 후 또 다른 사내에게로 집어 던졌다.

이번에는 검을 휘두르지 못한 사내 두 명이 날아오는 동료를 몸으로 받았다.

"어헉!"

날아온 동료의 몸에 실린 힘이 예상을 훨씬 넘어섰다는 것을 느낀 사내들은 경호성을 지르다가 주르르 밀려나며 결국은 같이 바닥을 뒹굴었다.

"저쪽으로!"

사내 세 명을 다시 바닥에 나뒹굴게 한 유진룡은 정원의 구석에 있는 화단 쪽으로 이장명과 마웅탁 등을 이끌었다.

이장명이 먼저 움직였고, 마웅탁과 양혜란이 단리하연을 부축하며 화단 쪽으로 이동했다.

"왜 그래?"

단리하연의 움직임이 부자연스러운 것을 본 유진룡이 양혜란을 향해 물었다.

양혜란이 입술을 움직이려는 찰나 단리하연이 손을 들어 올려 양혜란의 말을 막았다.

"다리를 조금 다쳤어요."

단리하연은 자신의 중독 사실을 숨겼다. 만약 유진룡이 그 사실을 알면 신경이 쓰여 제대로 싸우지 못할 것을 걱정한 때문이었다.

남아 있던 보표들까지 가세하며 화단 쪽으로 모두 이동하자 사방이 포위된 형국에서 화단을 등지고 앞쪽으로 적들을 상대한 형세가 되었다. 화단 뒤쪽으로도 놈들이 몰려들 수 있겠지만 그쪽은 연못과 가산(假山), 그리고 정원수들이 들어서 있어 거리낌 없이 움직이기에는 불편함이 많았다.

그러는 사이 바깥채의 소란이 더 가까워지며 여러 명의 사내가 담을 뛰어넘고 있었다.

바깥채에서 싸우던 혈사방의 방도들과 육마종의 부하들이었다.

“개자식들!”

남아 있던 보표들이 악에 받친 고함을 질렀다.

그들이 담을 넘어 이곳으로 쏟아지고 있다는 것은 바깥채에 있던 동료 보표들이 모두 죽거나 쓰러졌다는 말이었다. 설령 그렇지 않다고 하더라도 중과부적의 상황에 몰려 저놈들을 어떻게 할 수 없는 지경이란 말이었다.

“한꺼번에 쳐라!”

원군이 나타나자 힘을 얻은 사내 하나가 다시 고함을 질렀다.

“앞은 내가 맡을 테니 당신들은 뒤쪽으로 달려드는 놈들을 막아주시오.”

유진룡이 남아 있는 세 명의 보표를 향해 말했다.

세 명의 보표가 서로를 쳐다보기만 할 뿐 대답을 하지 않았다. 그러기에는 앞쪽에서 달려드는 놈들이 너무 많았다.

그들이 대답을 하든 말든 유진룡은 천천히 앞으로 나섰다. 그리고는 바닥을 향해 허리를 굽혔다.

“끄응!”

기합성을 토한 유진룡은 어깨 위로 화단의 축대로 쌓아놓은 바위 하나를 번쩍 들어 올렸다.

그것은 제일 아래쪽에 있는 것이라 아무리 못 되어도 어른 무게의 세 배는 될 것 같았다.

어느 순간 그 바위가 너무나 가볍게 허공을 날았다.

“어헉!”

커다란 바위가 어깨 위로 들려지는 순간까지도 저것이 무지막지한 속도로 날아올 것이라고는 생각 못한 사내들이 오장육부에서 한꺼번에 쏟아지는 비명을 질렀다.

퍼퍼퍽!

달려오던 사내 세 명이 바위에 부딪쳐 피분수를 토하며 튕겨났다.

그 옆으로 또 다른 바위 하나가 날아들었다. 처음 것보다는 작았지만 그것 역시 두 명의 사내를 튕기며 날아갔다.

바위는 연속으로 날아들었다.

“피해라!”

“아, 안 돼!”

앞의 사내가 겨우 피하면 그 뒤에 있던 놈들이 맞고 나가떨어졌다.

“저게 우리가 알고 있던 그놈 맞아?”

기세 좋게 달려들던 놈들이 이젠 뿔뿔이 뒤로 밀려 나가는 모습을 보며 이장명이 넋두리하듯 말했다.

“나도 믿어지지가 않아. 그땐 정말 여우처럼 싸웠는데…….”

마웅탁도 고개를 저었다.

그러는 사이 유진룡은 또 하나의 돌덩이를 들어 올렸다.

이번에 들어 올린 돌은 바위는 아니었다. 바위보다는 좀 작은 황소의 머리통을 두 개 합친 것만 한 크기였다.

보통 사람들에게는 그것도 충분히 바위 수준이었지만 유
진룡의 한 손에 들린 그것은 돌덩이로밖에 보이지 않았다.

휘익—

유진룡은 바위의 무게를 가늠하듯이 슬쩍 허공으로 튕겼
다.

"으헉!"

정면에서 비명이 들리며 사내들이 양쪽으로 흩어졌다.

크면 큰 대로 치명적이었고 작은 것은 훨씬 빨리 날아왔기
에 치명적이었다.

'재미있군!'

유진룡은 이를 드러내며 빙긋 웃었다.

마웅탁의 말대로 뒷골목에서 살 때는 정말 여우처럼 싸웠
다.

그때는 한 번이라도 이렇게 힘을 앞세워 싸우는 것이 소원
이었다.

처음에 골목 하나를 차지했을 즈음의 몇 번을 빼고는 모두
나이도 몇 살 많고 덩치도 더 큰 놈들과 싸웠다.

키가 큰 놈들은 팔다리도 더 길어 멀리서도 가격을 해왔다.

그런 놈들과 싸우며 자신도 좀 더 컸으면, 최소한 몸무게라
도 비슷했으면 원이 없겠다는 생각을 했다.

그런 놈들을 상대하기 위해서는 여우처럼 싸울 수밖에 없

었다.

여우처럼 눈치를 보고, 여우처럼 지형지물을 살피고, 여우처럼 빈틈을 찾아 그곳을 공략했다.

이젠 그러지 않아도 될 것 같았다.

힘은 마르지 않는 샘처럼 솟아났다. 그리고 그동안 분신처럼 업거나 메고 지냈던 것과 비슷한 크기의 바위들은 충분했다.

화단의 축대는 아직도 반 이상 말짱하게 남아 있었다.

그것이 다 없어진다 하더라도 가산을 만든 곳에 더 큰 바위들이 있었고, 연못의 축대를 쌓은 머리통만 한 돌덩이도 얼마든지 있었다.

휘익—

허공에 잠시 떠올랐다가 손바닥 위로 떨어진 바윗덩이를 다시 던졌다.

조금 작았기에 더 맹렬한 속도로 날아갔다.

펑—

폭음이 일며 벽 한쪽에 구멍이 뻥 뚫렸다. 그리고는 와르르 무너졌다.

어중이떠중이 몇 놈이 그 무너진 틈으로 재빨리 몸을 날려 사라졌다.

더 이상 돌에 맞아 죽어 나자빠지는 놈들은 없었지만 달려드는 놈도 없었다.

이렇게 날이 새면 유리한 쪽도 이쪽이다. 뒷골목 건달들과 흑도 방파가 소주제일의 상회로 침입한 사실이 백주에도 버젓이 용인되지는 않을 것이다.

"아악!"

바깥채 저 멀리서 비명이 들렸다.

지금까지는 조용했는데 다시 비명이 들린다는 것은 누군가 소향상회 쪽을 돕는 사람들이 나타났다는 말이다.

유진룡은 다시 한 개의 돌덩이를 집어 들었다.

"멍청한 놈들! 모두 한꺼번에 달려들어라! 놈이 동시에 수십 개의 돌을 던질 수는 없다!"

기겁을 하고 제일 뒤쪽으로 도망간 칠면독사 육마종이 고함을 질렀다.

유진룡은 그곳을 향해 포탄처럼 돌덩이를 던졌다.

"으악!"

비명을 지른 육마종이 쥐새끼처럼 바닥을 기었다.

"어서 달려들어라, 이 죽일 놈들아! 어서!"

바닥을 기면서도 육마종은 악을 썼다.

그래도 부하들이 움직이지 않자 육마종은 뒤에서 칼을 휘둘렀다.

한 명의 부하가 비명과 함께 쓰러졌다.

이젠 가만있어도 육마종의 칼에 도륙당할 판이었다.

"크윽!"

"크아악!"

바깥채에서 터져 나오는 비명이 더 자주 들리고 더 가까이 들렸다.

그것을 들은 육마종은 더 발작적으로 칼을 휘둘렀다.

"와아!"

마침내 사내 한 명이 고함을 지르며 앞으로 달려갔다.

그를 따라 다른 사내들도 고함을 지르며 달렸다.

"이젠 바위 던지기는 물 건너갔군!"

피식 웃으며 중얼거린 유진룡은 손에 들었던 바위로 정원수 한 그루의 아랫부분을 세차게 내려쳤다.

우두둑!

어른의 허벅지만 한 정원수가 비명을 지르며 뚝 끊어졌다.

"가지를 쳐내주시오."

유진룡은 뒤에 서 있는 보표들에게 소리를 쳤다.

"어서!"

입을 벌리고 있던 보표가 얼른 달려들어 검을 휘둘렀다. 뒤이어 다른 두 보표도 같이 검을 휘둘렀다.

그사이 제일 앞서 달려온 사내가 검을 들어 올렸다.

휘익―

이장명의 비도가 허공을 갈랐다.

"크윽!"

검을 들어 올렸던 사내가 목을 부여잡고 쓰러졌다.

다시 이장명의 비도가 날며 또 한 명의 사내가 쓰러졌다.
그사이 다른 한 명이 화단으로 뛰어올랐다.

퍼억!

가지가 잘려 나가고 통나무가 된 정원수가 사내의 등을 가격했다.

화단에 뛰어오른 사내가 비명도 지르지 못하고 날아갔다.

퍽! 퍽!

비명 없는 파육음이 연속적으로 들렸다.

"피해라!"

한꺼번에 달려들던 사내 중 몇 명이 다시 등을 돌려 달아나기 시작했다.

육마종의 칼보다는 무지막지하게 날아드는 기둥만 한 몽둥이가 훨씬 치명적이었다.

유진룡은 이젠 가까이 있는 놈들을 쫓아가며 통나무를 휘둘렀다.

잘려 나간 가지 부분이 손잡이가 된 통나무는 곤봉처럼 허공에서 회전했다.

퍼억!

퍽!

비명 없는 파육음이 다시 허공에 난무했다.

'저놈!'

지붕 위에서 눈 하나 깜박하지 않고 모든 것을 지켜보고 있던 사혈독수(蛇血毒手) 조공서(趙公書)는 불끈 주먹을 쥐었다.

그의 손끝에는 소향표국의 부호위대장 장경신의 허리를 쥐어뜯으며 묻은 피가 아직 마르지도 않았다.

'대체 어디서 저런 놈이 나타났지?'

조공서는 절로 고개를 흔들었다.

살다 살다 저렇게 무식한 방법으로 싸우는 놈은 처음 보았다.

저건 싸우는 것이 아니라 닥치는 대로 때려 부수는 것이었다.

처음에는 바위 몇 개만 던지고 나면 힘이 빠져 중단할 것이고, 그다음엔 처음처럼 중과부적으로 무너질 것이라 생각했다. 그래서 느긋이 기다리고 있었는데 점입가경이었다.

이젠 바위도 모자라 나무 기둥을 통째로 휘두르고 있었다.

아직까지는 제대로 된 무공을 펼치지 않고 있지만 저 정도면 고수 수준의 내력이었다. 그렇다면 무공 또한 그런 수준일 가능성이 높았다.

'저놈을 처치하지 못하면 오늘 일은 실패다.'

조공서는 이맛살을 찌푸렸다.

비록 칠면독사 육마종이 일의 대부분을 꾸미고 방주가 적극 후원했지만 오늘 일의 책임자는 자신이다.

일이 실패하면 혈사방 내에서 자신의 위치도 추락할 것이
다.

조공서는 품에 손을 넣었다.

품에서 나온 조공서의 손에는 작은 대롱이 들려 있었다.

그것은 독각홍련사의 독을 묻힌 독침을 쏘는 대롱이었다.

희석시켜 다시 제조한 독각홍련사의 독은 단리하연 같은
증상을 나타내지만 그 독을 그대로 바른 독침에 쏘이면 숨을
다섯 번 내쉬기 전에 쓰러진다.

"더 나은 방법이 있는데 굳이 손발을 번거롭게 할 거 뭐 있
나."

대롱을 입에 대고 공력을 모은 조공서는 세차게 입김을 내
뿜었다.

쉿—

뱀이 혓바닥을 날름거리는 소리보다 더 미약한 소음과 함
께 손가락 한 마디만 한 세침이 어둠 속으로 파고들었다.

第十八章
환란(患亂)의 종식(終熄)

퍽!

열너덧 명이 기둥만 한 통나무에 맞고 날아가자 더 이상 달려드는 놈들이 없었다.

아니, 등을 돌리고 달아나지 않는 놈이 없었다.

유진룡은 통나무를 지팡이처럼 옆에 세웠다.

그때 바람처럼 담을 뛰어넘은 또 다른 사내들이 눈에 들어왔다.

그들로 인해 뒤로 달아나던 놈들이 짚단처럼 쓰러졌다.

기둥 끝의 잘려 나간 나뭇가지 부분을 다시 잡으려던 유진룡은 손을 내리며 안력을 돋우었다.

사내의 가슴에는 피 혈 자가 새겨져 있지 않았다.

그러고 보니 제일 앞의 사내는 낯이 익었다.

이 년 전 동생들을 이끌고 필사의 탈출을 하여 이곳 소향상회 정문까지 왔을 때 회주 단리하연의 뒤에 그림자처럼 서 있던 사내였다.

저 사내가 어디 있다가 이제야 나타났는지 모르겠지만 적이 아닌 것은 분명했다.

땅에 내려서자마자 사내와 그의 동료들은 미친 듯이 도검을 휘둘렀다. 그들의 도검에 남은 혈사방도들과 육마종의 부하들이 짚단처럼 쓰러졌다.

이제 한시름 놔도 될 것 같았다.

유진룡은 한숨을 내쉬었다.

그 순간 유진룡의 피부 한곳이 맹렬하게 떨렸다.

아니, 피부가 아니라 피부 표면에 솟아난 솜털이 발작적으로 곤두서는 느낌이었다.

삼백육십 개의 대혈과 그에 연관된 각 열 개의 세혈들까지, 모두 삼천육백 개의 혈에 침을 꽂고 튕겨내며 벌모세수를 한 것과 마찬가지의 능력을 지닌 유진룡의 피부와 솜털은 음습한 이물질의 침투를 맹렬히 경고했다.

휘익―

유진룡은 무의식적으로 상체를 틀며 통나무를 내밀었다.

핑―

세침 하나가 통나무에 박혔다.

유진룡은 천천히 고개를 돌렸다.

지붕 위의 인영이 눈에 들어왔다.

"힘만 믿고 설치는 무식한 놈인 줄 알았더니 제법 한가닥 하는 구석이 있었구나!"

사혈독수 조공서는 지붕 위에서 훌쩍 날아 내렸다.

표홀한 신법이 고수임을 짐작케 해주었다.

조공서가 날아 내리자마자 육마종 패거리들과 함께 아직까지 남아 있던 혈사방 방도들은 힘은 얻은 듯 조항 일행에게 모두 몰려들어 더욱 세차게 도검을 휘둘러 댔다. 그러나 동료들을 반도 넘게 잃은 조항과 다른 보표들의 악에 받친 검에 그들은 한 명, 두 명 차례로 쓰러지고 있었다.

정원에 내려선 조공서는 조항과 방도들이 싸우는 곳을 힐끗 쳐다보았다.

조항과 보표들이 조금 더 우세해 보였지만 아직 시간이 있었다. 그 시간 안에 유진룡을 처치하면 승부의 저울추는 다시 자신들 쪽으로 기울 것이다.

조공서는 다시 유진룡을 쳐다보다가 와락 이맛살을 찌푸렸다.

체격은 컸지만 가까이서 보니 생각보다 젊은 놈이었다.

아니, 아직 어린 티가 나는 놈이었다.

이런 애송이에게 풍비박산이 났다는 것이 믿어지지 않았

다.

'어디서 이런 놈이……?'

조공서는 기억 속을 헤집어보았다.

이만한 체격 조건과 힘이라면 알려졌을 만도 한데 인근에서 이런 놈이 활약하고 있다는 소리는 듣지 못했다.

"네놈 이름이 뭐냐?"

조공서는 거두절미하고 유진룡의 이름을 물었다.

"쥐새끼처럼 암수나 쓰는 놈에겐 별로 가르쳐 주고 싶지 않다면?"

유진룡이 비웃음을 흘리며 답했다.

"놈?"

조공서의 눈썹이 역팔 자로 모여졌다.

칠면독사 육마종에게도 꼬박꼬박 대협 소리를 들었고, 혈사방주도 함부로 하대를 하지 않는데 새파란 놈에게 놈 소리를 듣는 것은 참을 수가 없었다.

"실력도 입담만 한지 보겠다."

콧김을 내뿜은 조공서는 땅을 박찼다.

그의 신형이 미끄러지듯 유진룡을 향해 쏘아지며 자욱한 손 그림자가 허공을 가득 메웠다.

유진룡은 신속히 몸을 틀며 조공서의 손동작을 살폈다.

무공을 익히지 않은 사람이라면 그 어지러운 손 그림자에 눈이 혼란해짐을 느낄 정도였다.

뒤틀리는 듯하다가 불쑥 앞으로 뻗어 나오고, 그러다가 어느새 잡아채고 찔러드는 그의 손은 쉽게 상대할 방도를 찾기 어렵게 했다.

상대할 방도는 잘 떠오르지 않았지만 유진룡은 그의 손동작을 하나도 놓치지 않고 모두 볼 수 있었다.

특별히 안력을 높이는 수련을 따로 하지는 않았지만 인간의 신체는 한 가지 능력이 발전하면 또 다른 능력도 같이 발전하게 마련이다.

휙—

휘익—

조공서의 양손이 더 빠르게 날아들었다.

유진룡은 다시 한 번 상체를 틀며 다리를 뻗어 발끝으로 조공서의 무릎을 걸어찼다.

조공서가 급히 다리를 뒤로 뺐다. 그러자 자연히 상체의 중심이 흐트러졌고, 그곳으로 유진룡의 주먹이 날아들었다.

쉬이익—

조공서는 급히 상체를 주저앉혔다.

단순히 뻗어오는 주먹이었지만 그 안에 담긴 힘이 엄청났다. 잘못 부딪쳤다가는 튕겨 나가거나 어디가 부러질 것 같은 경각심이 들었다.

'정말 괴물 같은 놈이로군.'

크게 발을 움직여 뒤로 물러난 조공서는 콧김을 내뿜었다.

바위를 사정없이 집어 던지고 통나무를 휘두르는 모습에서 짐작했지만 힘이나 내력 면에서는 자신을 능가하는 것 같았다.

자신 역시 조공을 익히며 십 년은 족히 내력을 축적했는데 이놈은 새파란 나이임에도 불구하고 내력이 더 높은 것 같다는 판단에 어이없는 생각마저 들었다.

'미친 척하고 한번 부딪쳐 볼까?'

조공서는 불끈 아랫배에 힘을 모았다.

뜨거운 열기가 단전에서 맴돌았다. 그걸로 곧바로 부딪치면 승산이 있을 것도 같았다.

조공서는 이내 고개를 흔들었다.

어린놈과 내력 싸움을 벌여보았자 좋을 것이 하나도 없다.

이겨야 본전이고, 지면 그야말로 개망신을 당하는 것이다.

그리고 그건 쉽게 이길 수 있는 싸움을 어렵게 할 필요가 없다는 자신의 신조와도 배치되었다.

숨을 고르며 상황을 파악하는 척 슬쩍 손을 뒤로 돌린 조공서는 양손의 손가락 끝에 독조(毒爪)를 끼웠다.

그것은 사혈독수라는 지금의 자신을 있게 한 독문병기였다.

손을 일부러 내밀어보게 하지 않는 이상 쉽게 눈에 띄지도 않으면서 강력한 위력을 발휘하는 비밀 병기이기도 했다.

쉬이익—

조공서의 오른손이 빠르게 유진룡의 얼굴 앞을 지나갔
다.

상체를 최소한으로만 뒤로 빼며 조공서의 조권 공격을 피
한 유진룡은 조공서의 손톱이 갑자기 조금 더 길어졌다는 사
실을 알았다.

그리고 그 손톱에서 풍겨 나오는 비릿하고 음습한 냄새!

조금 전에 날아온 세침과 같은 느낌이 들었다.

'암기로군.'

유진룡은 조공서의 가짜 손톱과 그곳에서 풍기는 냄새를
느끼고는 눈살을 심하게 찌푸렸다.

계집애들처럼 손톱으로 할퀴려 하는 것도 역겨운데 그것
에 독까지 발랐다는 것은 정말 구역질나는 일이었다.

유진룡은 경멸스런 눈으로 조공서를 쳐다보았다.

조공서는 자신의 손끝에 독조를 끼웠다는 것을 들키지 않
게끔 양손을 쉴 새 없이 흔들었다.

경멸스럽게 조공서를 쳐다보던 유진룡의 눈이 시린 한기
를 뿜어냈다.

지금부터는 놈의 손톱이 몸 어느 곳에도 스치게 해서는 안
된다.

저런 독쯤은 통하지 않을 수도 있겠지만 그래도 모르는 일
이니 최대한 거리를 두고 수비와 공격을 해야 한다.

신장에서는 훨씬 앞섰지만 상대의 열 손가락 중 한 개라도 스치지 않고 싸우는 것은 쉬운 일이 아니었다.

"이제 다시 한 번 어울려 보도록 하사."

유진룡의 상념을 끊으며 조공서가 손을 휘둘렀다.

쉴 새 없이 손을 움직였지만 처음처럼 맹렬하게 휘두르지 않는 모습이 마치 유진룡이 팔을 들어 막기를 유도하는 것 같았다.

그렇게 해서 서로 팔이 섞이는 순간 피부 한곳에 슬쩍 손톱으로 긁은 후 중독이 되면 자신의 실력으로 그렇게 만든 양 기고만장하며 설쳐 댈 것이다.

휘익—

획—

조공서의 손동작이 조금씩 더 빨라졌다.

유진룡은 손이나 팔이 얽히는 것을 피하며 뒷걸음질을 쳤다.

휘익—

자신의 의도가 먹혀들지 않자 조공서는 크게 보폭을 밟으며 유진룡을 향해 뛰어들었다.

"헛!"

맹렬한 기세로 덮쳐 가던 조공서는 헛바람을 삼키며 급히 신형을 틀었다.

기둥만 한 통나무 아래쪽이 복부를 향해 숏구쳐 오르고 있었기 때문이다.

유진룡은 독조를 끼고 암수를 쓰는 조공서와 최대한 거리를 둔 공격을 하기 위해 통나무를 쳐 든 것이다.

휘익—

신형을 튼 조공서는 갈퀴같이 만든 손으로 통나무 끝 부분의 옆면을 찍어갔다.

쇠갈고리 같은 손가락을 통나무 끝에 찍어 넣고 간단하게 통나무를 빼앗아 버릴 생각이었다. 그래야만 접근이 가능했다.

픽!

계획대로 통나무 끝에 조공서의 손가락 다섯 개가 깊이 박혔다.

바짝 마른 나무가 아니라 방금까지 땅에 뿌리를 박고 꽃을 피웠던 생나무이기에 손가락은 한 마디도 넘게 파고들었다.

"하앗!"

기합성을 지른 조공서는 통나무를 와락 당겼다.

그렇게 순간적인 충격을 주어 떨어뜨리게 할 의도였다.

그러던 조공서는 인상을 썼다.

통나무가 허공에서 뿌리라도 내린 듯 꼼짝도 하지 않았다.

픽!

조공서는 다른 손 하나도 세차게 휘두르며 똑같은 식으로 손가락 끝을 통나무에 찍어 넣었다. 그리고는 훨씬 더 세차게 잡아당겼다.

'이게?'

조공서는 눈을 부릅떴다.

통나무는 여전히 꼼짝도 하지 않았다.

조공서는 통나무 다른 쪽 끝에 있는 유진룡을 쳐다보았다.

유진룡은 한 손으로만 통나무 윗부분의 잘려 나가고 남은 가지의 그루터기를 잡고 있었다.

그건 훌륭한 손잡이 구실을 했다.

하지만 그렇다고 해도 양손으로 끌어당겼는데 꼼짝도 않는 것은 믿을 수가 없었다.

이건 단순한 힘이 아니라 충실한 내공이었다.

조공서는 순간적으로 등골이 서늘해 옴을 느꼈다.

그리고 등골 서늘한 경각심은 현실이 되어 들이닥쳤다.

두 손가락을 찔러 넣은 통나무가 전사권을 찔러오듯 맹렬히 회전하기 시작했다.

통나무 끝에 깊숙이 찔러 넣은 손가락을 빼기에는 너무 늦었다. 이젠 같이 내력을 끌어올려 버텨야 한다. 그래서 회전을 멈추게 한 후 손가락을 빼야 했다.

"흐흡!"

기합성과 함께 조공서는 손가락 끝으로 내력을 불어넣었다.

그 순간 잡고 있던 가지를 놓은 유진룡이 통나무 끝을 발바닥으로 세차게 걷어찼다.

통나무의 회전에만 온 신경을 쓰던 조공서는 황소의 뿔처럼 들이받아 오는 통나무에 경악한 눈을 떴다.

찔러 넣은 손가락으로는 잡아당길 수는 있었지만 밀어내는 쪽으로는 제대로 힘을 쓸 수가 없었다.

또한 그럴 준비도 하고 있지 않았다.

퍼억!

통나무 끝이 조공서의 가슴을 사정없이 강타했다.

"큭!"

짤막한 신음과 선혈을 토해낸 조공서가 뒤로 주르르 밀려났다.

휘익—

통나무를 발바닥으로 강렬하게 밀어 찬 유진룡은 그 발뒤축으로 아직도 수평으로 밀치며 나가고 있는 통나무 중간 부분을 그대로 내리찍었다.

펑—

폭음과 함께 수평으로 날아가던 통나무가 이번에는 수직으로 급격히 내려앉았다.

"아아악—"

조공서는 처절한 비명을 질렀다.

통나무가 갑자기 수직으로 떨어져 내리는 바람에 그곳에 박힌 손가락이 우두둑 꺾이며 부러지고 있었다.

조공서의 사혈독수를 간단하게 무력화시킨 유진룡은 그대로 몸을 회전시켰다.

뒷골목에서 훨씬 덩치 큰 놈들과 싸우며 주변의 온갖 지형지물을 다 이용하고, 순간순간 최적의 타격 동작을 찾아내는 데는 둘째가라면 서러운 유진룡이었다. 그것은 천산마존이 유진룡을 선택한 가장 큰 이유이기도 했다.

아직 초식은 배우지 않았지만 그 실력은 조금도 녹슬지 않고 충실한 내력과 함께 거침없이 진가를 드러내고 있었다.

휘익—

긴 다리가 호선을 그리며 선풍퇴의 수법으로 조공서의 얼굴을 향해 날아들었다.

조공서는 급히 고개를 숙였다.

통나무에서 손가락은 겨우 빼냈지만 모조리 부러져서 독조를 펼칠 수가 없었다.

헛발질을 하며 지나가는가 싶던 유진룡의 다리가 허공에서 직각으로 꺾이며 떨어져 내렸다.

무시무시한 힘이 실렸기에 무시무시하게 빨랐다.

조공서는 숙였던 고개를 급히 옆으로 틀었다.

퍼억—

정수리로 떨어져 내리던 발이 어깨를 찍었다.

어깨뼈가 박살이 난 것 같았다.

조공서는 땅으로 신형을 굴렸다.

그런데 마침 그곳은 통나무의 한쪽 끝이었다. 조공서는 왠지 이 통나무가 다시 날아들 것만 같았다.

어김없이 유진룡은 통나무의 한쪽 끝을 발뒤축으로 밀어 찼다.

퍼억—

이번에는 조공서의 옆구리에서 파육음이 터졌다.

"크윽!"

어깨에 이어 갈비뼈까지 무너진 조공서는 폭포수처럼 선혈을 토하며 바닥에 나뒹굴었다.

조공서가 무너지자 승부의 저울추는 급격히 한쪽으로 기울었다.

유진룡의 존재만으로도 벅찬데 조항까지 가세했다. 그런 차에 자신들이 믿고 있던 조공서는 무너졌다.

혈사방과 육마종의 모든 무리가 도망갈 채비를 하였다.

"저놈을… 잡아요. 저기 자루에 수실이 달린 칼을 든 놈이 육마종……."

단리하연이 모기 소리만 한 목소리로 말했다.

번쩍!

육마종이란 이름을 들은 유진룡의 눈이 불을 뿜었다.

시종일관 제일 뒤쪽에서 부하들을 내몰던 육마종이 언뜻 고개를 들었다.

협기라고는 약에 쓸려고 해도 찾을 수가 없었지만, 위기를 감지하고 도망치는 데는 남들보다 몇 배의 능력을 타고난 육마종은 본능적인 불안감을 느낀 것이다.

육마종의 눈에 이글거리는 유진룡의 눈과 마주쳤다.

대호처럼 이글거리는 눈이었다.

'삼십육계주위상책!'

신속히 등을 돌린 육마종은 경공을 펼쳤다. 아니, 펼치려고 했다.

휘이잉―

경공을 펼치며 솟구쳐야 할 허공에 통나무 그림자가 가득했다

그대로 솟구쳤다가는 바람개비처럼 회전하는 통나무에 걸려 허리가 꺾일 것 같았다.

육마종은 잠시 호흡을 가다듬으며 통나무가 지나가기를 기다렸다.

통나무는 좀 전에 부하들을 튕겨내던 바위처럼 맹렬하게 날아가지 않고 오히려 머리 위로 떨어져 내리고 있었다.

휘이잉―

회전하는 통나무에서 무시무시한 바람 소리가 흘러나왔다.

"어헉!"

육마종은 단말마를 터뜨렸다.

멀리 날아가야 할 힘이 고스란히 회전력에 실려 떨어지고

있는 것이다.

육마종은 쥐새끼처럼 바닥을 기고 굴렀다.

퍼엉—

통나무가 바로 옆에 떨어져 어지럽게 흩어진 돌덩이 중 하나를 쳐내고 있었다.

육마종은 쾌속하게 몸을 일으켰다.

이젠 통나무가 사라졌으니 다시 경공을 펼쳐야 했다.

같이 왔던 불곰 염포 놈은 벌써 도망갔는지 보이지도 않았다.

육마종은 혼신의 힘을 다리에 모았다.

"재주가 있다면… 도망가 봐!"

등줄기에 찬물이 쏟아지는 것 같은 기분을 느낀 육마종은 무의식적으로 고개를 들었다.

왠지 지금은 경공을 펼치는 것보다 그게 우선일 것 같았다.

열 발자국쯤 앞에 그놈이 서 있었다.

철문을 발로 차서 날리고, 바위를 공깃돌처럼 던지고, 기둥만 한 통나무로 이 년 동안 준비한 오늘의 거사를 완전히 뒤집어 엎어놓은 놈이었다.

그놈이 오른손에 주먹만 한 돌멩이 하나를 들고 위로 던졌다 받았다를 반복하고 있었다.

그것도 모자라 왼손에는 그것보다 조금 작은 돌멩이 두 개를 더 들고 있었다.

황소 머리통만 한 돌덩이도 공깃돌처럼 날리던 놈이다. 그런 놈이 손아귀에 꽉 잡히는 저 돌멩이를 혼신의 힘으로 던진다면?

육마종의 다리에 힘이 쭉 빠졌다.

한 개뿐이라면 천운에 맡기고 모험을 할 수 있었다.

그런데 왼손에도 두 개가 더 있어 모두 세 개였다.

차라리 내일 아침 해가 서쪽에서 뜨는 것을 바라는 것이 나을 것 같았다.

"어서 가봐, 난 여기 그대로 서 있을 테니."

유진룡은 걸음을 멈추고 이를 드러내며 웃었다.

어쩐지 그 미소는 흑표 한덕무를 닮아 있었다.

"자신이 없다면 두 걸음 뒤로 물러나 주지."

유진룡은 정말로 두 걸음을 뒤로 물러났다.

육마종은 주변을 살폈다.

이미 부하들은 쓰러진 놈들을 빼고는 한 놈도 보이지 않았다.

그것도 모자라 나중에 나타나서 부하들을 도륙한 소향표국 보표 여러 놈이 담장 위에 올라서서 장승처럼 포위하고 있었다. 이젠 유진룡이 없더라도 도주는 불가능했다.

"엎드려!"

도주를 포기한 육마종을 향해 유진룡이 나직하게 지시했다.

"예?"

말뜻을 알아듣지 못한 육마종이 고개를 들었다.

"바닥에 납작 엎드려, 이 개자식아!"

발작적으로 고함을 지른 유진룡은 엉거주춤 구부려 있는 육마종의 머리 위로 오른손에 든 돌멩이를 던졌다.

휘이잉—

돌멩이는 육마종의 머리카락 몇 올을 건드리며 담장을 향해 무서운 속도로 날아갔다.

퍼엉—

돌멩이에 부딪친 담장에서 포탄이 터진 것처럼 먼지가 솟구쳤다.

"헉!"

뒤늦게 호위대장 조항이 기겁을 하며 허공으로 날아올랐다.

피할 생각도 하기 전에 포탄처럼 날아온 돌멩이는 그가 섰던 담장 바로 아래를 가격했고, 발밑이 와르르 꺼져 내린 때문이었다.

조항은 바닥으로 날아 내리는 순간까지도 혼란한 심정을 가누지 못했다.

소향표국으로 향하는 길로 접어들면서 너무 많은 인원이 소향표국의 담을 넘었다는 것을 인근 상점 주인에게서 전해 듣고는 가슴이 두방망이질 치다 못해 터져 버릴 것 같았다.

상가연합회의 도움이 없는 상태에서 그 인원이라면 치명적이다.

엎친 데 덮친 격으로 자신과 함께 일급 표사들까지 거의 없는 것이나 마찬가지가 아닌가?

그런 심정은 외당에 들어서면서 절망감으로 바뀌었다.

남아 있던 동료들이 거의 다 쓰러져 있었다.

그렇다면 결과는 뻔했다.

자포자기의 심정으로 내당의 담을 넘었는데 내당은 정반대의 상황이 벌어져 있었다. 그리고 그 상황은 도저히 이해가 가지 않았다.

이해는 나중이고 우선은 검을 휘둘렀다. 그러면서 이런 정반대의 상황을 만든 주재자가 누구인지 찾았다.

처음에는 자신들에게로 몰려드는 놈들을 베느라 다른 곳으로 신경 쓸 겨를이 없다가 조권을 쓰는 중년인과 상대하는 청년을 보았을 때, 그가 이 상황의 주재자라고 짐작했다.

청년이 조권을 쓰는 중년인을 이기고 육마종의 퇴로를 향해 큰 통나무를 팔랑개비처럼 회전시켜 던졌을 때 조항은 그가 이 상황의 주재자임을 확신했다.

그리고 고함과 함께 피할 엄두도 내지 못할 만큼 무시무시한 속도로 날아온 돌멩이가 딛고 있는 담을 무너뜨렸을 때 청년의 정체도 알 수 있었다.

그놈이었다.

얼굴은 모르겠지만 목소리가 기억났다.

언젠가 거물이 되어 나타날 것이라 예상했던 그놈!

꼬맹이들을 이끌고 말도 안 되는 탈출을 한 후, 말도 안 되는 거래를 성사시키고 사라졌던 그놈이 더욱 말도 안 되는 이런 상황을 만들어 놓은 것이다.

'젠장!'

조항은 역정을 삼켰다.

저놈 가까이 있으면 언제나 날벼락을 맞는다는 생각이 들었다.

그때 산으로 따라갔을 때도 털신을 신은 것 같은 커다란 발에 가격당하고 하마터면 남자 구실을 못할 뻔했다.

오늘도 돌멩이가 한 자만 높이 솟구쳤으면 다리 하나는 회복 불능으로 부러졌을 것이다.

'그런데 이제 어쩐다?'

부하들은 여전히 담장 위에 장승처럼 버티고 서 있는데 자신만 낮은 곳에 있는 것도 내키지 않았다. 그렇다고 담장 위로 다시 날아오르는 것도 멋쩍었다.

'회주나 지키는 것이 모양새가 더 낫겠지?'

조항은 슬그머니 옆으로 돌아 단리하연이 있는 곳으로 향했다.

그때 유진룡의 입술이 다시 열렸다.

"그렇게 납작 엎드려서 여기까지 개처럼 기어와라!"

돌멩이가 머리 위로 날아가고 벽 한쪽이 무너진 후에야 바닥에 엎드린 육마종을 향해 유진룡이 으르렁거리듯 말했다.

그의 오른손에는 다시 한 개의 돌멩이가 들려 있었다.

혼비백산한 육마종이 배를 바닥에 깔고 네 발로 기었다.

"더 빨리! 이 짐승만도 못한 새끼야!"

퍼엉—

맹수의 포효 같은 고함과 함께 육마종의 머리 바로 옆에서 폭음이 터지고 솟구치는 흙과 함께 커다란 구덩이가 파였다.

"으으으—"

자신도 모르게 비명을 흘린 육마종이 유진룡을 향해 미친 듯이 기어갔다.

"계속!"

옆으로 비켜선 유진룡이 다시 지시했다.

육마종은 유진룡의 옆을 지나쳐 계속 기어갔다.

"거기까지!"

다시 유진룡의 목소리가 들리자 육마종은 기는 동작을 멈추고 고개를 들었다.

바로 앞에 단리하연이 양혜란의 부축을 받고 서 있었다.

"바닥에 머리를 열 번 찧어라. 마음에 들지 않으면 내가 찧게 해주겠다."

유진룡의 낮은 목소리에 육마종은 미친 듯이 바닥에 머리를 찧었다.

처음부터 그의 머리에서는 피가 튀었다.

여섯 번을 찧은 그는 더 이상 여력이 없는지 고개를 들었다.

퍼억—

유진룡이 그의 엉덩이 부분을 세차게 짓밟았다.

"아아악!"

골반 뼈와 고환이 한꺼번에 뭉그러진 육마종이 처절한 비명을 내질렀다.

유진룡은 그런 육마종의 부러진 엉덩이 부분을 다시 한 번 짓밟았다.

이제 육마종은 다시는 남자 구실을 못하게 될 것이다. 뿐만 아니라 평생 앉은뱅이 신세도 면치 못할 것이다.

"죽이지 말고… 뒷골목에 내다 버리세요. 그곳에서… 평생 기어다니게……."

옆에 선 조항에게 억지로 말한 단리하연이 유진룡을 쳐다보았다.

유진룡은 묵묵히 단리하연의 시선을 맞받았다.

단리하연의 얼굴에서 파리한 기색이 서서히 사라지며 목련꽃 같은 미소가 피어올랐다. 그리고 그녀는 무너져 내렸다.

"회주님!"

"회주님!"

양혜란과 조항이 고함을 치며 단리하연을 부축했다. 그러나 그녀의 팔은 힘없이 떨어져 내렸다.

"왜 이래?"

유진룡이 마웅탁을 보며 고함을 쳤다.

"중독됐어!"

어지간한 마웅탁도 이번에는 사색이 된 표정으로 답했다.

"왜 이제야 말해, 이 망할 자식아!"

유진룡이 한 대 팰 듯 고함을 질렀다.

"이 정도인 줄은 몰랐어. 그리고 말할 틈도 없었잖아."

이번에는 이장명이 나서며 답했다.

"어떤 상태입니까?"

유진룡이 조항을 보고 다급하게 물었다.

"빨리 해독시키지 않으면 위험하네. 날 밝을 때까지도 기약할 수 없어."

단리하연의 맥문을 잡고 있던 조항이 답했다.

"해독제는?"

유진룡의 말에 마웅탁이 절망적으로 고개를 흔들었다.

"비키시오!"

유진룡이 조항을 밀쳐 내고 단리하연을 부축했다. 그리고 등에 업었다.

"어떻게 하려고?"

조항이 유진룡의 앞을 막으며 물었다.

"회주님은 내가 살려낼 테니 당신은 한 가지 약속을 해주시오.”

“무슨……?”

의혹 어린 표정의 조항이 눈을 치떴다.

“절대 내 뒤를 밟지 마시오. 그리고 다른 사람들도 그렇게
하지 못하게 해주시오.”

“그건…….”

“회주를 죽이고 싶소?”

유진룡이 가슴으로 조항을 밀치며 한 걸음 앞으로 나섰다.

조항은 순간적으로 공력을 끌어올렸지만 그의 신형은 어
느새 두어 발 뒤로 밀려나 있었다.

“이 년 만에 날 이 정도로 만든 내 사부라면 충분히 살려낼
것이오.”

유진룡의 눈이 호랑이의 그것처럼 이글거렸다.

“가게!”

조항이 고개를 끄덕이며 옆으로 물러섰다.

“약속, 꼭 지키시오!”

한 번 더 다짐한 유진룡은 땅을 박찼다.

경공을 펼친 것 같지도 않았는데 유진룡의 신형은 바람처
럼 어둠 속으로 사라졌다.

第十九章
이심전심(以心傳心)

온몸이 땀범벅이었다.

사력을 다했지만 송곳니를 허옇게 드러낸 승냥이 떼 속에 홀로 남겨져 있었다.

손에 든 몽둥이로 승냥이 떼를 수없이 후려쳐 죽였다. 그러나 들판을 가득 메운 놈들의 숫자는 줄어들지 않았다.

오히려 놈들은 더 늘어갔다.

끼끼끼— 끄으!

울부짖는 것도 아니고 신음하는 것도 아닌, 이상한 소리를 질러대는 놈들의 광기 어린 눈은 절로 소름이 끼쳤다.

놈들의 입가에서 더욱 많은 침이 흘러내렸다.

　놈들은 한시라도 빨리 자신의 숨통을 끊어놓고 주린 배를
채우려 하는 것 같았다.
　퍽!
　필사적으로 휘두른 몽둥이에 목덜미에 송곳니를 들이대려
던 놈이 피를 흘리며 날아갔다.
　손아귀와 팔에 힘이 빠져 이젠 몇 놈이나 더 후려칠 수 있
을지 자신할 수 없었다.
　파앗—
　허리 어림으로 한 놈의 송곳니가 섬뜩한 느낌과 함께 파고
들었다.
　‘이젠 힘이 다 빠졌어.’
　절망적인 기운과 함께 놈의 목덜미를 후려쳤다.
　캐앵!
　놈이 비명과 함께 바닥을 나뒹굴었다.
　파악—
　다시 어깨 한곳에 한 놈의 송곳니가 파고들었다.
　그리고 세 마리의 승냥이가 한꺼번에 덮쳐들었다.
　‘이젠 끝이야.’
　몽둥이마저 내리며 눈을 감았다.
　크아앙!
　뇌성 같은 포효와 함께 한 마리 백호가 앞발을 휘둘렀다.
　퍼퍼퍽!

세 마리의 승냥이 떼가 한꺼번에 날아갔다.

또 한 번의 발길질에 근처에 있던 승냥이 떼도 피를 토하며 쓰러지거나 허공으로 튀어 올랐다가 바닥으로 나뒹굴었다.

들판을 가득 메운 승냥이 떼가 순식간에 사라졌다.

황소만 한 백호는 한 번 더 그들을 향해 포효를 터뜨린 후 등을 돌렸다.

등을 돌리는가 싶었는데 어느새 백호의 주둥이가 얼굴 가까이 다가왔다

백호의 주둥이에서 짙은 노린내가 맡아졌다.

"아악!"

단리하연은 비명을 지르며 상체를 일으켰다.

얼굴에 주둥이를 갖다 댔던 황소만 한 백호가 착각인 듯 어둠 속으로 사라졌다.

꿈인지 생시인지 분간이 되지 않았다.

백호의 입에서 풍기던 노린내는 아직도 얼굴 근처에 남아 있는 것 같았다.

'이곳은……?'

단리하연은 고개를 이리저리 돌렸다.

사방은 칠흑 같은 어둠이 한 치의 빈틈도 없이 스며들어 있었다.

'동굴?'

단리하연은 그런 느낌이 들었다.

축축한 습기와 이끼 냄새만 느껴지고 주변을 지나는 바람 소리나 기류의 이동은 전혀 감지되지 않았다.

단리하연은 기억을 되살려 보았다.

상회를 습격한 육마종 무리와 혈사방 무리가 모조리 쫓겨 나고 육마종은 유진룡의 발길질에 평생 불구의 몸이 된 것을 보며 정신을 잃었다.

그 뒤로는 아무 기억이 없었다.

'그가 이리로 데리고 온 것일까?

아무래도 그런 것 같았다.

유진룡이 아닌 다른 사람이라면 의원으로 데리고 갔을 것이다.

그리고 이렇게 멀쩡히 깨어나지도 못했을 것이다.

저만치서 발자국 소리가 빠르게 다가왔다.

단리하연은 긴장으로 몸을 굳혔다.

아까 사라졌던 큰 호랑이의 모습이 갑자기 떠올랐기 때문이다.

다행히 사람의 발자국 소리 같았다.

"정신이 드셨습니까?"

사내의 굵은 목소리가 들렸다.

'이 목소리는……?

절체절명의 순간 소향상회에 나타나 혈사방과 육마종 무리를 때려 부수고 육마종에게 개처럼 기어오게 호령하던 그 목소리였다.

또한 그 목소리는 온통 터지고 부어오른 얼굴로 동생들을 데리고 와서 반으로 잘린 금불상을 꺼내놓으며 어이없는 거래를 제시하던, 이 년 동안 한시도 잊지 못했던 그 목소리였다.

단리하연은 안력을 돋우었다.

어둠이 너무 짙어 아무것도 보이지 않았다.

"잠시 눈을 감으십시오."

사내의 목소리가 조금 멀어지며 들려왔다.

단리하연은 눈을 감았다.

파앗—

화섭자에 불이 당겨지는 소리가 들렸다.

"이젠 천천히 눈을 뜨면 됩니다."

다시 들려온 목소리에 단리하연은 눈을 떴다.

불이 밝혀져 어둠을 밀어내고 있었다.

짐작대로 이곳은 동굴 안이었다.

사방이 온통 바위로 된 바위 동굴이었다.

평소 지내던 자신의 방만큼 넓은 동굴 안 침상 위에 자신이 앉아 있었다.

그런데 목소리의 주인이 보이지 않았다.

단리하연은 고개를 반대쪽으로 돌렸다.

그곳 구석에서 유진룡이 뭔가를 꺼내 들고 다가오고 있

었다.

울렁―

이 년 전, 잠자리에 들려다가 밖에서 날아든 희미한 고함 소리를 들었을 때처럼 가슴이 울렁거렸다.

단리하연은 잠시 아무 말도 하지 못하고 유진룡을 쳐다보기만 했다.

한창 클 나이지만 이 년 동안 이렇게 클 수 있는지 여전히 의심스러웠다.

신장 면에 있어서 그때는 자신보다 조금 더 큰 것 같았는데 이젠 비교 자체가 어불성설이었다.

"괜찮으십니까?"

유진룡은 근심스런 표정으로 질문을 던졌다. 그리고는 한 발짝 더 성큼 다가왔다.

단리하연은 자신이 기거하던 방만큼 넓은 동굴이 갑자기 비좁다는 느낌을 받았다.

"여기는……?"

단리하연은 비로소 입술을 떼었다.

"제가 기거하는 곳입니다."

간단하게 답한 유진룡은 구석에서 가져온 무언가를 들어 올렸다.

그것은 작은 호리병이었다.

쪼르르―

유진룡은 호리병 속의 액체를 찻잔에 따랐다.

액체에서 짙은 약초 냄새가 풍겨났다.

"우선 이것부터 마시십시오."

유진룡이 잔을 내밀었다.

잔이 가까이 다가오자 약초 냄새는 더욱 강하게 풍겼다.

냄새만 맡아도 얼마나 쓴맛일지 짐작이 간 단리하연은 자신도 모르게 인상을 썼다.

"한 번에 꿀꺽 마시면 쓴맛이 덜할 겁니다."

단리하연의 내심을 읽은 듯 부드럽게 말한 유진룡은 잔을 단리하연의 입 가까이에 갖다 댔다.

잔을 받은 단리하연은 숨을 멈춘 상태에서 그 안에 담긴 액체를 입 안으로 털어 넣었다.

잔 속의 액체는 스며들 듯 목구멍 속으로 흘러들었다.

참았던 숨을 토하자 지독한 쓴맛이 영혼까지 휘감는 것 같았다.

"운기를 하십시오."

유진룡의 지시에 단리하연은 가부좌를 틀고 단전의 기운을 끌어올려 일주천시켰다.

진드기처럼 끈질기게 달라붙어 있던 감기의 기운, 아니, 중독의 기운은 조금도 느껴지지 않았다.

평소보다 약간 기력이 떨어진 것 같은 느낌은 있었지만 그것마저도 혈맥으로 흘러드는 뜨거운 기운에 의해 순식간에 보충되고 더 충만해지는 것 같았다.

이런 기운이라면 어떤 음습한 독기운도 모두 태워 버리고 몰아낼 수 있을 것 같았다. 그래서 자신은 이렇게 말끔히 해독되어 있는 모양이었다.

이마에 송골송골 땀이 맺히고 몸이 날아갈 듯한 기분을 느낀 단리하연은 긴 한숨과 함께 눈을 떴다.

유진룡이 유심히 내려다보며 눈으로 몸 상태를 묻고 있었다.

"해독은 물론 예전보다 더 원기왕성해진 것 같아요."

단리하연은 밝은 미소와 함께 말했다.

"다행입니다."

유진룡도 빙긋 웃으며 안도의 한숨을 내쉬었다.

그리고 잠시 동안 침묵이 동굴 안을 감돌았다.

"고생을 많이 할 줄 짐작은 했지만 이런 곳에 계실 줄은 몰랐어요. 그동안 계속 이곳에 있었나요?"

잠시 후 단리하연이 가라앉은 목소리로 질문했다.

촛불을 켰지만 사방이 꽉 막힌 이곳은 숨을 쉬는 것조차 힘들 만큼 답답했다.

이런 곳에 두 달만 있으라고 해도 자신은 미쳐 버릴 것 같았다.

"그렇습니다."

유진룡이 짤막하게 답했다.

"답답하지 않으신가요? 너무 극한 환경 같은데……."

단리하연이 주변을 돌아보며 다시 물었다.

"그런 걸 의식하지 못할 만큼 수련에 매진했습니다. 덕분에 남들이 수십 년이 걸려도 못 얻는 힘을 얻을 수 있었지요."

"그랬군요."

단리하연이 고개를 끄덕였다.

이장명과 비슷하던 체격이 단 이 년 사이에 저런 근육질의 몸으로 변하려면 얼마만큼 혹독한 수련을 했을지 짐작이 가고도 남았다.

단리하연은 무심코 유진룡의 몸을 찬찬히 살피다가 얼굴을 붉히고는 얼른 시선을 돌렸다.

"제 목숨을 구해주셨군요. 그 인사부터 해야 했는데……."

무의식적으로 가슴 부근의 옷매무시를 매만지고 헝클어진 머릿결도 손질한 단리하연이 뒤늦게 구명지은에 대한 예를 표했다.

"빚을 갚았다고 생각하십시오. 이 년 전 이맘때 회주님이 아니었으면 저도 육마종에게 끌려가서 죽었을 테니까요."

유진룡은 가볍게 고개를 저으며 말했다.

"그런… 가요? 그럼 우리의 거래는 이제 끝난 것이겠군요?"

단리하연이 기운이 빠진 듯한 음성으로 말했다.

"무슨 말씀이신지……?"

유진룡이 시선을 들어 단리하연의 눈을 정시했다. 그녀의
눈은 여전히 호수처럼 맑고 깊었다.

"아이들을 받아주는 대가로 언젠가 소향상회에 큰 위기가
닥치면 도와달라고 했는데… 이젠 위기를 막아주었으
니……."

말끝을 흐린 단리하연의 시선이 쓸쓸하게 아래로 내려갔
다.

"그건 다른 얘기 같습니다."

"어떤……?"

떨어져 내렸던 단리하연의 시선이 급히 유진룡의 눈동자
로 향했다.

"이번 일은 전적으로 저 때문에 일어난 일입니다. 그걸 제
손으로 정리한 것일 뿐입니다. 그러니 회주님과의 거래와는
전혀 무관하다고 볼 수 있지요."

"정말, 정말 그런가요?"

애써 담담하려 했지만 단리하연의 목소리에는 숨길 수 없
는 생기가 감돌았다.

유진룡은 천천히 고개를 끄덕이며 미소를 지었다.

"그렇다면 정말 다행이에요."

단리하연은 활짝 웃으며 무의식적으로 다시 옷매무시와
머리를 매만졌다.

그러던 그녀는 문득 자신의 무의식적인 행위들을 의식하

며 얼굴을 붉혔다.

너무 긴장하고 있는 것 같았다.

그리고 너무 위축되는 것도 같았다.

누구 앞에서도 이렇게 긴장하고 위축된 적이 없었다는 생각이 들었다.

그런 생각을 하는 순간에도 단리하연의 손은 어느새 자신의 머릿결을 만지고 있었다.

'휴우―'

단리하연은 소리없이 한숨을 내쉬며 마음을 안정시키려 했다.

하지만 별로 나아지는 것 같지가 않았다.

너무나 강렬하게 다가오는 사내의 향기가 계속해서 마음을 흔들었다.

다시 한 번 긴 한숨을 소리없이 내쉰 단리하연은 마음 가는 대로 자신을 맡겼다.

억지로 안 될 땐 그게 나았다.

그리고 보니 너무 사무적인 대화만 나누었다는 생각도 들었다.

"그동안 걱정 많이 했는데 너무나 늠름하게 변했군요."

입가에 옅은 미소를 띤 단리하연이 담담하게 말했다.

"머리도 자르지 못하고 괴물처럼 보일 텐데요."

유진룡도 어린애 같은 미소를 지었다.

"제 걱정도 좀 하셨나요?"

단리하연이 이번에는 조금은 짓궂은 표정으로 물었다.

"사실 전 그동안 누굴 걱정할 겨를도 없이 지냈습니다. 그러다 며칠 전, 이 년 만에 처음으로 이틀간의 휴식을 얻었습니다. 비로소 수련이 아닌 다른 것을 생각할 겨를이 생긴 것이지요. 동생들을 생각하고… 그리고 회주님을 생각했을 때 갑자기 가슴이 울렁거릴 정도로 걱정이 되더군요. 그래서 사부님의 추상같은 만류에도 불구하고 뛰쳐나갔는데……."

"가슴이 울렁거렸단 말인가요?"

단리하연의 두 눈이 더없이 깊은 빛을 발하며 유진룡을 쳐다보았다.

"표현력이 부족해서 좀 안 어울리는 표현을 쓴 것 같군요."

유진룡은 계면쩍은 미소를 지었다.

"아니에요. 이제껏 제가 들은 것들 중 가장 멋진 표현인 걸요."

단리하연의 얼굴에 환한 미소가 번져 나갔다.

그 미소와 함께 단리하연은 더 이상 긴장하지 않는 자신을 느꼈다.

이젠 아무 말이나 편하게 할 수 있을 것 같았다.

"여긴 누구와 같이 있는 건가요? 아까 착각처럼 흰 호랑이 한 마리를 본 것 같은데……."

단리하연은 고개를 두리번거렸다.

“그놈 참!”

유진룡은 입맛을 다셨다.

이곳에는 얼씬거리지 말라고 했는데 백호 놈은 난데없는 여인의 출현이 신기한지 몇 번이나 들락거리며 촐싹대더니 결국 들키기까지 한 모양이었다.

“착각이 아니었군요?”

단리하연이 겁먹은 얼굴을 하며 동굴 바깥쪽을 쳐다보았다.

“그놈하고 사부님과 같이 있습니다.”

유진룡은 흑웅의 존재는 숨겼다. 들켜 버린 백호야 어쩔 수 없었지만 흑웅까지 알릴 필요는 없었다.

함부로 이것저것 떠벌일 여자는 아니었지만 모르는 것이 약이었다.

“사부님께선……?”

단리하연은 인사를 차릴 듯 몸을 일으키려 했다.

“너무 괴팍하셔서 외인과의 접촉을 꺼립니다.”

유진룡은 단리하연의 어깨를 밀어 도로 앉혔다.

“사부님께서 저를 해독해 주셨군요?”

단리하연은 고개를 끄덕이며 말했다.

유진룡은 수련 때문에 다른 생각을 할 겨를조차 없을 정도였으니 이런 용독술을 배웠을 리 만무하다는 생각을 한 것이다.

유진룡은 묵묵히 고개를 끄덕였다.

"처음에는 감기인 줄 알았는데 나중에 지독한 독이란 걸 알게 되었어요. 어떤 의원이 와도 소용없을 줄 알았는데……."

단리하연은 그때를 생각하며 치를 떨었다.

"사부님께 있어 그 정도 독이야 아무것도 아니지요."

유진룡은 미소를 지었다.

"알 만해요. 단 이 년 만에 유 공자님을 이렇게 변모시킨 걸 보면……. 덕분에 우리 집 철문이랑 화단이랑 담장이 엉망이 됐지요."

단리하연은 장난스런 미소를 지었다.

유진룡도 씨익 웃음을 흘렸다. 자신이 생각해도 정말 무식하게 싸운 것 같았다.

"아직까지는 배운 것이 그것밖에 없어서……. 하지만 그런 것 좀 부순다고 해서 가계가 흔들릴 집이 아니라서 마음 편하게 때려 부셨습니다."

"멋지긴 했어요. 호호!"

단리하연이 이번에는 소리까지 내며 웃었다.

"도끼자루 썩힐 일 있느냐, 이놈아!"

두 사람의 노는 양이 가소로웠던지 천산마존의 뒤틀린 고함 소리가 동굴을 울렸다.

유진룡은 쓴웃음을 지었다.

"축객령(逐客領)이 내렸습니다. 이틀만 쉬고 다시 수련하기로 했는데 벌써 한참 지났거든요."

유진룡은 입맛을 다시며 말했다.

"제가 오래 누워 있었던 모양이군요?"

"며칠 됐습니다."

유진룡은 정확한 시간의 추이는 가르쳐 주지 않았다.

"그럼 지금 시각은……?"

"저녁이 되어가고 있습니다."

유진룡은 동굴 입구 쪽을 쳐다보며 답했다.

"어둠이 깊어지면 떠나야겠군요?"

단리하연은 서운한 표정을 숨기지 않았다.

유진룡은 묵묵히 고개만 끄덕였다.

"바래다 주시는 거죠?"

단리하연은 천산마존이 들릴 수 있을 정도로 목소리를 높여 말했다.

"길을 모를 테니… 아니, 그보다는 눈을 가리고 가야 하니……."

유진룡도 조금 목소리를 높였다.

천산마존의 목소리는 들리지 않았다.

"그럼 지금 떠나겠어요. 상회 일도 걱정되고……."

단리하연이 몸을 일으켰다.

"그렇군요. 그곳이 걱정이군요."

유진룡은 문득 난처한 표정을 지었다.

놈들을 다 쫓아내고 육마종은 회복 불능의 병신으로 만들어놓았지만 그 후 어떻게 되었는지 걱정이 되었다. 그사이 혈사방의 다른 놈들이 들이닥쳤을 수도 있었다. 그렇다고 이번에도 도울 처지는 아니었다.

"후후!"

곤혹스런 표정의 유진룡을 보며 단리하연이 웃음을 흘렸다.

"걱정 말아요. 호위대장이 돌아오고 지금쯤은 일총관도 왔을 테니 모든 것이 예전처럼 정리되고 있을 거예요. 내가 죽지 않았다는 것을 알면 상가연합회에서도 등을 돌릴 수는 없을 겁니다. 아마도 혈사방과 모종의 밀약을 한 것 같은데 이젠 언제 그랬냐는 듯 시침을 떼고 연합회 소속 호위들도 보냈을 겁니다."

단리하연은 일사천리로 생각을 이어갔다.

"그렇다면 다행입니다."

그녀의 판단력을 믿기에 유진룡은 아무 의심 없이 고개를 끄덕거렸다.

"하지만 같은 상가끼리 배신을 하고 혈사방과 밀약을 했다니… 상계란 곳이 뒷골목보다 더하군요."

유진룡은 씁쓰레한 표정으로 말했다.

"피비린내 나는 무림보다 더한 곳이지요."

단리하연은 고개를 끄덕였다.

"그냥 놔두진 않겠지요?"

유진룡이 물었다.

"절대로 안 되지요. 색출을 해서 응징해야죠."

단리하연이 그녀다운 대답을 했다.

"좀 냉정한 말이지만 응징을 할 땐 무의식 속의 복수심마저 뱉어낼 정도로 철저히 해야 합니다. 안 그러면 나중에 다시 뒤통수를 치지요."

유진룡은 뒷골목에서 몸으로 배운 철칙 한 가지를 토로했다.

"후후! 우린 생각이 통하는군요. 가슴도 같이 울렁거리고……."

단리하연이 짙은 미소와 함께 말했다.

"가슴이 울렁거린다니… 그게 무슨……?"

"그런 게 있어요."

단리하연의 미소가 더욱 짙어졌다."

"이젠 눈을 가려주세요."

단리하연은 눈을 감았다.

유진룡은 품속에서 천 조각을 꺼내 단리하연의 눈을 가리고 머리 뒤로 묶었다.

"실례가 되는 줄 알지만 이러는 것이 회주님께도 더 안전……."

"충분히 이해해요."

단리하연이 백옥 같은 손가락을 들어 유진룡의 입술을 눌렀다.

그녀의 손가락에서 장미향보다 더 진한 향기가 흘러나왔다.

"이젠 가요."

단리하연이 손을 내밀었고, 유진룡은 말없이 그녀의 손을 잡고 동굴 입구를 향해 걸음을 옮겼다.

"사부님, 정말 고마워요! 은혜는 죽을 때까지 잊지 않겠어요!"

침상이 있는 동굴에서 나왔을 때 단리하연은 아까 천산마존의 목소리가 들렸던 곳을 향해 목소리를 높여 인사했다.

이번에도 천산마존의 대답은 들리지 않았다.

유진룡은 다시 한 번 쓴웃음을 지으며 걸음을 옮겼다.

"혹시 하택이란 아이를 아십니까?"

절벽을 눈치 채지 못하게 빙 둘러 내려와 숲길로 접어들었을 때 유진룡이 갑자기 생각난 듯 물었다.

그 녀석은 탈출을 하던 날 유진룡을 끌어낼 미끼로 황악호 부하들이 잡아가서 소향상회에 맡기지 못한 유일한 꼬맹이였다.

"머리에 부스럼이 있고 행동이 좀 굼뜬 아이 말인가요?"

단리하연은 그 녀석을 알고 있었다.

"혜란이가 웅탁 공자와 장명 공자를 시켜 며칠 후에 은밀히 데려왔어요. 대장의 지시라고 하며……."

단리하연이 덧붙였다.

"다행이군요."

유진룡은 안도한 음성으로 말했다.

"녀석들이 천덕꾸러기 짓이나 하며 폐를 끼치지 않았는지 모르겠습니다."

유진룡이 다시 걱정을 했다.

"모두들 너무 잘하고 있어요. 이젠 누구보다 부지런하고 정직하고……. 그들을 보며 유 공자는 척박한 뒷골목에 살면서도 나보다는 훨씬 부유하게 지냈다는 생각을 자주 했어요."

단리하연이 미소를 지었다.

"사람만 한 재산이 없지요."

유진룡이 담담하게 대꾸했다.

조심스럽게 걸어가던 단리하연이 갑자기 걸음을 멈추었다.

"왜 그러십니까?"

유진룡이 의구심 어린 표정을 지었다.

"맞아요. 난 그걸 깜박했어요. 사람이 최고의 재산이란 말은 지금까지 어머니께 누누이 듣고 제 스스로도 입으로 수없이 되뇌었지만 마음에 새기지는 못했어요. 그래서 중요한 순간에는 항상 까먹었어요. 이제야 비로소 마음에 새기게 됐어요. 그래서 다시는 안 까먹을 것 같아요.”

단리하연의 얼굴에 열기가 어렸다.

“진작 마음에 새겼으면 이런 일도 안 일어나는 건데…….”

아직 열기가 다 가시지 않은 단리하연의 얼굴에 안타까운 빛이 흘렀다.

금빙화란 별명답게 차가울 때는 얼음보다 더 차가웠다. 그래서 예전의 이총관 왕문경의 거듭된 실수를 참지 못하고 삼총관으로 내려앉혔다. 그때 조금만 더 여유를 가지고 다른 식으로 처리했더라면 이런 참담한 일은 당하지 않았을 것이다.

입으로만 읊조리고 마음에 새기지 못해 소향상회에서 이십 년이 넘게 경력을 쌓은 삼총관 왕문경과 수십 명의 호위도 잃어버렸다. 그 손실은 은자 십만 냥으로도 모자랐다. 유진룡은 그것을 자신 때문에 일어난 일이라고 했지만 그건 유진룡 때문이 아니라 단리하연 자신 때문이었다.

“큰 깨우침을 주셔서 고마워요. 평생 스승으로 모셔야 할 것 같아요.”

단리하연이 고개를 숙이는 자세를 취했다.

“응탁이 놈이 말하길, 과례는 비례라 했습니다. 이건 아예 놀리는 수준 같습니다.”

유진룡이 단리하연의 어깨를 잡으며 말했다.

"그렇게 들렸다면 미안해요. 하지만 절대 빈말이 아니에요. 난 머리로 생각하는 것은 유 공자님보다 훨씬 빠르게 할 수 있다고 자신해요. 하지만 가슴으로 생각하는 것은 발치에도 못 따라가겠어요. 이번 시련을 딛고 소향상회를 한 단계 더 큰 상회로 성장시키려면 그걸 배워야 할 것 같아요."

안대를 한 채 유진룡에게로 얼굴을 돌린 단리하연의 볼에 다시 열기가 감돌았다.

유진룡은 묵묵히 단리하연의 얼굴을 바라보았다.

안대를 하고 있으니 부담이 생기지 않아 좋았다.

이 여인은 안대를 하고 있지 않을 때도 부풀어 오르고 쥐어 터진 얼굴은 아랑곳 않고 깊은 눈으로 유진룡 자신의 내면만 쳐다보고 있었다는 생각이 들었는데 눈을 가리고 있어도 마찬가지였다.

'후우—'

내심 깊은 한숨과 함께 시선을 돌린 유진룡은 고개를 흔들었다.

천산마존, 아니, 사부와의 거래를 수행하기 전까지는 이런 감정은 사치였다. 이런 감정은 어깨 위에 올려진 바위의 무게를 한없이 무겁게 하여 수련의 실패를 초래할 것 같았다.

그건 곧 죽음으로 직결된다.

다시 한 번 고개를 흔든 유진룡은 낮은 한숨을 내쉬었다.

"언제 꿈을 찾으러 올 수 있을까요?"

유진룡의 내심을 읽기라도 한 듯 단리하연이 또 다른 질문을 했다.

"꿈이라면……?"

"공자님께서 제게 맡긴 나무 판 말이에요. 아이들의 꿈을 숯으로 적어놓은……."

"그건……."

유진룡은 얼른 대답을 하지 못했다.

앞으로 몇 년이 걸릴지 자신할 수도 없었고, 어쩌면 영원히 찾아갈 수 없을지도 몰랐다.

"너무 걱정하지 마세요. 동생들의 꿈이 예전처럼 공자님을 굳건히 지켜줄 거예요. 이젠 제 꿈은 그곳에 추가시켜 적어놓았어요. 괜찮… 죠?"

단리하연이 조심스럽게 물었다.

"뭐라고 적어놓았습니까?"

유진룡이 담담하게 되물었다.

"언젠가 찾으러 와서 직접 읽어보세요."

단리하연은 대답을 해주지 않았다.

"그날이 빨리 왔으면 좋겠어요."

"저도 그랬으면 좋겠는데… 아직은 얼마나 걸릴지 짐작조차 할 수가 없습니다. 수련도 다 끝나지 않았고……."

"다 잘될 거예요. 공자님이 돌아오길 기다리는 사람이 너무 많으니까요."

활짝 웃은 단리하연은 이젠 앞만 보고 걸었다. 조금 속도를
내던 유진룡은 고개를 들어 거리를 가늠하다가 약간 초조한
심정이 되었다.

이렇게 가다가는 날이 새기 전에 도착할 수 있을 것 같지가
않았다.

좀 빙빙 둘러가려면 더 그랬다

그렇다고 눈을 가린 단리하연을 무작정 끌고 갈 수도 없었
다.

유진룡의 초조해지는 기색을 눈치 챈 단리하연이 잠시 생
각에 잠겼다.

"아―"

잠시 후 단리하연은 짤막한 비명과 함께 바닥에 주저앉았
다.

"왜 그러십니까?"

유진룡이 얼른 단리하연을 부축했다.

"발목을… 삔 것 같아요."

단리하연은 심하게 절룩거리며 대답했다.

"걸을 수 있겠습니까?"

"아―"

단리하연은 비명으로 답을 대신했다.

"안 되겠군요. 업히십시오."

잠시 단리하연을 지켜보던 유진룡이 등을 돌려댔다.

"그건……."

단리하연이 머뭇거리는 시늉을 했다.

"올 때도 업고 왔습니다."

유진룡이 재촉했다.

"그럼 신세를 한 번 더 지겠어요."

입가에 미소를 머금은 단리하연이 천천히 유진룡의 등에 업혔다.

"조금 빨리 걷겠습니다."

단리하연을 업은 유진룡의 신형이 순식간에 숲 속으로 사라졌다.

第二十章
백호십이수(白虎十二手)

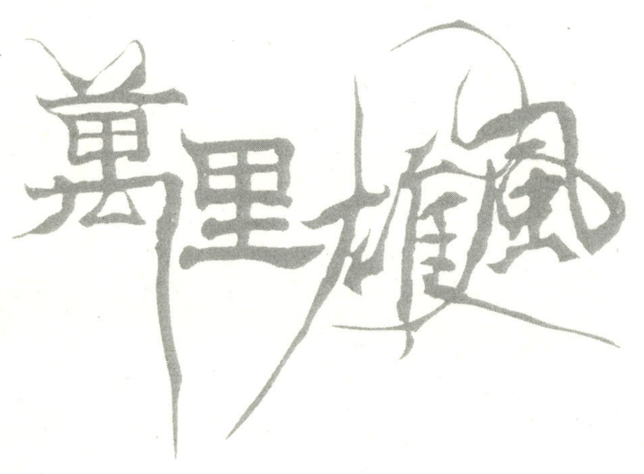

"다음 수련으로 들어가자."

유진룡이 동굴로 들어오자마자 천산마존은 기다리고 있었다는 듯 재촉했다.

유진룡은 빙긋 웃으며 천산마존을 쳐다보았다.

처음에는 어디에 있는지 도저히 분간이 되지 않았지만 이젠 눈을 감고 있어도 훤히 느껴졌고, 눈을 뜨면 대낮처럼 쳐다볼 수도 있었다.

그의 전체적인 모습은 괴물을 방불케 했다.

얼굴은 화상을 입은 듯 온통 일그러져 있었고, 척추는 꼽추처럼 굽어 있었다.

그러나 그 모습들은 절대로 타고나면서부터 그런 것이 아님을 단번에 알 수 있었다.

그것은 격렬한 싸움 끝에 얻은 상처임이 분명했다.

은침을 튕겨내는 수련이 깊어진 어느 순간부터 천산마존의 진면목을 느끼고 볼 수 있었지만 유진룡은 아무런 내색을 하지 않았다. 이런 지옥 같은 동굴 속에서 지내는 것은 그만한 사연이 있을 것이란 건 이미 짐작하고 있었다.

그리고 유진룡에게는 천산마존과 맺은 거래가 중요한 것이지 천산마존의 외모는 결코 중요한 것이 아니었기 때문이다.

천산마존 역시 자신의 외모를 전혀 신경 쓰지 않고 유진룡을 담금질하는 데만 매진했다.

"바깥 공기를 마시느라 시간을 낭비했으니 지금부터는 훨씬 더 강도 높게 수련해야 한다."

천산마존이 걸음을 옮기며 말했다.

유진룡은 이젠 단련이 되었다는 듯 피식 웃기만 하고 천산마존을 따랐다.

천산마존은 말없이 계속 걸음을 옮겼다.

유진룡 역시 어디를 가느냐고 묻지도 않고 천산마존을 따랐다.

천산마존이 걸음을 멈춘 곳은 처음 와서 수련을 했던 동굴 옆으로 뚫린 동굴 끝이었다. 그동안 촌각의 시간도 허투루 보내는 것이 허용되지 않았기에 지척에 있으면서도 와보지 못한 곳이었다.

"불을 켜보거라."

천산마존의 지시에 유진룡은 초를 꺼내 불을 켰다.

잠시 손으로 눈을 가려 적응을 한 유진룡은 천천히 손을 치웠다.

작은 촛불 빛이지만 이젠 대낮처럼 환히 볼 수 있었다.

유진룡은 천천히 동굴 안을 살폈다.

아무리 살펴보아도 별다른 것이 없었다. 그러다 문득 동굴 끝에 바위 문이 막혀 있다는 것을 알았다. 벽과 너무 비슷해서 처음에는 그걸 알아차리지 못한 것이었다.

'저걸 또 밀어야 하는 건가?'

유진룡은 잠시 의아함을 느꼈다.

그런 수련은 이제 이력이 났고, 저 정도라면 한 손으로도 밀어낼 수 있었다.

"저 뒤쪽에 네가 수련해야 할 공간이 있다."

천산마존의 말에 유진룡은 더욱 의문을 느꼈다.

"그런데 왜 막아놓았습니까?"

유진룡은 고개를 돌려 천산마존을 쳐다보았다.

"저것 역시 네가 뚫어야 할 관문이다."

천산마존이 담담한 음성으로 답했다.

"이젠 저 정도는 한 손으로도 문제 없습니다."

"밀거나 옆으로 옮기는 것은 그렇겠지."

"그럼 이번에는……?"

"듣기나 하거라!"

유진룡의 말을 자른 천산마존이 천천히 앞으로 걸어나왔다.

"이제 네놈은 세상 어느 누구보다 강한 근골과 누구보다 정확하고 빠르게 움직일 수 있는 신체적 능력을 갖추었다. 또한 아랫배에 쌓인 내력 역시 최고는 아니더라도 손꼽히는 수준이 되었다. 그건 자부할 수가 있다."

천산마존의 음성에 아주 드물게 감흥이 일고 있었지만 유진룡은 묵묵히 듣고만 있었다.

"그것을 바탕으로 저 동굴 안에서 백호십이수라는 초식을 익힐 준비를 해야 한다."

유진룡은 숨을 깊이 들이마셨다.

몸만들기가 끝났다는 것은 이젠 자신도 느낄 수 있었다.

더 이상은 무공을 익히면서 그에 따라 자연스럽게 수련이 될 것이다.

천산마존이 손을 품속으로 집어넣었다. 그리고는 한 권의 책자를 꺼내 유진룡에게 내밀었다.

책의 제목은 아까 천산마존이 말한 대로 백호십이수라고 적혀 있었다.

책을 받아 든 유진룡은 조심스럽게 첫 번째 장을 넘겼다.

그곳에는 무공의 동작이 아니라 인체와 혈도를 나타낸 그림이 그려져 있었다. 또 그 혈도를 따라 선이 이어져 있었다.

유진룡은 그 선에 주목했다.

선은 아랫배에서부터 시작해 등줄기의 혈도들을 따라 팔로 이어져 주먹 끝에서 멈추었다.

"온몸 구석구석에 꽂힌 세침들까지 진기로 튕겨내는 수련을 끝냈으니 그 선을 따라 진기를 이끄는 것은 어렵지 않을 것이다. 어디 한번 해보아라."

유진룡은 한 번 더 책자에 그려진 그림을 쳐다본 후 천천히 진기를 이끌었다.

아랫배에서 커다란 바위가 구르는 듯한 느낌과 함께 뜨거운 물줄기가 혈도들을 타고 흘렀다. 그리고 주먹 끝에서 멈추었고, 주먹이 부르르 떨렸다.

"이젠 그것을 조금 더 빠르게 이끌어보아라."

천산마존은 계속 지시를 내렸고, 유진룡은 지시에 따랐다.

처음에는 느릿하게 움직이던 물줄기들이 횟수를 거듭하자 점점 더 빨라졌고, 나중에는 순식간에 주먹 끝에까지 타고 올랐다. 그럴 때마다 주먹은 더 크게 떨리며 요동을 쳤다.

그리고 어느 순간,

단전에서 이끈 기운이 순식간에 주먹 끝에 이른다는 느낌과 함께 유진룡은 자신도 모르게 하압! 하는 기합성을 토하며 동굴 입구를 막은 바위를 향해 주먹을 내뻗었다.

그건 천산마존의 지시에 의한 것이 아니다. 경락(經絡)을 따라 흐르는 진기가 자연스럽게 발출되며 물이 흐르듯 유진룡의 주먹을 이끈 것이었다.

퍼엉—

바위에서 폭음이 터져 나왔다. 그리고 자욱한 먼지가 일었다.

그 폭음과 먼지바람으로 인해 동굴 안을 밝히고 있던 촛불이 깜짝 놀라 자취를 감추었다.

우르르—

조금 뒤 요란한 소리가 울리며 바위가 무너져 내렸다. 그리고 이쪽보다 훨씬 더 넓은 공간이 나타났다.

"처음으로 가르치지 않은 것까지 하는구나."

천산마존은 여전히 시큰둥한 어투로 말하며 박살이 난 바위 조각 하나를 들어 올렸다.

"다음에는 좀 더 잘게 부수어야 한다. 그리고 마지막은 한 번의 가격으로 모래알처럼 허물어지게 해야 백호십이수를 익힐 수 있는 것이다."

그 말과 함께 천산마존은 바위가 부서지며 입구가 생긴 동굴 안으로 들어갔다.

자신의 주먹과 박살난 바위를 번갈아 쳐다보던 유진룡도 꺼진 촛불을 다시 밝혀 들고는 천산마존을 따라 동굴 안으로 들어갔다.

동굴 안에는 열한 개의 바위가 놓여 있었다.

그 바위들은 왼쪽에서 오른쪽으로 갈수록 크기가 조금씩 커졌고 재질도 단단해 보였다.

"책의 다음 장을 펼쳐 보아라!"

천산마존의 지시에 유진룡은 서둘러 책의 다음 장을 펼쳤다.

"그 책자에는 열두 가지의 운기법이 있다. 방금 펼쳤던 운기법이 그 첫 번째다. 주먹, 손바닥, 팔꿈치, 무릎, 발바닥, 발뒤꿈치로 진기를 이끄는 여섯 가지에, 왼쪽과 오른쪽은 각각 다른 경로로 진기를 이끌기에 열두 가지가 된다. 그 열두 가지의 운기법으로 섬전보다 더 빠르게 진기를 이끌 수 있을 정도가 되었을 때 백호십이수의 초식 수련을 시작할 것이다. 그러니 방금 바위를 부순 느낌을 살려서 최대한 빨리 수련을 끝내도록 하거라."

설명을 마친 천산마존은 바위들을 쳐다보았다.

유진룡도 다시 열한 개의 바위를 차례로 쳐다보았다.

왼쪽에서 오른쪽으로 갈수록 더 세차게 진기를 이끌며 점점 강하게 부딪쳐야 하는 것 같았다.

오른손이 익히게 되면 왼손도 자연스럽게 익혀지듯이 처음에는 약하게 이끌어지던 오른 주먹의 진기도 열두 가지 수련이 끝날 즈음에는 자연스럽게 마지막 열두 번째 바위를 깨부술 수 있는 정도가 될 것이다.

"편치도 않으신 몸으로 어떻게 이런 것들을 다 만드셨습니까?"

유진룡은 천산마존의 진면목을 볼 수 있을 때부터 가졌던 의문을 처음으로 토로했다.

아무리 무공을 익힌 사람이라고 하지만 동굴 안의 바위 문과 이런 바윗덩이를 혼자 힘으로 준비해 놓은 것은 쉽게 납득이 가지 않았다.

"금석을 두부 자르듯 하는 청룡검(靑龍劍)과 백호의 도움이 있어 가능했다."

"그런 보검도 있습니까?"

유진룡은 눈을 동그랗게 뜨며 주변을 살폈다.

"행여 눈독 들일 생각은 하지 말아라. 그 검의 주인은 따로 있다. 그리고 네놈은 검보다는 권장에 훨씬 뛰어난 능력을 지니고 있다."

천산마존은 엄한 목소리로 경고했다.

"저도 주먹이 더 좋습니다. 무기를 들고 설치는 건 체질에 안 맞습니다."

유진룡은 인상을 찌푸리며 답했다.

"죽을 때까지 손발이 고생할 놈이로다."

천산마존이 혀를 찼다.

"그런데… 초식은 어디에 있습니까?"

책자를 좀 더 뒤척이던 유진룡은 고개를 들고 질문을 던졌다.

백호십이수라는 제목의 책자에는 열두 가지 운기법만 자세히 쓰여 있었지 초식은 보이지 않았다.

"그것은 전반부이다. 초식의 동작은 후반부에 있다. 전반부의 운기법을 완벽히 익히지 않고 초식부터 수련하는 것을 막고자 반으로 쪼개었느니라."

"철저하시군요."

유진룡은 혀를 내둘렀다.

"예전에도 그런 멍청한 놈이 있었기에 두 번 다시 실수를 하지 않으려 한 것뿐이다."

약간은 자조적인 음성으로 답한 천산마존은 다시 걸음을 옮겼다.

"백호십이수라면 호랑이의 동작을 본뜬 권장법이겠군요."

유진룡이 다시 질문을 던졌다.

"그 정도는 상식이 아니겠느냐."

천산마존은 걸음을 멈추지 않고 답했다.

"그럼 물어뜯는 법도 있습니까?"

유진룡은 저만치서 이쪽을 향해 앉아 있는 백호를 보며 다시 질문했다.

"망할 놈 같으니라고……. 백호십이수라고 호랑이가 된다는 말이 아니다. 호랑이의 동작 중에서 바람처럼 빠르고 해일처럼 강한 기세만 본뜬 것이니라. 흰소리 그만 하고 어서 수련을 하거라. 한 달 안에 운기법을 완벽히 익혀서 의식에 앞서 운기가 먼저 일어나는 정도가 되어야 한다. 그렇게 되지 못한다면 애초에 초식은 익힐 생각을 말거라. 또한, 한 달 안에 마지막 바위를 모래처럼 깨부수지 못하면 이 동굴 전체는 폭발로 무너져 내릴 것이다.”

유진룡의 긴장이 조금 풀어질 즈음 천산마존은 언제나 그랬듯 찬물을 끼얹는 말을 했다. 특히 이번의 말은 이제까지의 어떤 위협보다 더 섬뜩했다.

‘동굴이 무너져 내리다니……?’

유진룡은 인상을 썼다.

“그럼 백호나 노인장도 무사하지 못하는 것 아닙니까?”

유진룡은 슬쩍 떠보았다.

“그럴 수도 있겠지.”

천산마존은 지나가는 바람처럼 허허롭게 답하고는 동굴을 빠져나갔다

그 뒤를 백호가 따랐다.

진실 같기도 하고 거짓 같기도 한 천산마존의 대답에 유진룡은 한참 동안 멍하니 서 있다가 입맛을 다신 후 책자로 시선을 돌렸다.

백호십이수 전반부는 천산마존의 말대로 열두가지 경로를

이끄는 자세한 경로와 그 부수적인 설명이 상세히 적혀 있었
다.

　유진룡은 책장을 씹어 먹을 듯이 노려보며 책의 내용에 빠
져들었다.

＊　　　＊　　　＊

　한 달이 지난 아침, 유진룡은 마지막 바위를 오른쪽 손바닥
으로 모래 탑을 부수어 내리듯이 잘게 부수어 버렸다.

　바위가 부서져 나간 자리 아래를 쳐다본 유진룡은 혀를 내
두를 수밖에 없었다.

　그 바위 아래에는 커다란 구덩이가 파여 있었고, 엄청난 양
의 폭약이 설치되어 있었다.

　만약 바위가 가루가 되어 흘러내리지 않고 돌덩이로 떨어
져 내렸다면 그것들이 폭약의 도화선을 건드려 폭약은 터졌
을 것이다.

　구덩이 아래를 가득 메운 폭약의 양으로 보아 능히 이 동굴
을 무너뜨릴 수 있을 것 같았다.

　"정말 지독한 노인네야."

　이곳에 데려다 놓고 한 달 안에 수련을 성공하지 못하면 동
굴이 무너지고 모든 것이 끝장이라고 했을 때는 이번만큼은
진언이 아니겠지 하는 안일한 마음을 가졌는데 그게 얼마나

어림 반 푼어치도 없는 생각이었나 싶어 자신도 모르게 헛웃음마저 흘러나왔다.

그리고 끝까지 단 한 순간도 요령을 피울 수 없겠다는 생각에 머리를 절레절레 흔들었다.

"대체 얼마나 어려운 일을 시키려고 이렇게 지독하게 훈련을 시킨단 말인가?"

유진룡은 혀를 차며 중얼거렸다.

"남들처럼 십 년이고 이십 년이고 느긋하게 시간을 두고 가르칠 수 있는 입장이라면 나도 이럴 필요가 없겠지. 네놈이나 나에겐 시간이 얼마 없다. 그래서 부득이 이런 극단적인 방법을 쓸 수밖에 없는 것이다."

언제 왔는지 천산마존이 나직하게 말했다.

그 말은 이제까지 한 번도 한 적이 없는 내용이었다.

처음 천산마존은 자신이 거절하면 다른 인재를 구할 것이라 했다. 그런데 이 년이 지난 지금은 천산마존에게 그럴 여유조차 없을 것 같았다.

문득 천산마존의 모습에서 석양을 보는 듯한 허무함이 느껴졌다.

"네놈은 내가 폭약과 함께 터져 죽지 않은 것이 아쉬운 모양이구나."

내심을 숨긴 유진룡은 백호에게 괜한 역정을 부렸다.

백호가 이번에도 슬그머니 고개를 돌리며 딴청을 부렸다.

“이젠 다시 이 술을 마시거라!”

천산마존이 들고 있던 호리병을 내밀었다.

언제나 한 단계의 수련이 끝나면 한 잔의 술을 마시게 했다.

묵묵히 마시고 내색을 하지 않았지만 그때마다 몸이 엄청나게 변한다는 것을 느꼈다.

이번에도 그건 마찬가지였는데, 그 양이 다른 때와 달랐다.

이번에는 한 잔이 아니라 호리병을 가득 채울 정도의 양이었다. 그것이면 이제껏 마신 양의 너덧 배는 되는 것이다.

“이번에는 또 어떤 술입니까?”

호리병을 흔들어 그 무게를 가늠해 보면서 유진룡은 질문을 던졌다.

“조심하거라, 이놈아! 그것이 어떤 것인데 함부로……”

“어떤 것인지 제가 묻지 않았습니까?”

유진룡은 호리병을 공중으로 슬쩍 던졌다가 한 손으로 받으며 말했다.

천산마존의 표정이 동굴의 어둠을 밝힐 듯 하얗게 빛났다.

‘좀 심했나?’

천산마존의 얼굴색이 심하게 창백해진 것을 본 유진룡은 조금 미안한 마음이 들어 호리병을 두 손으로 잡고는 마개를 열었다.

“윽!”

유진룡은 자신도 모르게 비명을 질렀다.

비린내가 너무 강해서 숨을 쉴 수 없는 지경이었다.

냄새만 맡아도 이런데 이걸 마시면 속이 부글거려 멀쩡하게 서 있을 수 없을 것 같았다.

입에서 지독한 노린내를 풍기는 백호마저도 호리병 속에서 풍기는 비린내는 견딜 수 없었는지 꼬리를 말고 사라졌다.

"어서 마시거라, 이놈아. 시간이 지나면 그만큼 약효가 떨어진다."

천산마존이 천둥처럼 고함을 쳤다.

유진룡은 한 손으로 코를 잡았다.

코를 잡아도 냄새는 조금도 약해지지 않고 온 뇌리를 진동시켰다.

"어서!"

천산마존의 고함 소리가 한 번 더 들리자 유진룡은 눈을 질끈 감고 호리병 끝을 입에 갖다 댔다.

벌컥벌컥!

유진룡은 최대한 빨리 마셔 버리기 위해 목울대를 거칠게 움직였다.

지독한 비린내와는 달리 목구멍 속으로 흘러드는 액체의 느낌은 너무나 청량했다.

술은 기다렸다는 듯이 목구멍 속으로 흘러들었고, 목구멍은 탈수 직전에 물을 마시듯이 술을 받아 넘겼다.

순식간에 한 병의 술이 목구멍 속으로 사라졌다.

마지막 한 방울까지 다 마신 유진룡은 천산마존을 향해 병을 거꾸로 흔들어 보였다.

"이젠 가부좌를 틀고 앉아라."

유진룡은 시키는 대로 바닥으로 주저앉아 가부좌를 틀었다.

"지금부터 네놈 몸속의 진기는 내가 이끌겠다. 네놈은 내가 이끄는 진기를 조금의 거부감 없이 순행시켜야 한다."

그 말과 함께 천산마존은 유진룡의 명문혈에 손바닥을 가져갔다.

우웅—

천산마존의 손바닥에서 뜨거운 기운이 흘러들었다.

유진룡은 온몸의 세포 하나하나까지 모두 개방한다는 생각을 하며 천산마존의 진기를 이끄는 대로 몸을 맡겼다.

왠지 오늘 천산마존의 모습에서는 까닭 모를 절박함이 느껴졌다. 처음에도 그런 느낌이 없었던 것은 아니지만 오늘은 그런 기색이 훨씬 강했다. 그래서 유진룡은 아무 말 없이 그가 시키는 대로 움직이고 있었다.

천산마존의 진기는 한동안 유진룡의 혈맥 곳곳을 휘돌며 혈맥을 어루만졌다.

그리고 어느 순간, 빠르게 흐르며 기해혈로 모여들었다.

'으윽!'

유진룡은 내심 비명을 질렀다.

천산마존의 진기가 기해혈을 건드리자 조금 전에 마셨던 비릿한 액체가 단전에서 용광로 속의 쇳물처럼 들끓었다.

우우웅—

이윽고 용광로속의 쇳물이 전신 경락을 향해 요동치기 시작했다.

"조금만 더 참아라."

지독한 고통 속에서 전음인지 심어(心語)인지 모를 천산마존의 목소리가 들렸다.

참는 데는 이골이 난 유진룡이었지만 이번만큼은 너무 힘들었다.

유진룡은 심호흡을 하며 고통을 참았다.

단전이 용광로처럼 들끓기 시작했다.

"됐다. 이젠 그동안 네놈이 익힌 열두 가지 경로로 단전속의 기운을 한꺼번에 폭발시켜라."

거의 포기하고 비명을 지르려는 순간 천산마존의 목소리가 다시 들렸다.

'한 개씩이 아니고 한꺼번에 하란 말인가?'

고통 속에서도 유진룡은 순간적으로 그런 의구심이 들었다.

한 가지씩만 집중하는 것도 힘든데 열두 개를 한꺼번에 어떻게 하란 말인가?

유진룡은 그동안 수없이 기운을 이끌었던 열두 경로의 경락을 떠올렸다.

처음에는 한 가지도 힘들던 것이 열두 경로로 섬전처럼 기를 이끄는 수련을 모두 마치고 나니 가능할 것도 같았다.

유진룡은 단전에 의식을 집중했다.

열두 경로로 기를 흘리는 시발점은 모두 단전이었다.

단전에 들끓고 있는 이 용암 같은 기운을 한꺼번에 열두 개의 강줄기로 흘려 넣은 것이다.

굳이 설명을 해주진 않았지만 어느 곳에는 많이 흘려 넣고 어느 곳에는 적게 흘려 넣어서는 안 될 것이다. 열두 경로에 똑같이 흘려 넣게 하기 위해 한꺼번에 하라는 말일 것이다.

우우웅—

단전에서 들끓는 용암 같은 열기가 가만두면 이젠 스스로 터져 나갈 것처럼 요동쳤다.

'하압—'

내심 기합성을 지른 유진룡은 열두 개의 강줄기 속으로 세차게 용암을 흘려 넣었다.

콰아아—

용암이 폭포수처럼 강줄기로 흘러들어 갔다.

단전에서 들끓고 있을 때는 지독하게 고통스러웠는데 열두 줄기로 나누어 흘러들어 가자 환호성을 지를 만큼 시원한 기분이 들었다.

그야말로 사지백해로 감로수가 쏟아지는 기분이었다.

그동안 혹독한 수련으로 뚫어놓은 열두 개의 강줄기가 더 넓고 굵게 뚫렸고, 이젠 어떤 홍수가 밀려와도 넘치거나 무너지지 않을 정도로 그 강둑이 튼튼하게 만들어졌다.

천천히 명문혈에 닿아 있던 천산마존의 손이 떨어져 나갔다.

유진룡은 천천히 호흡을 가다듬었다.

비린내 진동하던 약술의 기운은 단전 어느 곳에도 남아 있지 않았다.

조금 전의 그 약술은 단전에 내력을 쌓이게 하는 것만이 아니라, 열두 초식을 익히기 위한 열두 경락으로 흐르는 진기를 용솟음치게 하기 위해 경락을 훨씬 더 넓게 뚫어주고 경락을 쇠심줄처럼 질기게 만들어준 것이었다.

"후우—"

유진룡은 긴 한숨과 함께 눈을 떴다.

"다 끝났으면 냉큼 일어나지 뭘 꾸물거리고 있느냐?"

천산마존의 고함이 뒤통수를 강타했다.

실제로 가격당한 것 같은 느낌에 유진룡은 뒤통수를 한 번 쓰다듬은 후 몸을 일으켰다.

"따라오너라!"

천산마존의 목소리가 멀어졌다.

천산마존이 유진룡을 이끌고 간 곳은 동굴 속의 또 다른 동굴이 아닌, 제일 처음 백호가 유진룡을 물고 와 짐짝처럼 내팽개친 동굴 한복판이었다.

그곳은 이곳 동굴 내부에서 가장 넓은 곳이었다.

다른 곳은 인공의 흔적이 많이 가미되어 있었지만 이곳은 천연 그대로의 동굴이었다.

그런데 이곳에도 이젠 인공의 흔적이 보였다.

언제 만들었는지 열두 개의 돌기둥이 이상한 배치로 세워져 있었다.

유진룡이 열두 경락에 섬전처럼 진기를 흘리는 수련을 하는 동안 천산마존이 바위도 무처럼 자를 수 있다는 청룡검으로 만든 모양이었다.

"기둥 가운데에 서보거라."

천산마존이 지시했다.

유진룡은 묵묵히 열두 개의 돌기둥 한가운데에 섰다.

돌기둥은 보통 사람의 키만 하여 유진룡에게는 턱이나 입 정도에 그 끝이 닿을 것 같았다.

"이걸로 뭘 합니까?"

유진룡이 질문을 던졌다.

"이것으로 네놈만의 백호십이수 초식을 연마하여야 한다."

천산마존이 답하며 한 권의 서책을 건넸다.

그건 열두 경락 수련을 하며 익혔던 비급의 뒷부분이었다.

　조급한 마음에 경락도 제대로 뚫기 전에 초식부터 익힐까 싶어 분리해 놓았던 것을 내놓은 것이다.

　"그건 가장 기본적인 형만 그려져 있다. 그걸 익히는 것은 한 달이면 될 것이다."

　"그럼 한 달 후에는 이 지겨운 곳에서 해방이란 말이지요?"

　유진룡은 기대감 가득한 음성으로 물었다.

　"누누이 말하지 않았느냐. 세상이 그렇게 호락호락하지 않다고……."

　천산마존은 혀를 찬 후 다시 설명을 이었다.

　"한 달 동안 기본형을 익힌 후 이곳에 와서 네놈만의 백호 십이수를 완성하는 것이다."

　"그건 또 무슨……?"

　"네놈 왼쪽에 있는 돌기둥 상단을 보거라."

　유진룡의 말을 자른 천산마존이 지시했다.

　유진룡은 안력을 돋우었다.

　돌기둥 상단 부분에 바둑알만 한 점이 한 개 찍혀 있었다.

　유진룡은 얼굴을 조금 더 가까이 갖다 댔다.

　그것은 붓으로 그린 점이 아니라 진흙을 반죽하여 바둑알만 하게 붙여 놓은 것이었다.

　"인간의 급소는 그 정도의 크기로 정확하게 가격당했을 때 가장 큰 충격을 받는다. 더 넓거나 더 깊거나 덜 깊어도 충격은 줄어든다. 어디, 주먹으로 정확히 진흙만 가격해 보아라."

천산마존은 담담한 음성으로 명령을 내렸다.

유진룡은 호승심이 이는 표정으로 주먹을 말아 쥐었다.

그동안은 죽어라고 힘을 기르고 몸 만드는 수련만 했다.

그건 정말 지겨운 일이다.

이젠 초식을 익히며 멋들어지게 치고받는 수련을 하는 것이다.

휘익—

유진룡은 열두 경락 중 왼쪽 정권으로 흐르는 경락으로 섬전처럼 진기를 흘리며 진흙을 향해 가격했다.

펑—

예상과는 전혀 다른 소음이 터졌다.

바둑알만 한 진흙덩이만 두드렸다면 찍! 하고 진흙덩이가 일그러지는 소리나, 아니면 아무 소리가 안 나야 정상인데 폭음이 터진 것이다.

쿵!

뒤이어 돌기둥이 바닥으로 넘어지는 소리가 났다.

"몹쓸 놈 같으니라고! 말짱 헛배웠구나!"

천산마존이 혀를 찼다.

이맛살을 찌푸린 유진룡은 넘어진 돌기둥을 들어 올렸다.

바닥에 고정되어 있을 줄 알았는데 너무 쉽게 넘어진 것이 이해가 되지 않았다.

유진룡은 돌기둥 바닥을 살폈다.

바닥 가장자리는 모두 동그랗게 깎여 있었고, 그 중앙 부분에만 찻잔 밑바닥만큼 평평하게 깎여 있었다.

그 정도라면 겨우 서 있는 수준이고 바람만 좀 세게 불어도 넘어질 것이다.

'젠장!'

유진룡은 쓴웃음을 삼켰다.

앞으로 백호십이수를 익히며 제대로 가격하지 못한다면 하루 종일 기둥 세우다가 볼일 다 볼 것 같았다.

유진룡은 다른 기둥도 흔들어보았다.

"어!"

다른 기둥은 흔들리지 않았다.

"다른 것들도 생긴 건 마찬가지다. 그것들은 바닥에 진흙을 발라 심어놓았기 때문이다. 처음에는 그렇게 수련을 하고 나중에는 진흙을 모두 걷어내고 왼쪽에 있는 그것과 같은 상태에서 수련을 한다."

"그냥 정확히 가격만 하면 되는 것입니까?"

유진룡은 약간 심드렁한 말투로 물었다.

"왼쪽에 있는 기둥에 주먹을 갖다 대보거라."

대답 대신 천산마존은 지시를 내렸다.

유진룡은 주먹을 내밀어 돌기둥 중간 부분에 정권을 갖다 댔다.

"그 상태에서 다음으로는 어느 것을 어떻게 공격하는 것이
가장 좋을 것 같으냐?"

천산마존이 물었다.

유진룡은 시선을 돌렸다. 그 상태에서 가장 가까운 것은 뒤
쪽에 있는 기둥이었다.

유진룡은 자연스럽게 왼쪽 다리를 들어 뒤에 있는 돌기둥
중간에 발바닥을 갖다 댔다.

"그다음은?"

정답을 맞혔는지 틀렸는지 지적도 해주지 않고 천산마존
이 질문만 했다.

뒤쪽의 돌기둥을 오른쪽 발로 찬 상태에서는 그곳으로부
터 우측에 있는 돌기둥 상단부를 팔꿈치로 찍는 것이 가장 좋
을 것 같아 그렇게 했다.

"그다음은?"

계속되는 똑같은 질문에 유진룡은 자신으로서는 가장 좋
은 공격점에 손과 발, 무릎, 팔꿈치 등을 갖다 대며 자세를 잡
았다.

어느새 열두 개의 돌기둥을 한 번씩 가격하고 처음의 그 돌
기둥으로 돌아와 있었다.

"제대로 한 것입니까?"

약간은 신기한 기분이 든 유진룡은 고개를 들고 질문했다.

"네놈 몸에 그게 가장 좋다면 맞은 것이다."

천산마존이 답했다.

"정답이 없는 것입니까?"

유진룡이 다시 질문했다.

"그래서 네놈만의 백호십이수라 한 것이다. 그다음은 그 돌기둥에 오른쪽 발을 대어보아라."

천산마존은 대답과 지시를 같이 내렸고, 유진룡은 또 그렇게 했다.

아까 오른쪽 주먹부터 시작했을 때와는 전혀 다른 배합이 이루어졌다.

그러나 어떻게 하든 기둥 하나에 한 번씩 가격하고 돌아오는 식이 되었다.

그제야 유진룡은 아무렇게나 세워놓은 것 같은 기둥의 배치가 절묘하기 짝이 없다는 것을 알았다.

유진룡은 기본형만 있는 비급의 후반부를 넘겨보았다.

제일 뒷장에 그런 그림이 있었다.

비급 속의 그림은 돌기둥 대신 사람이 서 있고, 사람의 몸 곳곳에 점이 찍혀 있었다.

"네 몸의 어느 부분부터 먼저 가격하느냐에 따라 기둥 한 개에서 열두 개의 초식이 생겨난다. 그리고 각 기둥마다 그렇게 되어 초식의 수는 기본형 열둘에다가 다시 열둘을 곱한 백마흔네 개의 변초가 만들어지는 것이다."

"젠장!"

열두 가지 형만 익히면 된다는 생각에 속으로 쾌재를 외쳤던 유진룡은 그 곱절에 곱절로 늘어난 초식 수에 와락 얼굴을 찌푸렸다.

백마흔네 개를 완벽히 익히는 것도 힘들 텐데 그것에다가 바둑알만 한 점을 정확히 가격한다면 더 힘들 것이다.

그리고…….

그동안의 경험상 그것이 다가 아닐 것이다.

유진룡의 예상을 증명이라도 천산마존이 몸을 움직여 대롱 하나를 천장에 꽂았다.

대롱을 타고 물방울이 규칙적으로 떨어졌다.

"이 물방울이 한 개 떨어지고 다음 한 개가 떨어지기 전에 한 개의 초식을 끝내야 한다. 그리고 떨어지는 물방울마저 쳐내야 한다. 한 개의 기둥도 넘어뜨리지 않고, 한 개의 점도 빠뜨리지 않고 백마흔네 개의 물방울을 연속으로 쳐냈을 때 네놈은 비로소 초식을 완성한 것이다. 그런 후면 자연스럽게 경공도 펼칠 수 있을 것이다."

"크으윽!"

유진룡은 절망감에 괴성을 토해냈다.

힘 기르기나 몸만들기에 비하면 초식 수련이 훨씬 재미있을 줄 알았다. 그런데 그 생각은 철저한 오산이었다. 차라리 가만히 서서 버티는 힘 기르기가 나을 것 같았다.

앞으로 얼마나 무수히 넘어진 돌기둥을 일으켜 세우고, 또 물방울을 쫓아 복날의 개처럼 헐떡거려야 할지 생각하니 머리가 터질 것 같았다.

"세상의 모든 고수들이 다 그런 혹독한 수련으로 탄생되는 것을 몰랐단 말이냐? 그래도 영약으로 목욕을 하다시피 한 네 놈은 복 받은 줄 알아야 할 것이다."

천산마존이 다시 혀를 찼다.

"그게 정말 가능하기나 한 겁니까? 정말 열두 점을 두드리는 한 개의 초식을 물방울이 떨어지는 그 짧은 순간에 다 펼친 사람이 있기나 한 것입니까?"

유진룡의 질문에 천산마존은 아무 대답도 앉고 동굴 구석에 준비해 둔 진흙을 한 줌 떼어냈다. 그리고는 돌기둥 열두 개에 한 점씩 떼어 붙였다.

"백호야!"

천산마존이 백호를 불렀다.

백호가 어슬렁거리며 돌기둥 중앙에 섰다.

"시작하거라!"

천산마존이 지시를 내리자 백호는 하품을 한 번 했다. 그건 마치 유진룡을 약 올리는 것 같았다.

어느 순간!

파아악!

백호가 벼락처럼 돌기둥 사이로 몸을 움직였다.

그 움직임은 마치 바람과 같았다.

아니, 흰 연기가 돌기둥 사이로 순식간에 빠져나가는 것 같았다.

백호는 어느새 떨어지는 물방울을 혀로 받고는 제자리로 돌아왔다.

유진룡을 향하고 앉은 백호는 다시 권태로운 하품을 토했다.

'망할 놈!'

멍하니 백호를 쳐다보던 유진룡은 속으로 욕지기를 삼켰다. 저놈은 약을 올리는 게 분명했다.

"확인해 보거라."

천산마존의 목소리에 유진룡은 돌기둥 열두 개를 하나씩 쳐다보았다.

놀랍게도 단 한 개의 진흙덩이도 남아 있지 않았다.

괴물처럼 힘만 센 줄 알았더니 빠르기와 정교함에 있어서도 상상을 초월했다.

"이놈은 얼마나 수련을 했기에……?"

유진룡은 새삼스런 눈으로 백호를 쳐다보았다.

"멍청한 놈 같으니라고, 백호가 무엇이 아쉬워 초식 따위를 수련한단 말이냐. 그냥 내지르는 대로 초식이 되고 치명적인 공격이 되는 것을."

천산마존이 콧방귀를 뀌며 말했다.

"그래도 저놈은 다리가 네 개니……."

"네놈은 아니더냐?"

"쩝!"

유진룡은 자신의 팔다리를 쳐다보며 입맛을 다셨다.

"백호는 발톱만 사용했지만 네놈은 팔다리 네 개에다가 무릎, 팔꿈치, 발바닥, 손바닥까지 사용할 수 있지 않느냐?"

"차라리 백호처럼 손발 네 개만으로 하는 것이 오히려 쉬울 것 같은데요."

유진룡은 흘깃 백호를 쳐다보며 말했다.

눈이 마주치자 백호는 다시 하품을 했다.

"그게 더 쉽다면 그렇게 하거라. 어차피 정답은 네놈이 만들어가는 것이니까."

천산마존이 다른 토를 달지 않았다.

유진룡은 다시 입맛을 다셨다.

말은 그렇게 했지만 사람은 호랑이와 신체 구조가 달라서 열두 곳의 공격점을 골고루 사용하는 것이 나을 것이다.

유진룡은 문득 비급을 쳐다보았다.

수많은 시행착오와 보완 끝에 가장 좋은 방법을 담아 이 비급으로 전해지는 것이리라.

"방금 보여준 백호의 기세를 떠올리거라. 그 기세를 떠올려야 가능할 것이다. 막힐 때가 있으면 수시로 부탁을 하거라. 백호가 뿌려대는 각각 다른 동작 조합을 보면 깨달음이 있을 것이야. 그것이 개인의 심득이 되는 것이다."

천산마존은 방법적인 설명까지 덧붙였다.

"그런데 백호 저놈이 말을 안 들으면 어떡합니까?"

"그러기에 평소에 잘 좀 지내지 그랬느냐."

천산마존이 다시 혀를 찼다.

"사부님도 마찬가지가 아닙니까?"

유진룡이 볼멘소리를 질렀다.

"누가 네놈 사부더냐?"

"실수했습니다. 노인장께선 저보다 더 안 친하지 않습니까?"

"나야 아쉬울 것이 없으니까."

'빌어먹을!'

유진룡은 죽을상을 했다.

그동안 자신도 아쉬울 것이 없어 백호 놈을 막 대했는데 이젠 그럴 수 없게 되었다.

천산마존의 말대로 도저히 불가능할 것 같은 초식이었는데 조금 전 백호의 동작을 보니 눈이 번쩍 뜨였다.

치고 휘두르고 움츠리고 뻗는 동작들이 새로운 세상을 보는 것 같았다. 그리고 자신도 그런 기분과 기세를 떠올리고 흉내 내며 움직이면 가능할 것도 같았다.

그래서 백호십이수란 초식인 것 같다는 생각이 들었다.

"너, 오늘 뭐가 먹고 싶으냐?"

슬그머니 백호에게 다가간 유진룡이 최대한 상냥한 목소

리로 말했다.

백호가 다시 하품을 하며 노린내를 후욱! 유진룡의 얼굴에 뿜어댔다.

"망할 놈이!"

주먹을 들어 올리던 유진룡이 한숨을 쉬며 팔을 내렸다. 한 시라도 빨리 배워야 빨리 나갈 수 있는 것이다.

'먹는 것은 이제껏 백호가 잡아왔으니 안 되겠고……. 어디 가서 암호랑이라도 한 마리 때려잡아 둘러메고 와야 하는 건가?'

유진룡은 다시 한숨을 내쉬었다.

第二十一章
천산마존의 운명

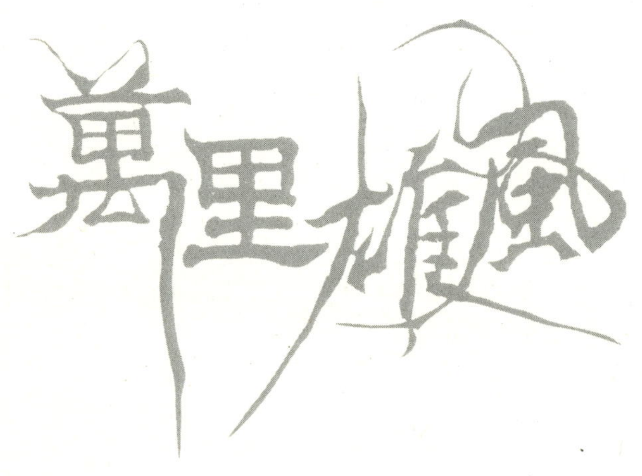

천산마존의 말대로 백호십이수는 열두 개
의 공격점으로 가장 기본적인 동작을 펼치는, 그야말로 기초
초식이었다.

유진룡은 수련 동굴에서 사흘 동안 미친 듯이 그것을 익혔다.

사흘이 다 지나가던 무렵 백호가 동굴로 찾아왔다.

그건 좀 뜻밖이었다.

놈은 평소에도 동굴 밖에서 자신의 동태를 수시로 살폈지
만 수련까지 방해하며 들어오지는 않았다.

유진룡은 의구심 어린 눈으로 백호를 쳐다보았다.

백호의 몸짓이 뭔가 불안했다.

유진룡은 얼른 수련하던 동굴을 나섰다.

백호가 한 발 앞서 뛰어갔다.

"노인장!"

천산마존의 처소로 들어가던 유진룡은 우뚝 걸음을 멈추었다.

동굴 한쪽에 있는 침상 위에 천산마존이 힘없이 누워 있었다.

"아니, 이게……?"

백호를 밀친 유진룡은 급히 천산마존에게 다가갔다.

침상에 누운 천산마존의 몸은 뼈대 위에 가죽만 걸쳐 놓은 모습이었다.

"대체 이게 어찌 된 일입니까?"

침상 앞에 선 유진룡은 소리를 질렀다.

"동굴 무너지겠다, 이놈아!"

천산마존이 핀잔을 주었다.

그 목소리도 생기가 다 빠진 것 같았다.

"이젠 가야 할 때가 된 것이다."

천산마존이 다시 힘없는 목소리로 말했다.

"가다니요? 어디로 간단 말입니까?"

유진룡이 다시 고함을 질렀다.

"왔으면 가야 하는 것이 모든 인간의, 아니, 모든 생명체의 운명이 아니더냐? 백호나 네놈도 언젠가는 날 따라와야겠지."

천산마존은 흐릿한 미소를 지었다.

유진룡은 기가 막힌 심정에 잠시 말을 잇지 못하고 서 있기만 했다.

그동안 누구보다 의욕적으로 자신을 가르친 천산마존이었다. 그런데 아직 수련이 다 끝나지도 않았는데 이렇게 생명의 불꽃이 꺼져 가는 것은 믿을 수가 없었다.

"지금 연극을 하고 있는 것 아닙니까?"

유진룡은 속에 있는 심정을 그대로 토해냈다.

"이미 오래전에 꺼졌을 수도 있는 생명이었다. 그런데 네 놈이 너무 잘해주어서 지금까지 견딘 것이야. 그동안 정말 잘해주었다."

천산마존은 처음으로 칭찬다운 칭찬을 했다. 유진룡은 그것이 오히려 불안했다.

"그게 무슨 말씀입니까? 벌써 꺼졌을 수도 있는 생명이라니요?"

유진룡은 계속 고함을 쳤다.

"이젠 짐작하고 있겠지만 난 내 제자 놈에게 배신을 당해 이런 꼴이 되었고, 그때 입은 내상으로 시한부의 생명을 살 수밖에 없었다. 네 녀석이 그간 고통을 참지 못하고 나뒹굴며 발악을 했다면 어쩔 수 없이 내 내공으로 다스리고… 그랬으면 더 빨리 이런 결과를 맞았을 것이야. 하지만 독종 중의 독종인 네놈 덕에 이렇게 마지막까지 볼 수 있었고, 마음 편히

갈 수 있게 된 것이다."

말과 함께 천산마존이 편안한 표정을 지었다.

"마지막이라니요? 초식 수련은 이제 겨우 기본형만 시작했습니다."

유진룡은 항변하듯 말했다.

"내가 할 수 있는 것은 이미 다했다. 그다음부터는 네 녀석과 백호 하기에 달린 것이야. 그것만으로도 난 여한이 없을 만큼 성공을 거둔 것이야."

"이런 반풍수를 만들어놓고 성공은 무슨……. 그리고 중독되어 다 죽어가는 사람도 사흘 만에 깨어나게 한 사람이 그런 내상 하나 못 치료한단 말입니까? 영약은 아껴두었다가 저승 갈 때 가져가실 겁니까?"

유진룡은 더욱 목소리를 높였다.

"그간 네놈이 다 마시지 않았느냐."

천산마존이 풀썩 웃으며 답했다.

"그래서 한 방울도 안 남았단 말입니까? 그럼 제 걸 다 뽑아 드리겠습니다."

유진룡이 소매를 걷었다.

"멍청한 놈 같으니라고. 그래서 고쳐질 것 같았으면 애초에 내가 다 마시고 생생하게 되살아나서 너보다 더 나은 놈을 구했지, 왜 겨우 너 같은 놈에 만족했겠느냐. 영약이 아니라 옥황상제의 보약이라도 안 되는 건 안 되는 법이다. 그건 진

시황도 어쩔 수 없지 않았느냐?"

천산마존은 손을 들어 의자를 가리켰다. 긴 얘기를 준비하는 모양이었다.

망연한 표정으로 서 있던 유진룡은 의자를 가져와서 앉았다.

"네 녀석을 만나기 전에 내게는 세 명의 제자가 있었다. 큰 놈은 도천극이라 하고, 둘째는 여산기(呂山其), 그리고 셋째는 철사홍이라는 놈이다."

천산마존의 목소리에 짙은 회한이 스며들었다.

"난 그놈들 중 첫째 놈을 가장 신임했고, 무공을 가르침에도 가장 신경을 썼다. 둘째 놈에게는 그보다 신경을 조금 덜 썼지만 그래도 제대로 가르치기는 했지. 하지만 셋째 놈은 예외였다. 그놈은 워낙 근골이 마음에 들어 가르쳤지만 황소고집에다가 무공에도 별 관심이 없었다. 자연 제대로 가르치지도 못했고 신경도 제일 덜 썼다."

거기까지 말한 천산마존은 긴 한숨을 내쉬었다.

유진룡은 그 한숨과 함께 천산마존의 생명이 끊어질까 걱정이 될 정도였다.

"그놈들이 배울 만한 것을 나에게서 다 배웠을 즈음 한 놈이 배신을 했다."

"첫째였겠군요."

천산마존의 목소리가 너무 자조적이어서 유진룡은 침묵을 깨고 불쑥 말했다.

천산마존이 약간 의외라는 듯 유진룡을 쳐다보았다.

"어떻게 그런 생각을 했느냐?"

"원래 믿는 도끼가 가장 발등을 잘 찍으니까요."

"후후!"

천산마존이 메마른 웃음을 토했다.

"네놈 짐작대로다. 첫째 놈이 날 배신하며 이 꼴로 만들었고, 천덕꾸러기 셋째 놈이 날 구해 이처럼 목숨이라도 붙여놓았다."

천산마존은 작은 호리병 하나를 들고 그 안에 든 액체를 마셨다. 지금껏 유진룡에게 먹였던 약술 같은 것으로 생명의 불꽃을 연장시키는 모양이었다.

"첫째 놈은 내가 제자로 삼으려고 해서 맡은 놈이 아니었다. 어떤 노인이 혈맥이 꽉 막힌 놈을 데려와서 잘못되어 죽어도 좋으니 정상으로만 만들어달라고 하며 가치를 매길 수 없을 정도로 귀한 야명주 열 개를 내놓았다."

무가지보의 야명주 열 개란 말에도 유진룡은 아무 반응 없이 듣기만 했다.

"그 야명주 한 개만 해도 평생을 놀고먹을 정도였다. 그러나 내가 정말 관심이 간 것은 노인이 맡긴 그 소년이었다. 정확히 말한다면 그놈의 막힌 혈맥이었다. 그놈의 혈맥은 수십 번의 주화입마를 겪은 것처럼 엉망이었다. 그래서 어떤 의원이 달려들어도 치유할 수 없을 정도였다. 하지만 내게는 그것이 오히려 큰 흥미를 불러일으켰다. 그때 나는 한참 네놈에게 가르친 그런 수련법을 연구하던 중이었다. 하지만 제대로 된 시험 대상을 구할 수 없었다. 보통의 소년들은 너무 허약해서 잘못되는 수가 많았고, 그렇다고 무공을 익혀 내력이 다져진 소년들은 그것 때문에 불가능했다. 그런 차에 그놈은 가장 좋은 조건을 갖추고 있었다. 단전의 내력은 흩어져 텅 비어 있었고 혈맥 역시 막혀 있었지만 그 혈맥은 내가 하는 시험을 충분히 견뎌낼 만큼 튼튼했다. 그놈을 대상으로 실험을 해서 성공을 거두면 내 연구를 완성할 수 있을 것 같았다. 결국 난 혹시 잘못되어도 책임을 묻지 않겠다는 약조를 노인에게서 단단히 받고는 놈의 몸을 고치기 시작했다. 아울러 그동안 내가 연구했던 수련법도 시도를 해보았다."

"성공하셨군요?"

"놈은 생각보다 훨씬 강했고 끈질겼다. 거의 네 녀석에게 버금갈 정도였다. 결국 모든 걸 이겨내고 놈의 몸은 정상으로 되돌아왔다. 그리고 약속한 기한이 되었을 때 놈을 맡긴 노인이 돌아왔다. 그때 놈을 돌려보냈으면 아무 일이 없었을 텐데 놈은 노인을 따라가지 않고 노인과 하룻밤을 같이 지낸 후 무슨 설득을 했는지 노인을 혼자 돌려보냈다. 그리고 놈은 자신을 되살려준 나에게 은혜를 갚을 수 있게끔 제자로 삼아달라고 무릎을 꿇고 애원했다. 후후! 그때는 나도 순진했었지. 아니, 정말 어리석었지. 그 어린놈의 연극에 깜박 속아 넘어갔으니……."

천산마존은 다시 자조 섞인 웃음을 흘렸다.

"그런 상황이라면 누구라도 마찬가지가 아니겠습니까?"

유진룡이 달랬지만 천산마존은 수긍하지 않았다.

"결국 나는 놈을 제자로 삼고 내 모든 것을 넘겨주며 놈을 더 강하게 만들었다. 그것이야말로 놈이 바랐던 것이겠지. 그러면서 놈의 몸을 실험 대상으로 삼아 터득한 지식으로 제자 두 놈을 더 키웠다. 아니, 내 딸까지 합치면 세 명을 더 키운 것이 되겠지."

"따님이 있었습니까?"

유진룡은 천만뜻밖이라는 표정으로 음성을 높였다.

이런 고지식한 노인에게 가족이 있다는 것은 쉽게 상상할 수 없었다.

그제야 유진룡은 자신이 살려야 할 사람이 천산마존의 딸일 것이란 예상을 하게 되었다.

"늘그막에 얻은 녀석이다. 그 얘긴 좀 더 있다가 하자."

"알겠습니다. 저도 지금은 그렇게 애지중지 키웠던 첫째제자가 왜 배신을 했는지 그것이 더 궁금합니다."

유진룡은 고개를 끄덕이며 천산마존의 다음 설명을 기다렸다.

"놈은 때때로 다른 두 제자와 내 딸이 자신과 비슷한 수련을 하며 커가는 것을 탐탁지 않게 바라보는 것 같았다. 하지만 그건 그렇게 염려할 정도가 아니었다. 다른 놈들의 성취는 훨씬 느려 셋이 한꺼번에 달려들어도 놈에게는 상대가 안 될 것이었기 때문이다.”

“그럼 배신을 할 이유가 없지 않습니까?”

처음 유진룡은 시기심 강한 큰제자가 자기 사제들의 성취가 더 뛰어난 것을 참지 못해 반란을 일으킨 줄 짐작했는데 조금 더 들어보니 그게 아니었다.

“그 이유는 내가 놈의 비밀이라고 여겨지는 것을 우연한 기회에 알게 되었기 때문이다.”

“비밀?”

“그렇다. 놈을 데려온 노인이 내게 준 무가지보의 야명주만 보아도 보통의 신분이 아님을 짐작했는데 나는 그런 것은 상관없었다. 하지만 놈이나 그 노인에게는 내가 그들의 비밀을 아는 것이 절대로 흘려 넘길 수 없는 모양이었다.”

천산마존은 다시 한 병의 약술을 마셨다. 그것으로 인해 꺼져 가던 불길이 조금 더 강해지는 것 같기는 했지만 그건 미봉책에 불과하다는 것을 느낄 수 있었다.

유진룡은 당장이라도 천산마존의 얘기를 중단시키고 쉬게 하고 싶었지만 그 말을 들을 천산마존도 아니었고, 쉰다고 꺼져 가는 불씨가 되살아날 것 같지도 않았다. 이렇게 가만히 앉아서 노인의 말을 들어줄 수밖에 없었다.

그때 다시 천산마존이 설명을 시작했다.

“놈이 내가 연구한 성취를 거의 다 얻어가던 어느 날, 나는

우연히 놈의 소지품에서 이상한 그림이 새겨진 옥패 하나를
보게 되었다. 그것은 그동안 한 번도 본 적이 없는 것이었다.
아마도 그 시기에 노인이 다시 그놈을 찾아와 전해준 것 같았
다. 손바닥만 한 옥패였는데, 그 한쪽에는 하늘 천(天) 자가
양각되어 있었고, 다른 한쪽에는 용과 이무기가 뒤엉켜 싸우
고 있는 그림이 아주 정교하게 새겨져 있었다. 정체를 알 수
없긴 했지만 절대 대수로운 물건이 아닌 것 같아 자세히 보고
있는데 마침 방으로 들어온 그놈이 내가 그 옥패를 보고 있는
장면을 목격하게 되었다. 그때 하얗게 변하던 그놈의 표정을
새겨야 했는데……."

천산마존이 다시 자책했다.

"그놈은 그날 밤 아무런 이유 없이 사제들과 내 딸, 그리고
나를 죽이려 했다. 그때서야 비로소 나는 그놈의 진면목을 알
게 되었다. 놈은 내가 그놈에게 불어 넣어준 힘보다 한참 더
강한 힘을 소유하고 있었다. 어쩌면 몸이 망가지기 전에 얻었
던 능력을 내가 고쳐 주고 불어 넣어준 힘으로 다시 일깨우고
있었던 모양이다. 그 힘은 절대로 평범한 것이 아니었다. 너
무나 패도적이고 악마적이었다. 나는 그때서야 깨달았다. 내
가 다 죽어가던 한 마리 악마를 되살려 놓았다는 것을……."

천산마존은 긴 한숨을 내쉬었다. 그 한숨에서 짙은 죽음의
냄새가 퍼져 나왔다.

"그 싸움에서 둘째제자는 죽고, 나 역시 이 꼴이 되어 죽어

가는 순간 천덕꾸러기 셋째제자와 내 딸이 뛰어들어 내 목숨을 살렸다. 하지만 그들 둘과 내가 합공을 해도 놈의 상대가 되지 않았다. 나는 그놈을 맞상대하는 것을 포기하고 백호의 도움을 받아 그동안 네 녀석에게 먹인 가장 중요한 영약들만 챙겨 도망을 쳤다. 내가 영약을 가지고 도망치면 놈은 나를 놓쳐서는 안 되기에 쫓아올 것이고, 그럼 셋째제자와 딸을 살릴 수 있기 때문이다. 예상대로 놈은 나를 쫓아왔지만 구사일생으로 나는 놈의 마수로부터 빠져나갈 수 있었다.”

“그럼 따님과 셋째제자는?”

“놈의 악랄함으로 보아 두 가지 경우를 추측할 수 있다. 그 하나는 그놈에게 이미 잡혔다는 것이다. 그놈의 악랄함과 능력으로 보아 얼마든지 그게 가능하다. 그리고 다른 하나는 놈은 나를 잡기 위해 딸과 셋째제자가 나를 찾게 놓아두고 은밀히 감시하고 있을 수 있다는 것이다. 놈의 사악한 심성으로 봐서 두 번째 경우가 더 가능성이 있고, 그게 또 내가 간절히 바라는 일이다.”

“그럼 그 두 사람을 보호하는 것이 제 임무, 아니, 노인장과의 거래를 수행하는 것입니까?”

유진룡은 단도직입적으로 물었다.

천산마존은 가타부타 답을 하지 않고 다시 입술을 움직였다.

“놈의 신분이 어떤 것인지 아직도 파악하지 못했다. 하지만 절대로 범상치 않을 것이다. 하지만 마지막 수련까지 마친

다면 네 녀석은 절대 놈에 뒤지지 않는다. 오히려 더 강하다. 그러나 놈에게 감추어진 신분이 있고, 그 힘까지 보태어진다면 실패할 가망성이 더 높다.”

천산마존은 처음에 했던 그 걱정을 되풀이했다. 그리고는 잠시 숨을 가다듬었다.

“네 녀석이 더 큰 기연을 얻는다면 그놈의 숨겨진 힘이 있더라도 이겨낼 수 있겠지.”

잠시 후 천산마존은 자신있는 어투로 말했다.

“더 큰 기연이라면 어떤 것을 말합니까?”

“날 좀 일으키거라.”

천산마존은 대답 대신 팔을 내밀었다.

유진룡은 조심스럽게 천산마존을 침상에 앉혔다.

억지로 몸을 일으킨 천산마존은 침상 옆에 놓아둔 목함 속에서 한 장의 화선지를 펼쳤다.

화선지에는 복잡한 산세와 그 산세 한곳에 동그라미가 그려져 있었다.

“이곳이 어딥니까?”

유진룡은 눈을 가늘게 뜨고 화선지 이곳저곳을 살피며 물었다.

“그건 나도 모른다. 오래전에 천산담비의 기억 속에 있는 어느 곳을 투사한 것인데, 아마도 천산의 어느 곳이 아닐까 싶다. 도천극 그놈이 아니었으면 찾았을지도 모르는 일인데 그놈 때문에 담비도 잃고 모든 것이 뒤엉켜 버렸다."

"그곳에 뭐가 있습니까?"

"이 동그라미 친 부분 어느 곳에 동굴이 있고, 그 안에 만년석정수(萬年石精水)가 고여 있다. 그걸 얻고 섭취하면 네 녀석은 지금보다 또 한 단계 더 강해질 수가 있다. 이제 네 녀석 몸에는 그것보다 덜한 영약은 아무 쓸모가 없다."

"그야말로 구름 속의 떡이나 마찬가지군요."

잔뜩 기대를 가지고 화선지의 그림을 살피던 유진룡은 미련 없다는 듯 고개를 돌렸다.

"설사 천운이 따라 화선지 속의 지형을 찾는다 하더라도 동그라미를 그린 부분 어느 곳에 동굴이 있는지 알 수 없는 일이고, 동그라미 부분 속에서만 헤매더라도 재수없으면 십 년으로도 부족할 것 같은데요."

유진룡은 입맛을 다셨다.

"그 동그라미 부분을 따로 그린 상세도는 내 딸이 가지고 있다."

낙담으로 완전히 포기하려는 찰나 천산마존이 기대의 끈을 이었다.

"언젠가는 내 딸에게 섭취시키려고 한 장씩 나누어 가지고 있던 것인데 내 딸의 수련은 그걸 섭취할 만한 수준에 이르지 못했다. 그러니 그건 이제 네놈 몫이다. 그 상세도는 열 개의 야명주를 담은 주머니 안쪽 천에 그려져 있으니 딸을 만나거든 그 주머니를 받아 네 것으로 취하거라. 물론 야명주 역시 네놈이 가지거라. 그것이면 자손 대대로 호강하며 살 수 있을 것이다."

천산마존은 처음 거래를 하며 이번 일을 성공시키면 평생을 호의호식하며 살 수 있는 재물이 생길 것이라고 했는데 그게 바로 이것인 모양이란 생각이 들었다.

"이미 다 팔아치우고 주머니는 버렸으면 어쩝니까?"

"그건 네놈의 복이겠지. 굶어 죽을 상황이 아니면 열어보지 말라고 했으니 주머니 안에 뭐가 들어 있는지는 아직 모를 것이다. 그러니 그것을 이번 거래의 대가로 생각하거라."

천산마존은 앉아 있는 것조차 힘에 겨운지 등을 벽에 기댔다.

잠시 후 천산마존은 또 한 장의 화선지를 꺼내 펼쳤다.

"이것은 내 첫째제자 놈이 가지고 있던 옥패 뒷면에 그려져 있던 그림이다. 앞면의 하늘 천 자는 별 특징이 없어 이것만 그렸다."

그 그림은 천산마존이 아까 설명했던 그대로 용과 용이 되지 못한 못생긴 뱀 한 마리가 서로의 몸을 휘감고 입을 딱 벌린 채 싸움을 벌이고 있는 장면이었다.

쳐다보는 것만으로도 귀기가 느껴지고 소름이 끼치는 그림이었다.

"최대한 기억을 되살려 그렸지만 미흡한 부분이 많다. 이 그림을 토대로 그동안 나름대로 놈의 정체를 캐보려 했지만 알 수가 없었다. 내 식견이 일천할 수도 있고, 또 공간적 제약도 있으니 그렇겠지만 쉽게 정체를 알 수 있는 물건은 아닌 것 같았다. 되도록 네 힘으로 알아보다가 실패하면 항주에 있는 만박노조라는 사람을 찾아가거라. 그 사람이면 알 수 있을 것이다."

"만박노조?"

"그렇다. 만박노조 석주양은 그가 모르는 것은 세상에서 누구도 알 수 없다고 알려진 사람이다. 한때 황실의 대학사까지 지냈던 사람이니 그를 통하면 십중팔구 알 수 있을 것이다. 하지만 조심에 또 조심을 해야 할 일이다. 도천극 그놈이 알면 만박노조까지 애꿎은 화를 당할지 모르는 일이니 말이다."

천산마존은 자신의 일에 남이 피해를 보는 것을 극히 꺼리는 기색으로 말했다.

천산마존의 그런 성격을 익히 알고 있는 유진룡은 묵묵히 고개만 끄덕였다.

"그놈의 정체를 완전히 파악하기 전에는 아주 은밀하게 움직여야 한다. 그놈과 맞상대해서는 지지 않겠지만 그놈은 조금이나라도 불리하다고 생각되면 떼거리로 덤빌 것이다."

"그럼 노인장의 셋째제자와 따님은 어떻게 찾습니까?"

"그들에게는 적아라는 붉은빛이 감도는 털이 난 늑대가 있다. 백호나 그놈은 서로의 냄새를 수백 리 밖에서도 맡을 수

있다. 이제까지는 이곳에 틀어박혀 백호에게도 최대한 냄새
나 흔적을 남기지 않게 했기에 조우하지 못했지만 냄새를 남
기고 돌아다니다 보면 일 년 안에 만나게 될 것이다.”

그 말과 함께 천산마존은 작은 호각과 수정 구슬 두 개를
내밀었다.

“호각은 멀리서도 흑응과 백호를 부를 수 있는 도구이다.
사람의 귀에는 들리지 않지만 두 놈은 수십 리 밖에서도 들을
수 있다. 그리고 그 수정 구슬들은 두 놈의 심령을 제압하는
능력이 있는 물건이다. 놈들이 네놈 말을 듣지 않으면 그것들
을 세차게 흔들어라. 그럼 즉시 고분고분해질 것이다.”

으르릉—

수정 구슬을 보자 저만치서 백호가 원독에 찬 포효를 토했다.

흑응 역시 동굴 한쪽에서 다른 쪽으로 푸드득거리며 날았다.

유진룡은 수정 구슬을 받지 않고 물끄러미 쳐다만 보았다.
그동안 미운정이나마 조금 든 놈들인데 그런 족쇄를 채우는
것이 내키지 않은 것이다.

“새끼 때부터 키우다시피 한 놈들이지만 야성이 워낙 강해
이럴 수밖에 없었다. 네놈은 더욱 그게 필요할 것이다.”

천산마존은 유진룡의 손에 한 개의 호각과 두 개의 구슬을
억지로 쥐어주었다.

마지못해 그것들을 받은 유진룡은 조심스럽게 품속에 갈
무리했다.

"그리고 이것은 거래를 수락하던 날 네 녀석의 심령을 제압한 것이다."

천산마존은 한 개의 구슬을 더 내밀었다.

"이젠 이것의 주인은 네 녀석이다. 깨버리든지 스스로 자신에게 금제를 가하든지 마음대로 해라."

"그럼 제가 약속을 안 지킬 수도 있지 않습니까."

"그건 내 팔자소관이겠지. 그리고 네놈에게 그것은 이미 통하지도 않는 물건이 아니더냐."

천산마존의 입에 흐릿한 미소가 어렸다.

"또 이 침상 아래에는 청룡검이 있다. 그것을 셋째제자인 철사홍에게 주어라. 제대로 못 배웠으니 그것으로라도 보완을 해야 할 것이다. 쿨럭!"

할 말을 거의 다 하고 나자 긴장이 풀렸는지 천산마존은 밭은기침을 토했다.

유진룡은 천산마존의 몸을 다시 침상에 눕혔다.

"내 딸의 이름은 주애청(周愛晴)이다. 태어나자마자 어미를 잃고 고된 수련을 하느라 아비의 정마저 제대로 받지 못한 놈이다. 그 아이를 도천극 놈의 마수에서 지켜주면 저승에서도 네 은혜는 잊지 않겠다."

천산마존의 목소리에서 생기가 급격히 사라져갔다.

"이렇게 덜떨어지게 가르쳐 놓고 눈을 감으려 하시면 어떻게 거래를 이행합니까?"

유진룡이 다급하게 소리를 쳤다.

"알아서 잘하겠지만 백호십이수의 변초를 완벽히 익히기 전에는 나갈 생각을 말아라. 그걸 다 익혀야만 어디 나가서 진정한 고수 소리를 들을 수 있을 것이다."

"평생 못 익히면 이곳에서 늙어 죽어야 한단 말입니까?"

유진룡이 쏟아지려는 눈물을 감추려 괜한 투정을 부렸다.

"네놈 능력이나 성격이면 몇 년 안에 끝낼 수 있을 것이다. 완벽한 백호십이수를 완성하면 처음 약속한 대로 무림에서 알아주는 고수가 될 것이다."

유진룡은 가타부타 대답을 하지 않았다.

"왜 대답이 없느냐?"

"엄두가 나지 않아서 그럽니다."

"놈!"

천산마존이 목소리를 높였다. 그러나 그것마저도 너무나 무기력하게 들렸다.

"완벽히 다 익히지 못하면 빈틈이 생기고 절정고수 앞에 선 그게 치명적인 약점이 되느니라. 그리고 그걸 완벽히 못 익히면 백호가 보내주지도 않을 것이다."

천산마존의 입가에 더욱 희미한 미소가 어렸다.

그는 이미 자신이 죽은 후의 일을 백호에게 주지시켜 놓은 모양이다.

"저놈이 이젠 제 앞길까지 막는다는 말입니까?"

유진룡은 기가 막힌다는 표정으로 백호를 쳐다보았다.

자신과 눈만 마주치면 고까운 기색을 내보이던 백호였지만 지금은 천산마존에게만 시선을 고정시킨 채 미동도 하지 않았다.

백호의 눈 아래로 눈물 자국이 그려지고 있었다.

뭔가 더 투정을 부리려던 유진룡은 고개를 돌렸다.

"다시 한 번 부탁하마. 내 딸을 지켜다오. 내가 많은 어린 아이들을 희생시키면서까지 극강의 무인을 만들기 위한 실험을 한 것은 그 녀석 때문이라고 해도 과언이 아니다."

천산마존의 얼굴에 괴로움이 스쳐 지나갔다.

딸 때문에 다른 아이들을 희생한 사실이 큰 자책으로 다가온 모양이다.

"동물들의 심령을 제압하고, 그들을 통해 얻은 온갖 영약들로도 제 어미를 구하지 못했다. 그리고 딸 역시 제 어미와 똑같은 체질을 타고났다. 그 녀석도 제 어미처럼 허망하게 잃어버리지 않기 위해서 나는 마존이라는 악명까지 얻으면서도 온갖 짓을 다할 수밖에 없었다. 그래서 딸아이의 몸은 정상으로 되돌려 놓았지만 도천극 같은 악귀 한 마리도 같이 탄생시켜 놓은 것이다. 그리고 이젠 내 딸을 살리는 데 가장 큰 공헌을 한 그놈이 도로 내 딸의 목숨을 위협하고 있다."

감정의 동요가 심한지 천산마존은 숨을 크게 쉬었다.

천산마존의 설명에 유진룡은 기막힌 심정에 잠시 아무런

대꾸도 할 수 없었다.

사무칠 정도로 진한 부정과 얽히고설킨 운명의 미로!

그리고 언젠가는 그 미로 속으로 발을 들여놓아야 하는 자신!

"어미의 얼굴도 모르고 모진 수련만 하느라 아비의 정마저 제대로 못 받은… 그 아이를 만나거든 아비 노릇을 한 번도 제대로 못해 미안하다고 전해다오. 그리고 그렇게 매정하게만 대한 것은 진심이 아니었다고……."

천산마존의 목소리에 급격히 생기가 빠져나가고 있었다.

백호도 그것을 느꼈는지 벌떡 일어서서 침상으로 다가왔다.

"내 시신은 이곳 근처 양지 쪽에 묻어다오. 이제 정말 이곳이 지겹구나."

천산마존의 생명은 이젠 가물거리는 불꽃처럼 꺼져 가고 있었다.

"사부……."

유진룡이 천산마존의 손을 움켜쥐며 천산마존이 끝내 거부하던 호칭으로 불렀다.

천산마존의 입가에 마지막 미소가 어렸다. 그리고는 숨을 거두었다.

"사부!"

어헝!

유진룡의 고함과 백호의 포효가 동굴 안을 진동시켰다.

第二十二章
추풍신검(追風神劍)

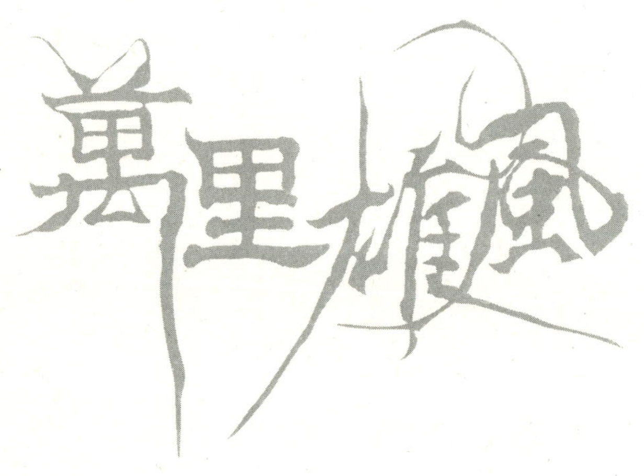

휘이잉—

객잔의 문이 열리며 찬바람이 훅 밀려들었다.

객잔 안에 있던 사내들이 반사적으로 고개를 돌리며 문 쪽으로 시선을 던졌다.

문 안으로 아무도 들어오지 않았다.

"이놈의 문은 하루 종일 저 모양이군. 이봐, 점소이! 이 문 좀 어떻게 고칠 수 없나?"

문 가까이의 탁자에 앉아 있던 장한이 버럭 고함을 질렀다.

바람만 불면 열리는 문 때문에 신경이 쓰이기도 했거니와 그때마다 밀려드는 삭풍에 짜증이 난 것이다.

"예, 예! 아예 걸어 잠가놓겠습니다."

점소이가 얼른 달려나오며 답했다.

이젠 날도 저물어가니 손님도 없을 것이고, 그러면 잠가놓아도 될 것이다.

문고리를 잡으려고 손을 내밀던 점소이가 으악! 하는 고함을 지르며 뒤로 나자빠졌다.

점소이가 나자빠진 바로 옆 탁자에 있던 사내 하나가 벌떡 일어서며 칼자루에 손을 갖다 댔다.

이런 황량한 곳을 지나다니는 자들은 대부분 거칠어서 시비를 걸지 않아도 다짜고짜 무기부터 들이대는 경우가 많았기에 사내는 객잔에 있으면서도 반사적으로 칼자루를 잡은 것이다.

"뭐야? 뭔데 그래?"

칼자루를 잡은 사내 옆자리에 앉아 있던 사내도 자리에서 일어서며 문을 향해 고개를 빼냈다.

그리고 입을 딱 벌렸다.

객잔 안으로 커다란 짐승 한 마리가 머리를 들이밀었다.

"아악!"

입구 쪽 탁자에 앉아 있던 여인이 비명을 질렀다.

객잔 문 안으로 완전히 들어온 짐승은 한 마리의 늑대였다.

그것도 보통 늑대가 아닌 송아지만 한 덩치에 털의 빛깔은 검붉은 색을 띠고 있었고, 눈에는 금방이라도 사람을 물어 죽일 듯한 흉포한 기운이 흘러내리고 있었다.

쨍―

챙―

사내 몇 명이 일제히 도검을 뽑아 들었다.

크르르―

병장기 소리에 늑대는 움직임을 멈추고 송곳니를 드러내며 털을 곤두세웠다.

털이 곤두서자 갑자기 늑대의 덩치가 두 배는 더 커진 것 같았다.

늑대와 가장 가까이에 있던 사내가 주춤 뒤로 밀려났다.

"아악!"

"악!"

뜻밖의 사태에 뒤늦게 상황을 파악한 다른 여인들도 비명을 지르며 자리에서 일어서 구석으로 도망갔고, 순식간에 객점은 아수라장이 되었다.

"걱정 마세요. 해코지하지 않으면 안 물어요."

아수라장 속으로 꾀꼬리 같은 여인의 목소리가 들렸다.

흉포하게 생긴 늑대에 온 신경을 쓰느라 볼 새도 없는 사이, 아직 스무 살이 안 되어 보이는 여인이 문 안에 들어서 있었다.

"적아야, 거기 앉아!"

여인이 부드러운 목소리로 늑대를 달래자 늑대는 곤두세
웠던 털을 내리며 자리에 앉았다.

"점소이, 여기 오리고기 다섯 마리와 죽엽청 다섯 병, 그리
고 만두 세 접시만 갖다 줘요!"

적아라는 늑대 옆에 있는 탁자의 빈자리에 앉은 여인은 혼
자서는 도저히 먹을 수 없을 만한 양의 음식을 시키고는 늑대
의 목을 쓰다듬었다.

그때까지도 주변에 대한 경계를 늦추지 않던 늑대는 비로
소 경계심을 풀며 여인의 손바닥을 핥았다.

늑대는 진정이 되고, 여인은 아무렇지도 않다는 듯이 자리
에 앉아 주방 쪽을 바라보며 탁자를 손가락으로 톡톡 치고 있
었지만 혼비백산한 객잔 안은 아직 정리가 되지 않았다.

여인들이 구석으로 도망을 치며 바닥으로 떨어지거나 엎
어진 찻잔들이 그대로 나뒹굴고 있었고, 간담 약한 사내들이
벌떡 일어서며 쓰러진 탁자와 그 위에 있던 음식들이 바닥에
쏟아져 냄새를 풍기고 있었다.

몇몇 사내들은 그 음식에 옷을 적시고는 얼굴이 붉으락푸
르락해졌다.

그중 한 사내가 벌떡 일어섰다.

덥수룩한 구레나룻이 온 얼굴을 덮은 삼십대 정도의 장한
이었다.

그 역시 객잔 안에 늑대가 나타난 소란으로 인해 무릎에 음

식이 쏟아졌는지 바지가 온통 음식물 찌꺼기로 엉망이 되어
버렸다.

“이것 봐, 어린 계집!”

장한의 입이 열리며 굵고 낮은 고함이 터져 나왔다.

주방 쪽을 쳐다보며 행복한 표정으로 손가락 장단을 두드
리고 있던 여인이 고개를 돌렸다.

“누구……? 저 말인가요?”

여인은 별 표정 없이 구레나룻 장한을 쳐다보았다.

쉽게 마주칠 수 없는 용모의 여인에 잠시 주춤했던 장한이
이맛살을 찌푸렸다.

예쁜 것은 나중 일이고, 지금 당장은 바지를 엉망으로 버린
짜증이 더 우선이었던 것이다.

“그런 짐승을 데리고 다니려면 목줄을 하고 다녀야 할 것
아냐!”

장한이 늑대를 쳐다보며 고함을 질렀다.

장한의 고함 소리에 여인이 잠시 고운 아미를 찌푸렸다가
입술을 움직였다.

“당신 같으면 누가 당신 목에 밧줄을 걸고 끌고 다니면 기
분 좋겠어요?”

여인이 또록또록한 목소리로 장한의 말을 받았다.

여인의 대답에 할 말을 잃은 듯 구레나룻 장한은 잠시 말문
을 닫고 있었다.

“이런 망할! 사람하고 그런 짐승하고 같단 말이냐?”

“나한텐 같아요!”

여인이 지체없이 답했다.

“좋아. 그렇다 치고, 그 짐승 때문에 내 옷을 버린 건 어쩔 셈이냐?”

장한이 자신의 바지를 가리키며 말했다.

여인이 잠시 장한의 바지를 쳐다보다가는 다시 입을 열었다.

“그건 당신들이 지레 겁을 먹고 날뛰어서 그런 것이지 내 책임이 아니잖아요. 적아가 당신들에게 달려들기를 했나요, 물어뜯기를 했나요?”

여인의 목소리가 조금 더 높아졌다.

“이런 맹랑한 계집을 보았나. 적반하장도 유분수지.”

구레나룻 장한이 버럭 고함을 질렀다.

크르르!

장한이 고함을 지르자 바닥에 엉덩이를 붙이고 앉아 있던 늑대가 일어서며 경고음을 토했다.

장한이 움찔 뒤로 물러서며 검갑에 손을 갖다 댔다.

“앉아, 적아야!”

소녀가 낮게 지시하자 늑대는 다시 엉덩이를 바닥에 붙이고 앉았다. 그러나 이글거리는 두 눈은 구레나룻 장한의 손을 뚫어지게 쳐다보고 있었다.

"좋아요. 이거면 되겠죠?"

입맛을 한 번 다신 여인이 품속에서 은자 한 닢을 꺼내 던졌다.

그 돈이면 장한이 입고 있는 바지 열 벌도 더 살 수 있을 것 같았다.

엉겁결에 은자를 받은 장한은 슬쩍 주변의 눈치를 살폈다.

금액으로 따지면 횡재한 것이나 다름없었지만 잠시 동안 여인과의 실랑이에 대한 감정이 풀리지 않은 것이다.

"바지도 바지지만……."

"미안해요! 됐죠?"

여인은 구레나룻 장한이 더 할 말이 없게끔 만들었다.

"끄응—"

장한은 신음성을 한 번 토한 후 자리에 앉았다.

더 이상은 괜한 시비밖에 되지 않았고, 시비가 일면 저 범상치 않아 보이는 짐승이 어떻게 나올지도 신경이 쓰인 것이다.

"점소이, 여기 음식 아직 안 됐나요?"

여인은 배가 고픈지 주방 안을 보며 채근했다.

"예, 예! 조금만 기다리십시오!"

주방 안에서 점소이의 목소리가 들렸다.

그리고 그 목소리의 뒤를 이어 또 하나의 목소리가 여인이 앉은 탁자를 향해 날아갔다.

"이것 보시오, 소저."

여인이 그곳으로 고개를 돌렸다.

깨끗한 청의를 입은 청년이 의자에서 일어서고 있었다.

청의는 한눈에 보아도 값비싸 보였고, 청년 역시 귀공자 티가 줄줄 흘러내리고 있었다.

아쉬운 점이라면 눈가와 입가에 대갓집 공자 특유의 여유로움보다는 뭔가 음침한 기운이 걸려 있어 그 외모의 가치를 깎아내리고 있었다.

"뭔가요?"

여인이 물었다.

"나 역시 저분 대협과 똑같이 피해를 입었소."

청년은 노골적으로 자신의 사타구니를 가리켰다.

그곳에는 구레나룻 장한 못지않게 음식물 찌꺼기가 뒤덮여 있었다.

"그래요? 공자께도 사과드리겠어요. 그리고 이건 세탁비예요."

여인은 구레나룻 장한에게 건넸던 것처럼 품속에서 은자 한 닢을 꺼내 청년에게 던졌다.

날아오는 은자를 보며 청년은 의미 모를 미소를 지었다.

투둑—

청년 앞으로 날아온 은자가 바닥에 떨어지며 소음을 토했다.

"왜 받지 않죠?"

여인이 아미를 찌푸리며 물었다.

"난 그런 것은 필요 없고……."

청년이 흐릿한 미소와 함께 답했다.

"그럼?"

"내가 원하는 것은 원상복구요."

청년의 입가에 걸린 미소가 더욱 짙어졌다.

"어떤 걸 원하시죠?"

여인의 목소리가 좀 더 냉랭해지며 높아졌다.

"소저께서 이리로 와서 내 옷을 닦아주든지, 아니면 직접 내 바지를 벗겨가서 빨아서 말려다 주면 깨끗이 해결될 것 같소."

청년의 목소리는 정중하기 그지없었지만 그 속에 담긴 내용은 역겹기 짝이 없었다.

여인은 수치감에 와락 얼굴을 찌푸렸고, 여인과 먼저 승강이를 벌였던 장한마저도 청년을 보며 인상을 썼다.

"이런 더러운 놈!"

여인에 앞서 다른 곳에서 노기 어린 목소리가 터져 나왔다.

창가 쪽에 앉아 있던 청의청년과 비슷한 나이의 백의를 입은 청년이었다.

혈기왕성한 나이인지라 자신의 일이 아님에도 참지 못한 것이었다.

청의청년이 느긋하게 소리 나는 쪽으로 고개를 돌렸다.

"그래서?"

청의청년의 입가가 비틀렸다.

"뭐라고?"

백의청년이 반문했다.

"내가 더러워서 어쨌단 말이냐?"

청의청년이 덧붙였지만 백의청년은 어이가 없는지 말을 잇지 못했다.

쨍ㅡ

백의청년이 검을 뽑았다.

벌겋게 달아오른 그의 얼굴에 급한 성정이 그대로 드러났다.

"그렇지. 그게 정답이지!"

청의청년이 처음으로 음침하지 않은 미소를 피워 올렸다. 그리고는 슬쩍 손을 흔들었다.

우웅ㅡ

청의청년의 손바닥에서 작은 구슬 모양의 푸른색 기류가 처음부터 손 안에 쥐어 있었던 듯 백의청년을 향해 날아갔다.

백의청년이 대경을 하며 검을 휘둘렀다.

퍼엉ㅡ

청의청년의 손바닥에서 뻗어 나간 기류와 백의청년이 휘두른 검이 부딪친 곳에서 폭음이 일었다.

"으윽!"

폭음에 이어 답답한 신음성이 터져 나왔다.

검을 휘둘러도 다 자르지 못한 기류가 가슴을 두드렸는지 백의청년의 가슴 부분의 옷자락이 시커멓게 타 있었고, 청년은 입으로 피를 토해냈다.

"이건 또 어떨지……."

청의청년은 무슨 시험이라도 하듯이 자신의 다섯 손가락을 말았다가 물방울을 튀기듯 튕겨냈다.

"위험해!"

백의청년을 부축하고 있던 다른 청년 두 명이 급히 앞으로 나서며 검과 쌍장을 휘둘렀다.

피피핑—

쇠줄이 튕기는 듯한 날카로운 소리가 나며 두 청년의 얼굴이 고통으로 일그러졌다.

"크으윽!"

쌍장을 휘둘렀던 청년이 먼저 비명을 토했다.

그의 양 손바닥에는 각각 한 개씩의 구멍이 뚫려 있었다. 그곳에서는 피도 흐르지 않았다.

"으윽!"

뒤이어 다른 청년의 비명이 이어졌다.

검을 든 그 청년의 어깨에도 구멍이 뚫려 있었다.

쨍강—

어깨의 힘줄이 끊어졌는지 청년은 검을 놓쳤다.

"이것도 있는데……."

점입가경으로 청의청년은 양손을 들어 올렸다.

크아앙─

청년이 양손을 뿌리려는 찰나, 날카로운 포효와 함께 검붉은 털의 늑대가 그 자리에서 솟구쳤다.

솟구쳤다 싶은 순간 늑대는 어느새 청년의 목덜미로 송곳니를 쑤셔 넣고 있었다.

그 동작이 예측을 불허했고 너무 빨라 청의청년도 반격을 가하지 못하고 몸을 뒤로 뺐다.

파앗─

늑대의 앞발이 청의청년의 어깨를 쳤고, 청년의 어깨 옷자락이 길게 찢어졌다.

"적아!"

여인의 목소리가 날카롭게 울려 퍼지자 청의청년을 공격한 늑대는 순식간에 제자리로 돌아와 여인 옆에 섰다.

크르르─

늑대의 낮은 경고음이 객잔 안을 울렸다.

"짐승이 사람보다 낫군!"

어깻죽지의 옷이 찢어져 나간 것을 보며 짧은 순간 얼굴이 일그러졌던 청의청년은 순식간에 원래의 모습으로 돌아오며 음침한 미소를 흘렸다.

"왜 죄 없는 사람에게 살수를 쓰는 거죠?"

늑대를 데리고 온 여인이 소리를 질렀다.

"남의 일에 겁없이 끼어든 대가지!"

대답은 청의청년 옆에 앉아 있던 중년인에게서 흘러나왔다.

그의 목소리는 나직했지만 온 주루가 울렸다.

왜소한 체격에 콧수염을 기른 사내였다.

너무 왜소해서, 그리고 청의청년의 무위가 너무 엄청나서 이제껏 제대로 눈에 들어오지 않았는데, 목소리 속에 깃든 공력이 절대로 청의청년의 아래가 아닐 것 같았다.

"자고로 그런 놈들은 패가망신을 면치 못하지."

왜소한 콧수염 사내의 옆에서 또 다른 음성이 흘러나왔다.

그는 왜소하지는 않았지만 잠이라도 잤는지 의자 깊숙이 몸을 파묻고 있어 왜소한 중년인처럼 눈에 잘 띄지 않은 것이었다.

완전히 드러난 그의 용모는 지독히 못생겨 보는 것만으로도 눈살이 찌푸려질 정도다.

"짐승한테 물어뜯기다니……. 옥룡살조(玉龍殺爪)란 네놈 별명은 저 짐승에게 던져 주어라."

의자에 몸을 파묻었던 사내가 냉랭한 음성으로 말했다.

"옥룡살조!"

어디선가 경악성이 흘렀다.

그와 함께 청의청년에 맞서며 상처를 입은 세 청년의 얼굴
에 죽음의 공포가 드리워졌다.

옥룡살조 미국량(未局梁)!

그는 사천 일대에서 악명을 떨치는 음적 중의 한 명이었다.

고강한 무공을 앞세워 수많은 여자들을 농락한 그의 악행
에 그 별호를 듣고는 이를 갈지 않는 사람이 없었다.

그런 그가 아직 목이 붙어 있는 것은 그의 무공이 강하기
때문이라는 것이 한 가지 이유였다.

그리고 그보다 더 큰 이유는 그의 사형인 두 인물 때문이었
다.

왜소한 체격의 콧수염을 기른 중년인은 음혼왜귀(陰魂矮
鬼) 범지상(凡志上)이고, 의자에 몸을 파묻고 있다가 일어난
사내는 구유흉검(九幽凶劍) 반위명(潘偉命)이었다.

옥면살조 미국량의 무공도 강했지만 음혼왜귀 범지상과
구유흉검 반위명의 무공은 그보다 한두 단계는 더 높았다.

그들 두 사람 속에 섞여 있으면서 미국량 저놈은 온갖 음행
을 저지르면서도 아직 살아 있는 것이다.

반위명과 범지상은 너무 흉한 외모 때문에 접근할 수 없
는 여인들을 옥룡살조 미국량 때문에 취하고 노잣돈까지 떨
어지지 않으니 서로 상부상조하며 항상 붙어 다니는 것이었
다.

사람이 많은 도회에서는 옥룡살조 미국량이 그의 용모로

여인들을 꾀어내지만 이런 외진 곳에서는 눈치 볼 것 없이 무공을 드러내며 음행을 일삼는 것이다.

"아악!"

옥룡살조의 정체를 안 여인들이 비명을 지르며 구석을 찾아들었다. 그러나 미국량은 그녀들에게는 눈길도 주지 않고 늑대와 함께 온 여인에게만 시선을 집중하고 있었다.

구유흉검 반위명이 일어섰다. 그리고는 장난처럼 검을 휘둘렀다.

"그만둬요!"

여인의 날카로운 목소리가 들렸지만 세 사내를 향한 그의 검은 일말의 주저함이 없었다.

퍼엉—

강력한 폭음이 터지며 의자 몇 개가 부서져 허공으로 날았다.

잠시 후, 폭풍이 지나간 객잔의 모습이 드러났다.

어느새 세 청년 앞을 막은 여인이 주먹을 내밀고 있었다.

그 주먹에서 뻗어난 경기가 구유흉검의 검풍을 막아내고 세 청년의 목숨을 구한 것이다.

어린아이보다 조금 더 큰 주먹!

그 하얀 주먹 어디에서 그런 힘이 쏟아져 나오는지 도저히 믿어지지 않을 정도였다.

"믿는 곳이 있는 계집이었군! 클클!"

왜소한 체격의 음혼왜귀 범지상이 귀기 어린 웃음을 흘렸
다.

우르르—

창졸간에 일어난 사태에 얼이 빠져 있던 사람들이 비로소
정신을 차리고 객잔 입구를 향해 달려나갔다.

퍼엉—

객잔 입구에서 폭음이 터지며 문지방이 부서져 나갔다.

"이런 좋은 구경을 두고 밖으로 나가서야 쓰나!"

옥룡살조 미국량이 손가락을 들어 올려 흔들었다.

만약 밖으로 나간 누군가가 다른 사람들이라도 불러들이
는 것을 막고자 하는 몸에 밴 행위였다.

밖으로 몸을 피하려던 사람들이 놀란 얼굴을 하며 다시 객
잔 구석으로 몰려갔다.

"너희들은 저 짐승을 맡아라! 계집은 내가 맡겠다!"

음혼왜귀 범지상이 두 사람에게 말했다.

"저런 짐승에게 뭘 둘씩이나 매달린단 말이오?"

여인을 상대하지 못하는 것이 불만이라는 듯 구유흉검 반
위명이 눈살을 찌푸렸다.

"보통 늑대가 아니다!"

범지상이 짤막하게 고함을 지르자 반위명이 입을 닫았다.

"기특한 계집애로고……."

여인에게 눈을 돌린 범지상이 음침한 웃음을 흘렸다. 그 웃

음은 옥룡살조 미국량보다 더했으면 더했지 절대 덜 음침한
눈빛이 아니었다.

"더러운 난쟁이!"

남자들처럼 두 주먹을 가슴에 모은 여인이 날카롭게 받아
쳤다.

"뭐, 뭐라고? 이 망할 계집이!"

난쟁이라는, 자신이 가장 싫어하는 호칭을 들은 범지상이
귀에서 연기가 날 정도로 분노했다.

"살살 하시오, 사형!"

과도하게 분노한 범지상이 혹시 여인을 죽이기라도 할까
저어한 반위명이 범지상의 주의를 일깨웠다.

"하앗─"

반위명을 한 번 힐끗 쳐다본 범지상이 여인을 향해 쇄도해
들었다.

그러자 두 주먹을 교묘하게 교차시킨 여인이 한꺼번에 내
밀었다.

우우웅─

주먹에서 진동음이 울리며 강력한 경기가 뻗어 나왔다.

경시하지 못한 범지상이 자신의 키만 한 검을 휘둘렀다.

퍼퍼펑─

폭음이 연속적으로 터지면서 의자들이 다시 날아올랐다.

"으음!"

답답한 신음 한줄기와 함께 범지상이 몇 걸음 뒤로 밀렸
다.

"이런 찢어 죽일 계집이!"

기가 막힌 범지상이 고함을 질렀다.

새파란 애송이에게, 그것도 계집에게 뒤로 밀린 사실을 도
저히 용납할 수 없었던 것이다.

그런 심정은 객잔 안에 있던 사람들도 마찬가지였다.

특히 도와주러 나섰다가 오히려 도움을 받고 목숨까지 구
한 백의청년의 눈은 종잡을 수 없이 흔들렸다.

여인이 남자 싸움꾼처럼 주먹을 휘두르며 싸우는 것이나,
아직 스물도 안 된 것 같은데 이 주루 안의 모든 사람들이 다
달려들어도 안 될 것 같은 음혼왜귀 범지상을 압도하는 것은
경이롭기까지 했다.

잠시 그런 생각이 들던 백의청년은 재차 덮쳐 오는 공포감
에 몸을 떨었다. 범지상 저 한 놈이라면 모르겠는데 미국량과
반위명도 건재해 있었다. 저 두 놈이 늑대를 제압하고 합세하
여 여인까지 제압한다면 자신들은 죽은 목숨이다. 이미 운신
이 불가능할 정도로 상처를 입었지만 저놈들은 절대로 자신
들은 살려주지 않을 것이다.

"재미고 뭐고 갈기갈기 찢어 죽이겠다!"

범지상이 노기등등한 목소리로 나섰다.

크아앙—

검붉은 털의 늑대도 허공으로 솟구쳤고, 그와 함께 미국량
과 반위명도 신형을 움직였다.

퍼엉—

크아앙!

다시 한 번 폭음과 포효가 울렸다.

"적아!"

뒤이어 여인의 고함 소리가 들렸다. 반위명과 미국량을 상
대했던 늑대의 어깨 한곳에서 피가 흘러내렸다.

"하앗—"

여인의 신경이 잠시 흐트러진 틈을 타 범지상이 섬전처럼
검을 휘둘렀다.

여인이 빠르게 뒷걸음을 치며 오른 주먹을 흔들었다.

여인의 이번 공격은 다분히 수비에 치중하는 공격이었다.
여인은 수비에 치중하며 상처를 입은 늑대 쪽으로 신형을 옮
겼다.

"괜찮니, 적아야?"

여인은 피를 흘리는 늑대를 향해 걱정스런 눈길을 보냈다.

늑대가 걱정 말라는 듯 꼬리를 흔들었다.

"더러운 놈들!"

여인이 다시 쌍권을 들어 올렸다. 그러면서 약간 초조한 기
색으로 주루 밖을 응시했다.

여인의 눈이 크게 뜨여졌다.

"삼사형!"

여인이 환희에 찬 고함을 질렀다.

부서져 나간 객잔의 문 안으로 텁석부리 사내가 들어서고 있었다.

제일 처음 여인과 승강이를 벌였던 구레나룻 장한보다 더 짙은 수염에 철탑을 보는 듯한 체격의 거인이었다.

"웬 소란이냐?"

텁석부리 사내가 슬쩍 눈살을 찌푸리며 물었다.

"난쟁이 한 놈과 기생오라비 같은 놈, 그리고 더럽게 못생긴 놈 하나가 시비를 걸잖아요."

여인의 대답에 텁석부리 사내가 더 심하게 눈살을 찌푸렸다.

"말투가 그게 뭐냐, 다 큰 녀석이!"

텁석부리 사내가 눈살을 찌푸린 이유는 그것이었다.

"사형!"

여인이 자신의 안위는 걱정도 않는 사내를 보고 투정 어린 소리를 질렀다.

"적아가 다쳤단 말예요!"

여인이 다시 투정을 부렸다.

"그놈 다치는 것이 어디 한두 번이냐?"

사내는 귀찮다는 듯 의자에 털썩 주저앉았다.

"젠장!"

사내가 역정을 토했다.

의자가 작아서 그 모서리가 엉덩이를 찌른 때문이었다.

"점소이, 술부터 가져와!"

의자를 아예 옆으로 눕혀놓고 앉은 사내가 소리를 질렀다.

"이런 말 뼈다귀 같은 놈이!"

난쟁이 같은 체격의 음혼왜귀 범지상이 고함을 질렀다.

그는 텁석부리 사내에게 본능적인 반감을 느끼고 있는 중이었다.

앉아도 텁석부리 사내의 키가 자기보다 더 큰 것이었다.

"누구야?"

텁석부리 사내가 여인을 보고 물었다.

"난쟁이는 모르겠고, 저 기생오라비 같은 놈은 옥룡살조라고 부른 것 같았어요."

여인의 대답에 텁석부리 사내의 눈썹이 한 번 더 꿈틀거렸다.

"개 잡종들이군!"

세 명을 싸잡아 개 잡종으로 전락시킨 텁석부리 사내는 품에서 동전 몇 개를 꺼내 옆 탁자에 올려두고는 그 탁자에 있는 술병을 가져와 단숨에 털어넣었다. 점소이가 술을 가져올 때까지 기다리지 못한 행동이었다.

상대방이 생각하기에 따라서 자칫 시비가 붙을 수도 있는 상황이었지만 사내의 행동이 너무 자연스러워 아무도 불쾌해

하지 않았다.

벌컥벌컥!

목울대가 두세 번밖에 움직이지 않았는데 술 한 병이 모두 사라졌다.

"이 곰 같은 새끼가!"

구유흉검 반위명도 고함을 질렀다.

사형제 세 명이 한꺼번에 개 잡종으로 취급당한 어이없는 상황이었지만 만만치 않은 사내의 덩치 때문에 잠시 분기를 누르고 있다가 마침내 폭발한 것이다.

상대의 덩치가 아무리 크고 숨은 실력이 결코 만만치 않다 하더라도 자신들 세 명의 합공을 받고 살아난 사람은 아직 없었다. 오늘이라고 그게 예외는 아닐 터이다.

"쿡쿡! 사형 별명을 저자가 알고 있어요."

여인이 입을 가리고 웃음을 토했다.

텁석부리 사내가 여인을 향해 인상을 한 번 썼다.

"개 잡종들이지만 생명은 중한 것이니 지금 당장 내 앞에서 꺼지면 죽이지는 않겠다."

한 병 술로는 간에 기별도 안 가는지 입맛을 몇 번 다신 사내가 세 사람을 한꺼번에 쳐다보며 경고했다.

피피핑—

첫 실력 행사는 미국량의 손에서 터져 나왔다.

반위명과 범지상이 곧 달려들 것 같은 분위기에 텁석부리 사내가 그쪽으로 신경을 집중하는 찰나, 미국량이 기습적으로 자신의 절기인 옥룡살조를 내쏜 것이다.

쉬이익―

기이한 각도로 쏘아지는 다섯 줄기의 지풍이 텁석부리 사내의 가슴 대혈 다섯 군데를 꿰뚫으려는 순간, 사내가 탁자에 내려놓았던 술병을 도로 들고 가볍게 흔들었다.

치치치치칭―

쇠줄을 튕기는 듯한 소리가 주루 안을 가득 채웠다.

퍽!

뒤이어 무언가가 박살나는 소리도 터져 나왔다.

수유의 순간이 지난 후 옥룡살조 미국량의 이마가 깨어지며 선혈이 튀어 올랐다.

텁석부리 사내가 던진 술병에 미간이 정통으로 가격당한 미국량은 비명도 지르지 못한 채 그 자리에서 스르르 무너졌다.

텁석부리 사내는 미국량의 흉맹한 지풍을 술병으로 가볍게 흩어버리고 그 술병을 던져 미국량을 쓰러뜨린 것이다.

순식간에 벌어진, 그리고 너무 어이없는 광경에 객잔에 있던 사람들은 모두들 넋을 잃고 텁석부리와 쓰러진 미국량을 번갈아 쳐다보았다.

옥룡살조 미국량이라면 중원에서도 제법 악명이 알려진 사천 땅의 음적이었다. 그리고 조금 전에 직접 본 그의 무공은 소문보다 훨씬 강했다.

그런 그가 도검이 아닌, 술병에 이마를 격중당하고 쓰러져 버린 상황은 섣불리 믿을 수가 없었다.

텁석부리 사내와 미국량과의 거리는 결코 가깝지가 않았다.

그런 거리에서 날아오는 바늘만 한 암기라도 피해야 하는데 날아온 술병을 피하지 못하고 쓰러졌다는 것은 술병에 담긴 내력이 상상을 초월한다는 뜻이었다.

중인들의 관심은 이제 모두 텁석부리 사내에게 모아졌다.

여전히 텁석부리 사내의 정체는 알 수 없었다.

하지만 너무도 간단하게 옥룡살조 미국량을 쓰러뜨릴 정도라면 절대 무명소졸일 수는 없었다. 그런데도 누구 하나 사내의 정체를 알아보는 사람이 없었다.

절대로 한곳에 머무르지 않고 세상 곳곳을 돌아다니는 사천삼흉 중 두 명도 사내의 정체를 모르는 것 같았다.

"살려준다고 했을 때 꺼졌으면 목숨은 구했지."

텁석부리 사내가 자리에서 일어섰다.

어느새 그의 손에는 거무튀튀한 철검 한 자루가 들려 있었다.

장검이라고는 할 수 없었지만 보통 검에 비해 조금은 더 길어 보였는데, 사내의 손에 들리자 오히려 짧아 보였다.

그 철검에서도 사내의 정체를 알아내기는 불가능했다.

철검은 아무런 특색이나 문양도 없는, 오다가다 이름 없는 병기점에서 은자 몇 냥에 구한 것 같았다.

"찢어 죽일 놈!"

범지상이 분기를 이기지 못하고 날아올랐다.

그 뒤를 따라 반위명도 신랄한 초식으로 검을 휘두르며 달려들었다.

막내인 미국량을 그렇게 쉽게 쓰러뜨린 놈이라면 한꺼번에 합공을 해야 승산이 있다고 순식간에 판단한 것이다.

두 사람이 지척까지 다가올 때까지 철검을 비스듬히 늘어뜨리고 있던 텁석부리 사내는 어느 순간 빛살처럼 철검을 휘둘렀다.

째챙—

쨍—

두 번의 금속성이 들리고 세 사람은 다시 격돌했다.

파앗—

핏물이 반원형을 그리며 허공으로 뿌려졌다.

팟—

이번에는 수직으로 반원형을 그린 핏물이 객잔의 창문과 벽에 흩뿌려졌다.

설명은 길었지만 실로 눈 깜짝할 순간에 일어난 상황이었다.

쿵!

쿵!

둔탁한 소음과 함께 이미 혼백이 빠져나간 범지상과 반위명이 육신이 바닥에 나뒹굴었다.

객잔 안은 태고의 정적에 휩싸였다.

남자들은 물론이고 여인들도 놀람의 비명마저 지르지 못한 채 파랗게 질려 있었다.

한 명도 아닌, 사천삼흉 중 두 명이 단 두 차례의 격돌로 이렇게 시신으로 변할 것이라고는 상상도 하지 못한 것이다.

"술맛을 버렸군."

사내는 철검에 묻은 피를 바닥으로 흘려보내며 눈살을 찌푸렸다.

"술과 음식은 다른 곳에서 먹어야 할 것 같다!"

사내는 여인을 보고 말했다.

여인도 약간은 굳은 얼굴로 고개만 끄덕였다.

딸그락!

사내는 탁자 위에 은자 두 냥을 내려놓았다. 그것이면 부서진 기물 값에, 시신을 치우고 피를 닦아내는 청소비로는 충분할 터였다.

휘이잉—

두 사람과 짐승 한 마리가 나간 객점 입구에서 삭풍이 다시 불어 닥쳤다.

그때까지도 객점 안의 사람들은 누구 하나 입을 열지 못했다. 그리고 여전히 텁석부리 사내에 대한 정체 역시 짐작하지 못했다. 너무나 짧은 순간에 이루어진 격돌이라 사내가 어떤 검법을 썼는지 알아볼 수가 없었기 때문이다.

"사형은 손속이 너무……."

여인이 말끝을 흐렸다.

"매정하다고?"

텁석부리 사내가 물었다.

"그것보다는 무식해요!"

대답을 한 여인이 혀를 찼다.

"생겨먹기를 그렇게 생겨먹었는데 어쩔 것이냐!"

텁석부리 사내는 대수롭지 않게 답하며 서산마루를 쳐다보았다.

해는 벌써 산 너머로 자취를 감추고, 서쪽 하늘은 붉게 타오르고 있었다.

"노숙을 해야겠군. 술이라도 몇 병 들고 올 걸 그랬나?"

텁석부리 사내는 입맛을 다셨다.

"그럴 줄 알고 술 세 병을 챙겼어요. 그런데 그 쓰레기 같은 놈들 때문에 저녁을 굶었어요. 오리고기와 만두도 시켜놓았는데……."

술병을 내려놓은 여인이 투정 섞인 목소리를 토했다.

"오늘 저녁은 적아 저놈 신세를 져야 하겠다. 적아야!"

턱석부리 사내는 늑대를 불렀다.

늑대가 꼬리를 두어 번 흔들며 다가왔다.

"네 신세를 져야겠다. 가서 노루 한 마리만 잡아오너라."

사내의 말을 들은 늑대가 꼬리를 한 번 더 흔들고는 바람처럼 숲 속으로 사라졌다.

"오늘 일 때문에 우리 행적이 대사형 귀에 들어가지 않을까요?"

늑대가 사라진 후 여인이 사내의 눈치를 보며 조심스럽게 말했다.

"그러게 왜 소란을 부리는 것이냐?"

턱석부리 사내가 짐짓 엄한 표정을 지으며 말을 받았다.

"난 아무 짓도 안 했는데 그자들이 시비를 거는 걸 어떡해요. 놈들은 더러운 음적 같았어요."

여인이 뾰족하게 말했다.

"사형 손에 죽었으니 더 이상 음행은 못 저지르겠죠? 하지만 우리 행적이 드러날 수도……."

여인이 다시 한 번 걱정을 했다.

"괜찮아. 여기 일이 그놈 귀에 들어갈 때쯤이면 우린 한참 다른 곳에 있을 테니까."

"그놈이라면… 누구……? 대사형……."

"대사형이라고 부르지 마라, 그 반도 놈을!"

사내의 고함에 여인이 입을 다물었다.

사내는 고함을 지른 것이 조금 미안했는지 다시 입을 열었다.

"당분간은 안심해도 괜찮아. 몸은 지금 흑사련(黑邪聯)의 핵심이 되기 위해 미친개처럼 헐떡이고 있을 테니."

철사홍이 적의가 섞인 목소리로 말했다.

최근 강호무림의 가장 큰 움직임은 흑도의 준동이었다.

백도무림맹주 칠절신군(七絶神君) 종도추(宗到推)가 원인 모를 병으로 죽고, 그 혼란해진 틈을 타서 흑도무림이 빠르게 세를 결집하고 있었으며, 그 중심에 천산마존의 첫째제자 도천극이 있었다.

그는 언젠가 그에게 패배를 안겨준 사존의 위치에 있는 무정혈검 곽조만에게 복수할 기회를 노린다는 명분하에 흑도연맹 흑사련에서 빠르게 세를 불리고 있는 중이었다.

"하지만 흑사련 내에서 일정한 위치에 오르고 나면 우리를 집요하게 추적할 거예요. 그땐 흑사련의 힘까지 업어 더 위험할 것이 자명해요."

주애청도 진득한 적의와 함께 의견을 피력했다.

"그전에 사부를 찾고 그놈에게 천적인 힘을 얻어야지. 잘될 거야. 그러니 너무 걱정 말아라."

철사홍이 솥뚜껑 같은 손으로 주애청의 등을 두드렸다.

"이곳 사천 땅에도 아버지는 없는 것 같아요."

잠시 후 여인이 다시 말했다.

"그런 것 같다. 이곳에 있다면 흑웅이나 백호가 우리를 찾았을 텐데……. 적아 저놈도 백호의 냄새를 전혀 못 맡는 것 같으니 다른 곳에 계시는 모양이야."

사내는 고개를 끄덕이며 무거운 표정을 지었다.

텁석부리 사내는 천산마존의 막내제자로 칠웅의 한 사람인 추풍신검 철사홍이었고, 여인은 천산마존이 뒤늦게 얻은 금지옥엽 주애청이었다.

그들은 벌써 몇 년째 온 세상을 떠돌며 천산마존을 찾고 있었다. 그러면서 천산마존을 배신한 대제자 탈백마수 도천극의 마수도 피하고 있었던 것이다.

"혹시 잘못되신 건……. 부상이 심하셨는데……."

주애청의 목소리가 젖어들었다.

"백호가 모셔갔으니 무사하실 거야. 그리고 사부님의 능력이라면 절대로 쉽게 돌아가시지도 않을 테고……."

철사홍이 주애청을 달랬다.

"어서 아버지를 찾아야 삼사형의 무공도 완성되고… 대사형, 아니, 도천극의 마수도 뿌리칠 수 있을 텐데……."

주애청이 다시 걱정을 했다.

"어딘가에 분명이 살아 계실 거야. 그리고 도천극, 그 개 같은 놈을 무너뜨릴 만반의 준비를 해놓았을 거야. 이럴 줄 알았다면 계실 때 좀 확실히 배우는 건데. 쩝!"

철사홍이 입맛을 다셨다.

“그러게요. 아버지와는 왜 그렇게 사이가 안 좋았어요? 도
천극의 반만큼만 했어도 훨씬 더 강해졌을 텐데……."

주애청이 안타까운 얼굴을 했다.

“강제로 끌고 와서 원하지도 않는 무공을 가르치니까 그렇
지."

철사홍이 퉁명스럽게 말을 받았다.

“그건 삼사형의 근골이 워낙 뛰어났으니 그렇죠."

“근골이 뛰어나면 모두 무공을 익혀야 하는 것이냐?"

철사홍이 볼멘소리로 말했다.

“그런 건 아니지만… 음식점에서 점소이 노릇이나 하는 것
보다……."

“언젠가는 숙수가 될 생각이었어."

철사홍이 말을 잘랐다.

“숙수보다야 칠웅 중의 한 명이라는 이름이 더 낫잖아요?"

주애청이 조심스럽게 철사홍을 쳐다보았다.

“칠웅이고 손꼽히는 고수면 뭐 하겠느냐. 강호인이란 언젠
가 더 강한 상대와 싸우면 죽거나 처절하게 모든 것을 잃고
마는 것을."

철사홍의 눈가로 쓸쓸한 기운이 지나갔다.

주애청은 낮게 한숨을 내쉬었다.

타고난 자질과는 달리 이 사내는 강호무림에 관심이 없었
다. 그래서 아버지의 관심도 많이 못 받았다.

자질로 따지자면 도천극보다 오히려 낮지만 제대로 배우려 하지 않았고, 또 도천극의 술수가 더해져 아버지는 도천극만 편애했다.

하지만 결과적으로 도천극은 아버지를 배반하고 죽음 직전에까지 이르게 했고, 천덕꾸러기 막내제자는 목숨을 걸고 아버지를 구했다.

"아버지는 사람 보는 눈이 없었어요."

주애청이 한탄하듯 말했다.

"그건 맞아. 짐승 보는 눈만 정확했지."

철사홍이 불만 가득한 목소리로 맞장구를 쳤다.

"후훗!"

주애청이 실소를 터뜨렸다.

덩치는 산만했지만 이럴 때는 어린애 같았다.

"이사형만 살아 있었어도……."

천산마존의 둘째제자 여산기는 언제나 우유부단했다. 그래서 자신의 거취를 명확히 하지 못하고 있다가 도천극에게 제일 먼저 제거되었다.

"그 병신은 도천극보다 더 나빠."

철사홍이 이를 갈았다.

"눈치만 보고 있다가 이긴 놈에게 붙을 놈이었다, 그놈은."

"삼사형!"

주애청이 목소리를 높였다.

"알았다. 이미 고인이 된 사람을 욕하는 건 도리가 아니지. 그나저나 적아 이놈은 노루새끼를 잡아서 키우고 있는 것이냐?"

철사홍이 고개를 쭉 뺐다.

그때 저만치서 노루 한 마리를 몰고 오는 적아의 모습이 보였다.

"호랑이도 아닌 놈이 제 말 하니까 오는군."

철사홍이 반가운 목소리와 함께 일어섰다.

객잔에서 온갖 양념을 다 뿌린 오리고기와 만두만은 못하겠지만 싱싱한 생고기에 소금만 쳐 먹는 것도 별미였다.

주애청도 구미가 당기는지 얼른 화섭자에 불을 붙였다.

순식간에 불이 타오르고 고기가 익었다.

철사홍과 주애청은 술 한 병씩을 들고 순식간에 몇 모금씩 마셨다.

"어서 아버지를 만나고, 아버지 옆에서 사형과 혼례를 올리는 모습을 보여드리고 싶어요."

주애청의 목소리가 젖어들었다.

"머지않아 그렇게 될 거야. 천하의 천산마존이 그렇게 허망하게 스러지지는 않을 테니까."

철사홍이 주애청의 손을 잡자 주애청은 스르르 철사홍의 품으로 얼굴을 파묻었다.

第二十三章

맹호출동(猛虎出洞)

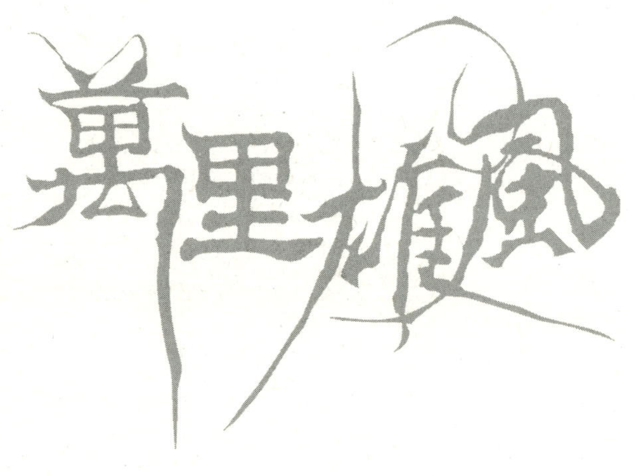

유진룡은 몸에 걸친 누더기를 벗어버리고 제일 처음 바위를 들어 올리며 수련했던 동굴로 들어섰다.

마지막 수련을 했던 바위가 아직 그대로 달려 있었다.

피식 미소를 지은 유진룡은 장난스레 한 손으로 바위를 들어 올려보았다.

철컹—

바위가 허공으로 들려 올랐다가 내려오는 소리가 쇠줄을 통해 들려왔다.

처음에는 바위 아래로 어깨를 밀어 넣고 젖 먹던 힘까지 짜내야 겨우 들어 올릴 수 있던 바위다. 그것이 이젠 한 손으로도 가볍게 밀어 올릴 수 있었다.

백호십이수를 익히는 지옥 같은 시간이 모두 지나갔다.

비로소 이 동굴을 떠날 때가 된 것이다.

퍽!

손바닥으로 바위를 쳐서 그네처럼 흔든 유진룡은 동굴 옆쪽에 흐르는 수로를 향해 다가갔다.

어디서 흘러나와 어디로 흘러가는지는 알 수 없었지만 오물을 이곳을 통해 흘려 버릴 수 있어 동굴 안의 청결을 유지할 수 있었다.

그야말로 이곳은 동굴 안의 식수원이자 하수도였다.

나무로 된 바가지로 수로의 물을 퍼 머리 위로 퍼부었다.

아무렇게나 흘러내린 머리는 한 바가지의 물을 모조리 흡수해 버려 바닥으로는 몇 방울 흘러내리지도 않았다.

유진룡은 쓴웃음을 지었다.

그리고 보니 그동안 목욕은 물론 머리도 한 번 손질하지 않았다는 것을 느꼈다.

"우선 머리부터 좀 잘라야 제대로 된 목욕이 될 것 같군."

중얼거린 유진룡은 소도를 빼내 머리를 대충 자르고는 다시 물을 한 바가지 떠서 머리 꼭대기에 퍼부었다.

비로소 물이 머리를 씻어주는 느낌이 들었다.

유진룡은 계속해서 바가지로 물을 퍼 올려 몸을 씻었다.

동굴 안에 계속 있을 것이라면 굳이 목욕 같은 것은 할 필요가 없지만 밖으로 나가기 위해서는 최소한의 준비는 해야했다.

유진룡은 근 반 시진에 걸쳐 몸을 씻었다.

그런다고 그동안 묵은 때가 다 씻겨 나가지는 않았지만 괴물이란 오해는 받지 않을 것 같았다.

목욕을 마친 유진룡은 준비해 두었던 옷을 몸에 걸쳤다.

그건 백호가 최근에 밖에 나가 물고 온 것으로, 낡고 허름한 티가 줄줄 흐르는 것이 아마도 외딴 농가나 사냥꾼 움막에서 슬쩍한 것이 분명해 보였다.

어쨌든 지금 입고 있는 누더기와는 비교가 안 될 정도로 나았으므로 유진룡은 아무런 불만 없이 옷을 걸쳤다.

"눈썰미가 있는 놈일세."

보통 사람보다 머리 하나 정도 더 큰 자신의 몸에 옷이 잘 맞는 것을 느낀 유진룡은 백호가 있는 쪽을 보며 피식 웃음을 흘렸다.

"비로소 거래를 행하러 가야 할 때인가?"

유진룡은 나직이 중얼거리며 동굴 벽 쪽으로 시선을 던졌다.

지옥같이 긴 시간이었다.

매 순간 죽음 같은 고통과 직면했고, 죽음 직전에서 가까스로 이겨냈다.

그 시간들이 주마등처럼 뇌리를 스쳐 지나갔다.

"후후!"

유진룡은 색조를 알 수 없는 미소를 흘렸다.

소주 뒷골목에서 들쥐처럼, 들개처럼 살아가던 자신이 어쩌다 이렇게까지 되었는지 불가사의한 일이었다. 그건 인간의 머리나 상식으로는 이해가 불가능한 운명이라는 거대한 손이 개입된 일이다.

천산마존은 전생에서 자신과 어떤 운명으로 얽혀 이 생에서 이런 이상한 사제지간이 된 것일까?

유진룡의 뇌리로 문득 그런 의문이 스쳐 지나갔다.

그 답은 죽기 전에는 알 수 없을 것이다.

그리고 그런 의문에 매달리기에는 남은 운명의 씨줄 날줄들이 너무 복잡해 보였다.

천산마존이 자신의 남은 생을 모두 쏟아 부어 준비하고, 마지막 순간 눈물로 부탁한 일을 과연 자신이 해낼 수 있을까?

그 일을 해내기도 전에 천산마존의 딸과 그의 막내제자, 아니, 세 번째 제자 철사홍은 첫째제자에게 잡혀가거나 죽임을 당하지는 않았을까?

그들이 아직 도망 중이라면 자신의 할 일이 결정되는데, 이미 그들이 죽어버렸다면 자신은 무엇을 한단 말인가?

수련이 끝나자 그런 생각들이 물밀 듯 몰려왔다.

유진룡은 세차게 머리를 흔들었다.

"그건 그때 가서 생각할 일이다."

한숨을 내쉬며 중얼거린 유진룡은 허리를 쭉 폈다. 그리고는 동굴 복판을 향해서 걸음을 옮겼다.

동굴 복판에서는 열두 개의 돌기둥이 기이한 배열 그대로 서 있었다.

그것들은 그동안 수없이 넘어졌다가 다시 세워지기를 반복했는지 어느 곳 한군데 상처가 나지 않은 곳이 없어 처음 천산마존이 세워놓았을 때와 비교해서 거의 넝마 수준이라 할 수 있었다.

어떤 것은 돌 조각이 뭉텅 떨어져 나가 쥐가 뜯어 먹다 버린 무처럼 되어 있었고, 어떤 것은 아예 윗부분이 부러져서 다른 것보다 두어 뼘 정도 짧아져 있었다.

특히, 주먹이나 발길에 채인 부분은 폭포수에 시달린 바위 바닥처럼 움푹 기어들어 가 있었다.

그것은 유진룡이 지난 이 년 동안 매진한 흔적이었다.

시간이 지날수록 타점을 두드리는 데 정확도가 높아져 최근에는 바둑알만큼 작은 진흙을 붙여놓고도 돌기둥은 넘어뜨리지 않고 그것만 정확히 뭉개거나 차서 떨어뜨리는 공격이 가능했지만, 처음에는 진흙과 돌기둥을 수도 없이 같이 두드려서 그런 흔적이 생기게 한 것이다.

"네놈들과도 이젠 이별이구나."

유진룡은 열두 개의 돌기둥 주변을 한 바퀴 돌며 그것들이 마치 생명이 있기라도 한듯 손바닥으로 일일이 쓰다듬었다.

사부가 돌아가신 후 이 년 동안은 백호와 열두 개의 돌기둥이 스승이었다.

진전이 없고 막힐 때는 백호에게 부탁해 백호의 동작을 보며 그 폭발적인 기세와 근육의 움직임을 몸에 익히려고 노력했다. 그리고 열두 개의 돌기둥 사이를 어떻게 움직이는 것이 최상의 초식인지 끊임없이 연구하고 끊임없이 두드렸다.

처음에는 단순한 돌기둥이었지만 시간이 가면서 그것들은 사부 천산마존보다 더 엄격한 스승 같았다.

어느 정도 수련이 되자 밑바닥의 진흙을 완전히 걷어내고 찻잔 바닥만 한 면적만을 바닥에 붙인 채 세워놓았다.

그리고 그곳을 향해 타격했을 때 돌기둥은 추호의 사정도 봐주지 않았고 추호의 실수도 용납하지 않았다.

조금만 더 깊이 쳐도 쓰러졌다. 거기다 더해 다른 돌기둥까지 같이 붙잡고 쓰러졌다.

반면, 조금만 모자라게 치면 붙어 있는 진흙이 떨어지지 않았다.

그동안 유진룡은 하루에도 몇 번씩 발광을 하며 고함을 질렀다.

등뼈를 으스러뜨릴 듯한 무게의 바위를 짊어지고 죽을 정도의 아픔을 주는 약초 술을 마시고도 안 질렀던 고함인데 백호십이수의 초식 수련을 하면서는 하루에도 몇 번씩 고함을 질렀다.

"작별 인사는 해야겠지?"

유진룡은 구석의 습기 진 곳에서 진흙을 조금 뜯어왔다.

이젠 바둑알만 한 크기로 타점에 붙이는 것이니 메추리 알 만큼만 준비해서 열두 조각으로 뜯어 붙이면 되는 것이다.

유진룡은 진흙을 뜯어서 열두 개의 돌기둥에 그것들을 붙였다.

뒤에서는 백호가 우두커니 앉아서 유진룡의 하는 양을 지켜보며 하품을 했다.

그동안 수없이 반복하는 유진룡을 보며 백호는 이젠 쳐다만 보아도 지치는 것이다.

"다 됐군."

열두 개의 조각을 다 붙인 유진룡은 소매를 걷고 어느 한쪽 돌기둥 앞에서 자리를 잡았다.

어느 것을 먼저 하든 각각 열두 번씩 순환하게 되어 있는 돌기둥이었다.

아무래도 제일 먼저 뿌리는 초식은 주먹부터였다.

주먹을 말아 쥔 유진룡은 천장 쪽을 주시했다.

똑!

대롱을 타고 물방울이 하나 떨어졌다.

다음 물방울이 떨어지지 전까지 한 개의 초식을 끝내야 했다.

“하앗—”

기합성과 함께 바닥을 박찬 유진룡은 앞에 있는 돌기둥을 향해 섬전처럼 주먹을 내뻗었다.

황소라도 때려잡을 만한 주먹이었다.

내뻗는 순간에는 분명히 그랬는데 돌기둥 앞에 다다른 주먹은 거짓말처럼 한 점의 진흙만을 가격했다.

그냥 쳤다면 돌기둥은 박살이 날 만한 내력이 담겨진 주먹이었지만 그 내력을 더 뻗어 나가지 않게 한 점의 진흙에만 정확히 집중하자 물기가 젖은 진흙이 순식간에 흡사 포탄이 터진 것처럼 먼지가 되어 피어올랐다.

진흙 먼지 한 개가 터져 오르는가 싶은 순간 유진룡의 발 하나는 또 다른 진흙덩이를 걷어찼고, 진흙에만 집중된 진기가 이번에도 물 묻은 진흙을 순식간에 먼지로 화하게 만들어 허공으로 날렸다.

퍼퍼퍼펵!

경쾌한 음향과 함께 주먹, 무릎, 팔꿈치, 발뒤축, 발바닥, 손바닥에 부딪친 타격점들에서 거의 동시에 진흙 먼지가 튀어 올랐다.

그리고 그 먼지를 뚫고 유진룡은 천장에 꽂아놓은 대롱 앞에 섰다.

똑—

대롱에서 타고 내린 물이 손바닥에 잡혔다.

유진룡은 만족한 미소를 지었다.

"이젠 정확도나 시간에는 더 이상 구애받을 필요가 없겠지."

중얼거린 유진룡은 이번에는 진흙을 자신의 주먹만 한 크기로 뭉쳐 왔다.

열두 개의 돌기둥에 매번 바둑 알만 한 진흙을 한 개씩 붙이고 백마흔네 개의 초식을 펼치자면 진흙 붙이는 데 시간을 다 보내고 만다.

처음 한 번만 정확도를 시험한 후 그다음부터는 가격 부위에 손바닥만 한 종이 한 장을 붙이듯 진흙을 넓게 칠해놓고 한 번에 나머지 초식을 다 펼치는 것이다.

유진룡은 이번에도 제일 가까이에 있는 돌기둥 앞에 섰다. 그리고 오른쪽 주먹을 약간 앞으로 내밀었다.

이제 나머지 백마흔세 번을 동시에 펼치는 것이다.

처음에는 너무 많은 변초에 그 조합마저 헷갈렸지만 이젠 그 모든 조합이 꿈에서도 이루어질 만큼 완벽히 몸에 익었다.

"흐읍!"

유진룡은 진기를 끌어올렸다.

"하얏!"

기합성을 지른 유진룡은 왼쪽 주먹을 시작으로 해서 치고 때리고 차는 열두 가지 타격을 순식간에 펼쳐 나갔다.

퍼퍼퍼퍼—

거의 동시라고 말할 수 있는 진흙 먼지가 포연처럼 피어올랐다.

순식간에 열두 동작의 한 초식이 끝났지만 이번에는 멈추지 않고 다음 초식이 이어졌다.

퍼퍼퍼퍽—

다시 열두 개의 흙먼지가 치솟아 올랐다.

그리고 또 다음 초식이 이어졌다.

시간이 갈수록 유진룡의 몸에서 뿜어져 나오는 기세는 폭발적으로 변해갔다.

그 기세는 백호의 움직임을 닮아 있었다.

그 자리에서 예비 동작도 없이 절벽으로 솟구치는 모습을 닮기도 했고, 단 한 번의 앞발질로 커다란 바위를 날려 버리는 기세가 고스란히 스며 있기도 했다.

퍼퍼퍼퍽—

유진룡의 움직임이 더욱 맹렬해졌다.

이제 그의 몸에서 뿜어져 나오는 기세는 백호마저 흉내 낼 수 없을 정도로 거세어졌다.

돌기둥 사이로 섬전처럼 휘몰아쳐 가는 그의 신형은 때로는 바람처럼 표홀하면서도 성난 파도처럼 거침없었다.

그러는 사이로 뻗어 나오는 주먹과 발, 무릎, 팔꿈치 등은 폭풍우 속에서 떨어져 내려 바위를 쪼개는 벼락같았다.

퍼퍼퍼퍽—

똑같은 격타음이 동굴 안을 가득 메웠다.

더 이상 유진룡의 신형은 진흙 먼지에 가려져 보이지 않고 희끗한 그림자만이 동굴 안에 난무했다.

설사 진흙 먼지에 가려지지 않는다 하더라도 그 실체를 파악하기 힘든 것은 마찬가지일 것 같았다.

백호가 주춤 뒷걸음질을 쳤다.

유진룡의 실체는 제대로 보이지 않았지만 열두 개의 돌기둥 주변으로 뻗어 나오는 엄청난 압력이 괴물 같은 힘을 지닌 백호마저도 주춤 밀어낸 것이다.

뒤로 두어 자 정도 밀려난 백호가 송곳니를 드러내며 고개를 마구 흔들었다.

인간의 기세에 자신이 밀려났다는 것이 자존심이 상해서 견딜 수 없는 모양이었다.

그러는 사이에도 터져 나오는 기세는 더욱 막강해서 백호는 다시 뒤로 밀렸다.

이런 상태에서 작은 돌멩이 하나를 돌기둥 사이로 던져 넣는다면 그 돌멩이는 유진룡의 몸에 부딪치지 않아도 기세에 밀려 총알처럼 튕겨져 나올 것 같았다.

계속해서 터져 나오는 격타음과 진흙 먼지 속에서 억겁의 시간이 지나간 것도 같았고, 유수 같은 시간이 완전히 정지해 버린 것도 같았다.

어느 순간!

"이제 마지막!"

짤막한 고함과 함께 유진룡의 움직임이 한층 더 맹렬해졌다.

퍼퍼퍼펑—

이제까지의 격타음과는 전혀 다른 폭발음 열두 개가 거의 동시에 울렸다.

갑작스럽게 크게 터져 나온 폭발음에 백호는 다시 한 번 뒷걸음질을 쳤다.

"끝났다!"

한소리 중얼거림과 함께 폭발음의 여운이 가신 돌기둥들 사이에서 유진룡이 미소를 머금고 서 있었다. 그러나 아직도 진흙 먼지는 온 동굴 안을 가득 채웠다.

잠시 후, 진흙 먼지가 바닥으로 내려앉고 돌기둥의 모습이 선명하게 드러났다.

뒤로 물러났다가 그것을 들키지 않기 위해 슬쩍 제자리로 당겨와 앉은 백호는 움찔하며 안광을 빛냈다.

놀랍게도 열두 개의 돌기둥에 모두 구멍이 뻥뻥 뚫려 있었다.

그것은 유진룡이 마지막 초식을 펼칠 때 진기를 한 점에만 집중시키지 않고 그대로 내뻗은 때문이었다.

이제껏 한 점에만 집중시키며 응축될 대로 응축되었던 진기가 둑이 흐르듯 터져 나가자 발경(發勁)의 수준을 넘어서 폭경(爆勁)이 되어 돌기둥에 구멍을 낸 것이다. 그러면서도 돌기둥은 무너지지 않고 그대로 서 있었다.

그 구멍들을 쳐다본 백호는 불안한 몸짓을 하며 동굴 안을 서성거렸다.

저 구멍을 내는 힘이 자신의 머리나 심장으로 날아들면 자신도 멀쩡하지 못할 것이란 판단을 한 모양이었다.

백호의 그런 기세와는 상관없이 유진룡은 돌기둥을 하나하나 확인하며 만족한 미소를 지었다.

"사부께서 왜 그렇게 한 점에만 집중하여 내력을 제어하라고 했는지 이제야 이해가 가는군. 그렇게 내력을 응축시키는 훈련이 있었기에 이렇게 터뜨릴 수도 있는 것이야."

유진룡은 자신의 주먹과 돌기둥에 생긴 구멍들을 번갈아 쳐다보며 혼잣소리로 중얼거렸다.

내력을 뻗어내지 않고 작은 진흙덩이 한 점에만 결집시킬 때는 온몸이 근질거리는 느낌을 받았다.

마음껏 뿜어내지 못한 내력이 혈맥을 타고 돌아 온몸에 두드러기를 일으키는 것 같았다.

하지만 유진룡은 사부의 가르침을 어기지 않고 악착같이 수련했다. 그리고 이제 그 응축된 기운을 한 번에 내뿜자 엄청난 위력을 발휘했다.

"정말 지옥 같은 시간이었다. 하지만 매 순간 최선을 다했기에 한 점의 후회도 없다."

　빙그레 미소를 지은 유진룡은 동굴 입구 쪽을 쳐다보았다.

　　　　　　　　　　　　　『만리웅풍』 3권에 계속…

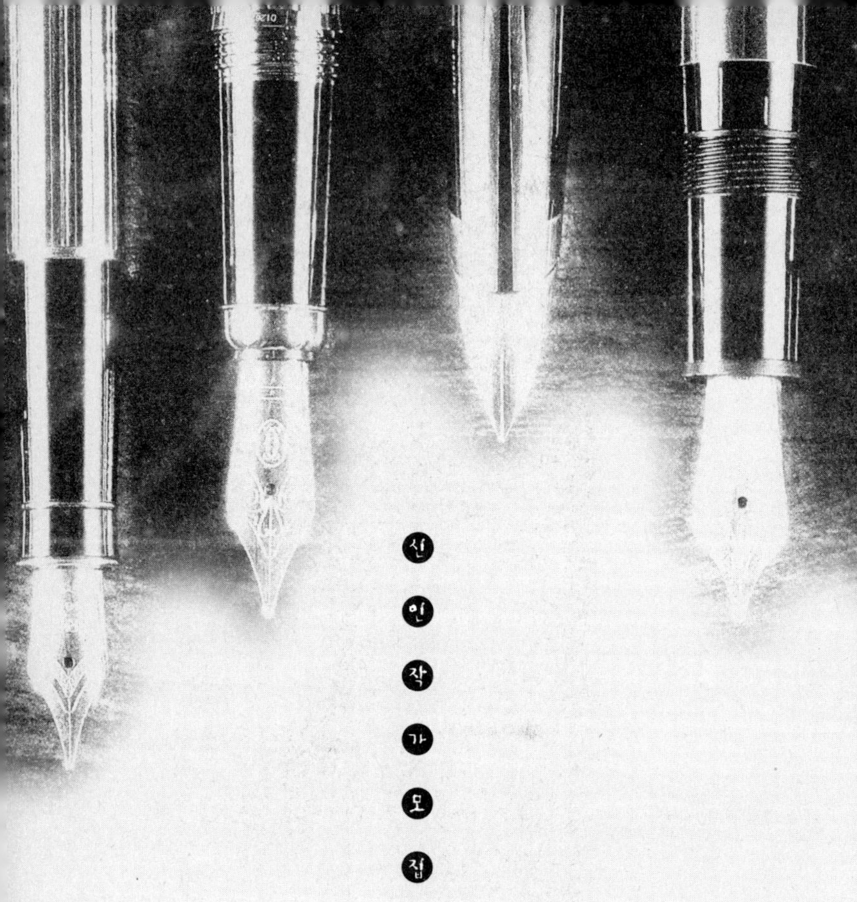

신
인
작
가
모
집

입소문을 통해 아는 분은 다 알고 계십니다!
올 한해 공인중개사 최고의 화제작!

1~2권 합본 | 이용훈 지음
3~4권 합본 | 이용훈 지음
5~6권 합본 | 이용훈 지음
용어해설 | 이용훈 지음

수험생 기본 필독서
만화 공인중개사

제목 : 만화공인중개사 쓰신 분에게 감사드립니다.

학원을 두 달 다녔어요. 근데 과연 그 숫자 외우기 그런 게 몇 문제나 나올까 생각을 했어요.
아니라는 생각이 드네요. 학원강의를 뒤로하고 서점을 갔어요. 내 머리에 가장 이해될 수 있는
책이 없나 하구요. 거기서 만화를 발견했어요. 무조건 세 번 봤어요. 3개월 걸렸어요. 문제집을 보라고
했는데 그건 시행을 못했어요. 근데 합격을 했네요.
어떻게 감사의 말을 해야 될지…….
도서관에서 만화책 들고 다니니까 사람들이 비웃더라구요. 만화책으로 공인중개사를 공부한다고
미친 사람처럼 보더라구요. 근데 그거 다 감수하고 했던 내가 자랑스럽습니다.
어떻게 감사의 말을 해야 할지… 정말 감사합니다.
부디 행복하세요. 제 나이 41살에 좋은 스승을 만난 것 같습니다.
엎드려 감사드립니다.

–본사 홈페이지에 독자분이 올린 메일 中 에서 발췌–